ルチルクォーツの
戴冠
CROWNED
RUTILEQUARTZ
—王の誕生—
エノキスルメ
イラスト ttl

CONTENTS

CROWNED RUTILEQUARTZ

CHARACTER

CROWNED RUTILEQUARTZ

スレイン・ハーゼンヴェリア

前国王フレードリクの庶子。
平民だったが、王位を継ぐことに。
勇ましい性質ではないが、
頭の回転が速く発想力に優れる。

モニカ・アドラスヘルム

スレインの副官。
文武に優れスレインに献身的だが、
その本心は…？

セルゲイ・ノルデンフェルト

二十年以上宰相を務める重臣。
スレインに厳しく当たる存在。

フロレンツ・マイヒェルベック・ガレド

ガレド大帝国第三皇子。
穏健派であり、スレインに好意的。

オスヴァルド・イグナトフ

イグナトフ王国国王。
平民上がりのスレインを下に見ている。

武官たちの発言が止まる。
議論が行き詰まり、
誰もが険しい表情で、
あるいは暗い顔で黙り込む。
……ひとつ、策を思いついた
……かもしれない
しばらく思案した末に
スレインが言うと、
全員の注目が集まる。

ルチルクォーツの戴冠

CROWNED RUTILEQUARTZ

―王の誕生―

エノキスルメ
イラストttl
Story by surume enoki Art by ttl

ガレド大帝国
アーベルハウゼン
ハーゼンヴェリア王国
ウォレンハイト
公爵領
エルデシオ山脈
王都ユーゼルハイム
領都トーリエ
要塞
ロイシュナー
街道
王領
クロンヘイム
伯爵領
イグナトフ王国

一章　決意

CROWNED RUTILEQUARTZ

「スレイン、あなたは賢い子よ」

母はそう言いながら、スレインの頭を撫《な》でる。

スレインは母の顔を見上げる。昔の記憶の中の母は、最後に見た顔よりもずっと若々しく、彼女を見上げる自分は、今よりもずっと幼い。

「だから、その賢さを世の中のために、この社会のために……この国のために使える人間になりなさい。私の愛しいスレイン」

優しく語りかける彼女の言葉の意味を、当時のスレインは完全には理解できなかった。

しかし、彼女がよく「この国」という言葉を使っていたことは、はっきりと憶えている。

母はこの祖国を愛していたのだ。


「……っ」

そこで、スレインは目覚めた。

身体《からだ》を起こして周りを見回すと、そこにはいつもと変わらない光景。

サレスタキア大陸西部に位置する人口およそ五万の小国、ハーゼンヴェリア王国。現在は第四代国王フレードリクが治めるこの国の、王領にある小都市ルトワーレの自宅だ。

しかし、以前と違う部分がひとつだけある。

ここに母はいない。もう、この世のどこにもいない。それまで特に病気なども抱えていなかった彼女は、しかし四日前に急に倒れ、そのまま帰らぬ人となった。

スレインは父を知らない。父は王国軍の軍人だったと、母から聞かされていた。スレインがまだ彼女の腹の中にいたときに、魔物討伐に行った先で死んだのだと。

そして、唯一の肉親であった母も死んだ。昨日、彼女の葬式をした。

スレインは一人になった。


「……」

自分以外に誰もいない、小さいが丁寧な造りの一軒家。その中で、スレインはベッドから身を起こした。

季節は晩冬。早朝の空気は未だ冷たく、窓の隙間から入り込む風に顔を撫でられ、身震いする。

暖炉に近づいて『種火』の魔道具で手早く薪《まき》に火を点《つ》け、台所に行って『沸騰』の魔道具でちょうどカップ一杯分の湯を沸かす。魔道具の魔石代は、庶民にとって安いものではない。今後しばらくの収入の見通しが立っていないので、使用は最低限に抑える。

母が庭で育てていたハーブを沸かした湯に浸け、お茶を作り、ふうふうと吹いて一口飲んだ。話す相手はいないので、起き上がってからここまで無言だった。

「……」

無言のままもう二口ほどハーブ茶を口にし、玄関側の窓を開く。大きく吹き込む風は隙間風よりも一層冷たいが、窓の木板に遮られない朝陽は、スレインの孤独感を多少紛らわせてくれた。

「……はあぁ」

スレインはため息を吐《つ》いた。

母の葬儀も終わって、今日からは本当に一人だ。育った故郷であるこの都市には友人も知人もいるが、少なくとも無条件に甘えられる家族はもういないのだ。

ようやく今年で十五歳の成人を迎える矢先に、予想しなかったかたちで始まった新生活。やらなければならないことは多い。母の取引先に事情を伝え、自分の仕事も確保しなければならない。母の葬儀はつつがなく終わったとはいえ、彼女の遺品の整理はまだ何も手をつけていない。

さて、何から始めたものか。スレインは考える。

「――おいスレイン。いるんだろ」

一人でパンとチーズの朝食を終えて着替えを済ませた頃、玄関の扉を叩《たた》きながら呼ぶ声が聞こえた。誰何《すいか》するまでもなく声で分かる。スレインの隣に住む、一つ年上の青年、エルヴィンだ。

「いるよ。待ってて、すぐに出る」

「おーい！　まだ寝てんのかスレイン！」

「起きてるよ！　すぐに出るって言っただろ！　開けるからちょっと待って！」

スレインは立ち上がり、扉を開く。よく日に焼けた陽気な表情――見慣れた幼馴染《おさななじみ》の顔が、スレインの視線よりもやや高い位置にあった。

「なんだ、起きてたのか」

「最初に呼ばれたときに返事したよ」

「聞こえなかったぜ。相変わらず声が小せえなぁ」

やれやれとわざとらしく首を振りながら言われ、スレインはムッとした。

「余計なお世話だよ……それで、何か用？」

「別に。ただ、親を亡くしたばっかりの友達が、落ち込んでないか様子を見に来てやっただけさ。ちゃんと朝飯は食ったか？」

「それはどうも。ついさっき食べたよ……葬式は昨日だったけど、母さんが死んだのはもう四日も前だよ？　一人にも慣れてきたから大丈夫だって」

スレインは努めて平静な表情で答えた。強がっていないと言えば嘘《うそ》になる。

「そっか、ならいいんだけどな……それで、昨日はさすがに聞けなかったけどよ、お前これからどうすんだ？　仕事とかさ。何ならうちの商会で雇ってやってもいいぜ？」

ルトワーレに店を構え、王領内で交易なども行う商会の一人息子であるエルヴィンは、商人の端くれらしく人好きのする笑みを浮かべる。

「あはは、ありがたい申し出だけど、大丈夫だよ。今まで母さんの仕事の手伝いをずっとしてきたし、そもそもあと数年もすれば僕も独り立ちするつもりだったし……少し早いけど、今から母さんの跡を継いで仕事を請け負えないか、母さんの取引先に相談してみるよ」

スレインの母親は写本家――書物を書き写して写本を作る仕事をしていた。

そんな母から読み書きを教わり、スレインもよく仕事を手伝っていた。ここ数年は、王都の依頼人のもとまで納品に行くのはスレインの役目だったので、母の主な取引先とも顔見知りだ。

「まあ、そうなるよな……お前なら大丈夫だろ。お前、賢いし。商家の息子の俺より早く読み書きを憶えて、いつも本ばっかり読んでて、頭の回転もやたらと速かったからな」

申し出を断られたことを気にする様子もなく、エルヴィンは笑みを浮かべたまま言った。

「それでさ、お前のお袋さんの取引先って、王都の商会とか教会とかだろ？　俺も取引のある王都の職人のところに行くんだよ。明後日にルトワーレを発つからさ、うちの馬車に乗っていけよ」

「……いいの？」

「どうせ来週の乗合馬車に乗るか、一人で歩いていくかするつもりだったんだろ？　乗合馬車は金がかかるし、お前みたいなのが一人で街道を歩いてたら女の子と間違われて攫《さら》われちまうって。だから遠慮すんなよ」

スレインは幼馴染の言葉に小さく吹き出した。

確かにエルヴィンの言う通り、小柄で細身で童顔で、黒い髪を肩まで伸ばしたスレインは華奢《きゃしゃ》な女性にも見える。

しかし、王領内、それも王都と周辺の小都市を繋《つな》ぐ街道で犯罪が起こることはほとんどない。実際、スレインは今までに何度も王都とルトワーレを歩いて行き来しているが、危ない目になど一度も遭っていない。

「分かった、それじゃあお言葉に甘えさせてもらおうかな」

それでも、スレインはそう答えた。唯一の肉親を突然失ってしまった自分とできるだけ一緒にいてくれようとする幼馴染の気遣いに甘えることにした。

「おう、そうしろ。じゃあ出発は明後日な。それまでは家でゆっくりしてろよ。お袋さんの持ち物の片づけなんかもあるだろうしさ」

それじゃあな、と言い残してエルヴィンは帰っていった。

「……明後日か」

スレインは呟《つぶや》く。二日もあれば、母の遺品の整理も終わるだろう。

そして心の整理も。まだ夢の中にいるようなこの浮遊した心も、ある程度は地に足をつけることができるだろう。

心の休息としては、二日という期間は丁度いい。おそらくはそれも考慮して声をかけてくれた幼馴染に、スレインは内心で感謝した。


エルヴィンが帰った後、スレインは母の遺品整理をして一日を過ごした。スレインの母は質素な暮らしを好んでいたので、彼女の遺品はそれほど多くはなかった。

衣類や装飾品が少量。どれも高価なものではない。

書物が数冊。仕事柄、多くの書物を読んできた彼女は、気に入った学術書や歴史書などを自分でもいくつか購入していた。書物は高価だが、あくまで実用品。母らしい持ち物と言える。

仕事道具である筆記具や植物紙。スレインが母の仕事を引き継げば、これらはそのままスレインが使うことになる。

化粧台。母の遺品の中で唯一と言っていい贅沢品《ぜいたく》。派手さはないが上質な作りをしている。売ればそれなりの金になるだろうが、これは母の形見だ。幸い向こう一年ほどは贅沢をしなければ食うに困らない程度の蓄えもあるので、売るつもりはない。

そして最後に、スレインが開けることを禁じられていた櫃《ひつ》。開くと、中には母の私的な手紙が入っていた。その数は数十通ほど。送り主ごとにまとめられていた。

王都の孤児院で育った母は、そこで読み書きを憶えた後、若い頃は王城で下級の文官として働いていたのだという。軍人の父ともそこで出会ったと、スレインは聞かされていた。

手紙のやり取りをした相手は、母の昔の同僚たちのようだった。皆、王城の元文官や元使用人で、今は引退して家庭に入っているとスレインは母から聞いていた。送り主の中には、スレイン自身も会ったことのある人物の名前もあった。

「やっぱりないか……」

母に悪いとは思いつつ、それらの手紙の内容にざっと目を通したスレインは、ため息を吐く。

スレインが探していたのは、父からの手紙だ。

母は時おり、誰かを想っているような表情を見せたり、息子に隠れるようにして何やら手紙を書いたりしていた。

母は死んだ父を今も想い、父の親類にでも手紙を書いているのだ、と見ることもできた。しかし、それにしてはおかしな点がいくつもあった。母は父についてスレインに語ることはほとんどなく、父の親類などにスレインを会わせることも決してなかった。

そして、あくまで何となくだが、彼女は思い出の中の夫ではなく、今もどこかにいる誰かのことを想っているように、スレインの目には見えた。

そんな母を見て、スレインは密かに考えていた。父は生きているのではないかと。

どこかで生きていて、名乗り出ることのできない事情があり、それでも密かに母と、時おり手紙を交わしていたのではないか。そんな疑問をずっと抱き続けてきた。だからこそ、この櫃の中に、父から母へ送られた手紙があるのではないかと期待した。

「……」

だが、父からの手紙は無かった。母が全て処分してしまったのか、あるいは母から一方的に手紙を送るだけで向こうからは届いていなかったのか。それとも、全てはスレインの勘違いで、父は本当にもうこの世にいないのか。

別に、手紙が無いなら無いで構わないと、スレインは思った。

今までも父親のいない人生を生きてきたのだ。父がどこかで生きていても、死んでいても、会うことがないのならば同じだ。今までの人生と何かが変わるわけでもない。

スレインがそう考え、父という存在を頭の中から完全に消し去ろうとしたそのとき。

不意に、家の扉が叩かれた。

「っ!?」

驚きのあまり声が出そうになり、スレインはそれを咄嗟《とっさ》にこらえて玄関を振り返る。

家事の合間に母の遺品整理を少しずつ進めていたので、時刻はもう夜。夕食も済ませてしまった時間だ。陽は既に落ちていて、普通ならこんな時間に来客などない。

「失礼。スレイン様はいらっしゃいますか？」

扉を叩く音の直後に聞こえてきたのは、少なくとも中年にはさしかかっているであろう男の声。上品な口調での呼びかけは、しかしまったく聞き覚えのない声だ。そもそも、自分を「スレイン様」などと呼ぶ人間はいない。

一体誰が来たのか。こんな時間に何の用があるというのか。訳が分からず、スレインは大きな不安を覚える。

「夜分に失礼。スレイン様はご在宅でいらっしゃいますか？」

再び扉が叩かれる。

燭台《しょくだい》の灯りは窓の隙間から屋外にも漏れているだろう。居留守を使うには無理がある。

スレインは意を決して立ち上がった。

「い、今出ます」

朝にエルヴィンから受けた指摘を意識して、気持ち大きめの声で応え、おそるおそる玄関に近づく。

そして、鍵を外し、扉をそっと開く。

家の前には、一台の馬車が停められていた。その馬車を囲むように数騎の騎兵が控えていた。

そして、扉の前――スレインの目の前に立っていたのは、この一行の指揮官と思わしき人物だった。

彼の後ろには、さらに二人の兵士が並んでいた。

目の前の男は、見た目からしてただの兵士ではない。軍装に付けられた階級章らしきものや装飾から、明らかに高位の軍人だと分かる。おそらくは貴族だ。歳は三十代半ばから後半ほどか。

この国の男の平均よりも背の高いその軍人は、平均より大幅に背の低いスレインを見下ろす。

「写本家アルマ様のご子息、スレイン様でいらっしゃいますか？」

「えっ……と」

問われたスレインは、戸惑いの声を漏らした。

目の前の男は、相当な地位にいる人物だろう。どうしてそんな人間が、一平民でしかない自分に敬語を使うのか。

「あなた様がスレイン様で間違いございませんか？」

「……は、はい。僕がスレインですけど」

一体どんなご用件でしょうか、と続けようとしたスレインだったが、目の前の男はそれより先に口を開いた。

「私はベーレンドルフ子爵ヴィクトルと申します。国王陛下より、ハーゼンヴェリア王家の近衛兵団長に任ぜられております。王国宰相セルゲイ・ノルデンフェルト侯爵閣下の命により、あなた様を王城へとお連れするよう仰せつかっております。ご同行を」

「へっ？」

子爵、近衛兵団長、国王陛下、王国宰相、侯爵閣下。スレインにとってあまりにも非日常的な単語が次々に飛び出し、思わず間抜けな声が漏れた。

ハーゼンヴェリア王国は小さな国だが、それでも王家やその側近の貴族ともなれば、庶民から見て雲の上の存在。

何故、そんな高貴な身分の人々のもとへ、この国の中心である王城へ、自分が呼ばれるのか。スレインには意味が分からなかった。

「あ、あの」

「さぞ困惑されていることと存じますが、ひとまず馬車へお乗りください。ここでは我々は目立ちます。騒ぎにならないうちに移動しなければ」

その軍人――近衛兵団長ベーレンドルフ子爵は、そう言ってスレインの脇に下がった。彼が手で示した先、スレインの家の前に停まっていた馬車には、黄金色の瞳をしたカラスの紋章が描かれていた。

黄金色の瞳をしたカラスの紋章。この国の国石であるルチルクォーツをその眼に宿した、この国の国鳥の紋章。すなわちそれは、ハーゼンヴェリア王家の紋章だ。

王家以外がこの紋章を使うことは禁じられている。この馬車は間違いなく王家の所有物で、このベーレンドルフ子爵は間違いなく王家の遣いということだった。

「申し訳ございませんが、お急ぎください」

物腰は丁寧に、しかし拒否することを許さない口調で子爵は言った。

彼に背を押されるようにして、彼の部下と思われる兵士たちに囲まれながら、スレインは着の身着のままで馬車に乗り込む。

向かい合うように設置された座席の、馬車の進行方向を向く側に座らされ、スレインの正面にはベーレンドルフ子爵が座った。

馬車の扉が閉められると、窓も閉ざされているので車内が真っ暗になる。ベーレンドルフ子爵が車内に設置されていた照明の魔道具を起動すると、小さな光がスレインと子爵の顔を照らす。

間もなく、馬車が動き出した。

「あまり目立たずにあなた様をお連れするよう命じられているので、王城までは夜間に移動することとなります。明朝には道中にある王都防衛用の砦《とりで》に到着し、そこで休息。夕刻にまた移動を開始し、王都ユーゼルハイムには明後日の朝に到着する予定です」

それだけ言うと、ベーレンドルフ子爵は口を閉じた。

スレインは未だ困惑の最中にあり、ベーレンドルフ子爵はそれ以上は何も説明などはしてくれない。車内は沈黙に包まれる。

少しの時間が流れ、沈黙に耐えられず、スレインは口を開いた。

「……あの、どうして僕が王城に呼ばれるのでしょうか？　それに、宰相閣下のご命令で僕が呼ばれるのなら、どうして迎えの馬車が王家のものなんですか？」

王家の馬車に乗ることができるのは、基本的には王族のみ。同乗を許されるのは、一部の従者や護衛、そして王家の客人と認められた者だけ。スレインは母からそう聞いたことがあった。

国王ではなくあくまで宰相の命令で、ただの平民であるスレインが呼ばれるのなら、でかでかと王家の紋章の入った馬車など使わないはずだった。

「それに、僕にどのようなご用件がおありなのかは分かりませんが、ただの平民である僕の案内役が、どうして近衛兵団の団長閣下なんですか？　……どうして、団長閣下は一平民の僕にそんな丁寧に話されるんですか？」

近衛兵団と言えば、王家の身辺警護を担う精鋭。宰相の命令で連行される平民の案内役を、近衛兵団長が自ら務めるなどあり得ない。彼は本来、王城を守っているべき人間のはず。

おまけに、彼は子爵と名乗った。近衛兵団長で爵位持ちである彼の立場なら、スレインに対して頭ごなしに「宰相閣下のご命令だ。ついてこい」と命じることができるはずだった。

「……」

ベーレンドルフ子爵はスレインの問いかけにすぐには応じず、スレインを見定めるような視線を向けてくる。

そして、意味深な微笑を浮かべながら口を開く。

「申し訳ございませんが、私から詳細をご説明することはできません。私の任務は、あなた様を王城にお連れすることのみです。どうかご容赦ください」

「……分かりました」

スレインはそう答えるしかなかった。スレインの立場で、近衛兵団長の貴族をしつこく問い詰めることなどできるはずもない。

ベーレンドルフ子爵はそれきり口を閉ざしてしまい、馬車内を沈黙が支配した。

＊＊＊

移動中は眠っていてもいいと言われたので、スレインは気まずい沈黙の時間をやり過ごすために、背もたれに体重を預けて夢の中に逃げた。ここ数日の疲れと、この異様な状況での気疲れのおかげで、微睡《まどろ》む程度には眠ることができた。

夜が明けて馬車が砦に着くと、砦の一室に一人で放り込まれ、そこで休んだ。夕刻に再び馬車に乗せられてからはまた微睡みの世界に逃げ、次に目が覚めたときには王都ユーゼルハイムに到着したと告げられた。

「……窓って、開けたら駄目ですよね？」

「はい。あまり目立たずにあなた様をお連れするよう命じられておりますので」

スレインが尋ねると、ベーレンドルフ子爵は予想通りの答えを返してきた。

王家の馬車の窓から、どう見てもただの平民が顔を出していてはひどく目立つ。彼の言い分は尤《もっと》もだった。

ここまでの道中で窓の外の景色をまったく見ていないスレインは、自分が王城に向かっているという実感もほとんど湧いていない。

そのまま馬車は進み、やがて止まる。扉が開かれると、そこにあったのは大きな城館だった。

堀と城壁に囲まれた王城の敷地内には、王家の執務と生活の場として館があるのだと、母から聞いたことがあった。目の前の城館がそれらしかった。

馬車を降りたところで、スレインの足が竦《すく》む。

荘厳な城館。手入れの行き届いた前庭。馬車を迎える使用人や近衛兵たち。それらに囲まれた、安っぽい服装と貧相な体軀《たいく》の平民――つまりは自分自身。

自分の存在があまりにも場違いすぎる。本当に自分はこんなところにいていいのか。

「こちらです。宰相閣下がお待ちですので、お急ぎください」

スレインの様子を意に介さず、ベーレンドルフ子爵が城館の正面玄関を手で示す。

先導して歩く彼の後ろを、スレインはおそるおそるついていく。広々とした玄関。特別きらびやかではないが、掃除の行き届いた綺麗《きれい》な廊下。そんな光景の中を通り抜け、階段を上がり、また廊下をしばらく進み、ひとつの扉の前でベーレンドルフ子爵は足を止めた。

「ここが宰相閣下の執務室となります」

「あの、貴族の方への挨拶の作法とか、僕は全然……」

「不要です」

無機質な微笑を浮かべて短く答えた子爵は、スレインの返事を待たずに扉を叩いた。

「宰相閣下。ベーレンドルフ子爵です。アルマ様の息子、スレイン様をお連れしました」

「入れ」

硬質で鋭い老人の声が部屋の中から聞こえ、それを受けてベーレンドルフ子爵は扉を開いた。彼に手振りで促され、スレインは少し震える足で室内に歩み入った。

スレインの後ろから子爵も入室し、扉を閉める。

部屋の中にいたのは、齢《よわい》六十は過ぎているであろう老人だった。扉越しに聞こえた声の印象と同じく、鋭い表情をしている。

「スレイン様、お初にお目にかかります。国王陛下より王国宰相の任を戴《いただ》いております、ノルデンフェルト侯爵セルゲイと申します」

ノルデンフェルト侯爵から頭を下げられたスレインは、ごくりと唾を飲み込んだ。

侯爵家といえば、ハーゼンヴェリア王国内に一家しかない大貴族家。そして王国宰相は、この国の内政の頂点に立つ人物。

そんな人物にお辞儀をされて、敬語を使われて、どんな反応を示せというのか。

「……ご自身の置かれた状況について、色々と疑問を持たれていることでしょう。順にご説明しますので、どうかお座りください」

侯爵に勧められて、スレインは部屋の隅、応接席のような場所に置かれた椅子に腰かける。その向かい側に侯爵が座り、ベーレンドルフ子爵はスレインの後ろに立って控えた。

「まずは、あなたのお立場についてお伝えします。あなたが何故、このようなかたちで王城へと招かれたのか。それは――」

「――僕が国王陛下の息子だから?」

スレインが呟くように言うと、侯爵は小さく眉を吊《つ》り上げた。

それを見て、スレインは青ざめる。

軽々しくとんでもないことを言ってしまった。平民の分際で、よりにもよって王国宰相の言葉を遮って、自分が国王の息子だと考え、その考えを口にするなど。今この場で無礼打ちされてもおかしくない。

「あのっ、も、申し訳ございません。本当に、どうかお許しください」

ノルデンフェルト侯爵はスレインに何も答えず、スレインの後ろを睨《にら》みつける。

「何も話すなと言ったはずだが?」

「私も部下も、一切何もお伝えしておりません」

侯爵に答えるベーレンドルフ子爵の声は極めて冷静で、詰問に動揺している様子は微塵《みじん》もなかった。それからしばしの間をおいて、ノルデンフェルト侯爵は再びスレインを向いた。

「何故、ご自分が国王陛下の御子だとお思いになったのですか?」

「えっ……と。まず、侯爵閣下やベーレンドルフ子爵閣下の言葉遣いで。高貴な身分のお二人が、ただの平民である僕に敬語を使われることに、違和感を覚えました。それと、平民の僕を王城へ運ぶのに、王家の紋章が記された馬車が使われるのも普通ならあり得ないと、何か相当の理由があるのだろうと考えました」

ノルデンフェルト侯爵の鋭い視線に刺されながら、スレインは必死に頭を働かせて語る。

「後は……母からは、父は僕が生まれる前に死んだと聞かされていたんですけど。でも、僕は母の生前の様子を見ながら、実は父はどこかで生きているんじゃないかと思ったことがあって……母が王城で働いていた過去や、父についてあまり詳しく話そうとしなかったことを考えると……」

「……それだけの要素から、ご自分が国王陛下の御子ではないかと思われたと」

ノルデンフェルト侯爵の声色はスレインを責めるものではなかったが、スレインは思わず身を竦めた。

侯爵は目を閉じて重いため息を一度吐き、また目を開いてスレインを見据える。

「あなたのご推察の通りです。あなたが何故、このようなかたちで王城へと招かれたのか。それは、あなたがフレードリク・ハーゼンヴェリア国王陛下の庶子だからです」

「……っ」

言われて、スレインは息を呑《の》んだ。自分で推察しておきながら、しかしそれが正しいと言われると、衝撃的な事実を前に呆然《ぼうぜん》とせずにはいられなかった。

「あなたの母君アルマ様は、王城で下級官吏として働いておられた頃、当時は王太子であったフレードリク陛下と男女の関係になり、妊娠をきっかけに王城を去りました。その後に生まれたのがあなたです……即ち、あなたは公式に認知はされていませんが、国王陛下の実の息子です」

「……」

目の前に座るノルデンフェルト侯爵は、見るからに厳格そうな人物。とても冗談でこんなことを言うようには見えない。彼が悪ふざけで自分の勘違いに付き合っているということもあるまい。

だから、ここまで来れば信じるしかない。

自分の父はこの国の国王、フレードリク・ハーゼンヴェリアなのだ。自分は庶子とはいえ、王の子供なのだ。

未だ受け入れ難い話を、それでも理性ではひとまず受け入れたスレインの頭に、新たな疑問が浮かぶ。

「……僕が国王陛下の庶子だとして、どうして今になって王城に招かれて、そのことを明かされたのでしょうか？　国王陛下が今まで一度も僕に会おうとも、父だと名乗り出ようともしなかったことから考えて、庶子の僕はあまり公にしていい存在ではないのでは？　僕みたいな人間がこんなところに来ても、揉《も》め事の種になるだけではないかと思いますが……」

問われた侯爵は、また目を伏せて黙り込んだ。

やがて視線を上げ、感情の読めない目でスレインを見る。

「あなたを王城にお招きしたのは、国王陛下が亡くなられたからです」

「……っ」

スレインは無言を保ったまま、目を見開く。

「二週間ほど前、新年の祝祭の夜に、王城で火事があったことはご存知でしょうか？」

「……そういえば、聞いた気がします」

侯爵に言われて、スレインは思い出した。

一月の中旬頃に行われる新年の祝祭。その夜は、家族が皆で夕食を共にし、新しい年を迎えたことを神に感謝するのがこの国の国教における習わしだ。

その夕食時に王城で火事があり、立ち上る煙が王都の市街地からも見えたと、スレインの住むルトワーレにも噂話《うわさばなし》が流れてきた。噂が広まってそれほど経たずに母が死んだので、葬式の準備などに追われてすっかり忘れていた。

「でも、確かその火事では死者も重傷者も出なかったはずじゃ……国王陛下も、自ら王都の広場に御姿を見せて、無事を宣言されたと聞いています」

王城の火事は小火程度で収まり、王族も皆無事だったらしい。そう語られていたのも、スレインがこの火事の件を忘れ去っていた理由だ。

「そう、確かに陛下は王都の広場に立たれ、御身の無事を宣言されました。実際はお身体に重い火傷《やけど》を負われ、立つことさえお辛《つら》かったはずなのに、民を安心させて王家が盤石であることを示すためにそうなされた……一国の主にふさわしいお振る舞いでした」

侯爵は重苦しい口調で語る。

「それが十日ほど前のこと。その後も陛下は懸命に火傷と闘われましたが、数日後に亡くなられました。陛下だけではありません……カタリーナ王妃殿下、ミカエル王太子殿下も火事で亡くなられました。さらには、晩餐《ばんさん》に招かれていた陛下の妹君ティーア・ウォレンハイト公爵夫人、その夫君のチェスラフ・ウォレンハイト公爵閣下、お二人のご子息ヴラドレン・ウォレンハイト様も亡くなられました」

「……え」

侯爵の言っている意味を、スレインはすぐには飲み込めなかった。

彼の言っていることが正しいなら、国王とその妻、一人息子、妹、妹婿、そして甥《おい》。その全員が命を落としたことになる。ウォレンハイト公爵は別としても、王家の直系の人間が死に絶えたことになる。

「そ、そんな……どうしてそんなことに」

「陛下はとても信心深い御方でした。新年の祝祭の夜は、この城館の三階にある祈りの部屋で、家族と共に神へ感謝を捧《ささ》げながら静かに食事をすると決めておられました。今年の祝祭の夜もそのようになされ……その部屋で、火事が起きました。王妃殿下の御召し物の裾に燭台の火が燃え移り、慌てた王妃殿下が扉側の藁《わら》束に倒れ込んでしまい、火が部屋中に燃え広がったのです」

祝祭の夜の食事は、大地の恵みの象徴である藁を、室内を囲むように飾った中でとるのが最も望ましいかたちとされている。

全ての人間が信心深いわけではないので、そこまで厳密に祭事を行う家は少ない。実際、スレインの家も、玄関の扉の両脇に細い藁束を飾る程度だった。

しかし当代国王は、信仰を大切にする人物として民の間でも有名だった。そんな彼は、毎年の祝祭の夜、夕食をとる自分たちをぐるりと囲むように、多くの藁束の飾りを室内に並べさせていたのだという。

「陛下と王族の皆様がいらっしゃった一室は、伝統的な祈りの部屋のかたちに則り、入り口が一か所しかない石造りの部屋でした。おまけに窓は小さく……部屋を囲む藁束に次々に燃え移った火は大きくなり、王妃殿下は瞬く間に火に包まれたそうです。その他の皆様は、多くは煙を吸って倒れ、国王陛下は避難経路を確保するために扉側の藁束をどかそうとしましたが、その際にやはり御召し物に火が燃え移り、全身に酷《ひど》い火傷を負われました」

部屋の外で異変を察知した使用人や近衛兵たちが、扉を塞ぐ火を消してなんとか室内に入ったときには、王妃は火傷で、その他の者は煙で命を落とし、国王だけがかろうじて生きていた。

その国王から、室内で起こった一連の出来事を聞いたのだと侯爵は語った。

「本当に……本当に、そんな酷いことが起こったんですか？」

スレインは思わず尋ねた。戦争でも、疫病でも、暗殺騒ぎでもなく、単なる一室の火事で王族が全滅するなど、とても信じられなかった。

事実は物語よりも奇なりとも言うが、これはあまりにも衝撃的すぎる。悲劇などという言葉では片づけられない。

「信じられないお気持ちは分かります。私とて、自分で話していて嘘ではないかと……嘘であってほしいと未だに思うほどです。しかし、これが変えようのない現実なのです。ハーゼンヴェリア王家は、城館の一室を焼いた火事で、当主と直系の一族を全員失いました」

ノルデンフェルト侯爵はそう言って、顔を伏せて黙り込んだ。

スレインはとても口を開けない。スレインの後ろに立つベーレンドルフ子爵も無言を保つ。重苦しい沈黙が室内を支配する。

たっぷり数十秒は経ってから、ノルデンフェルト侯爵が顔を上げた。

「ここまでの話はご理解いただけたかと思います。そしてここからが、あなたにとっては本題となります……結論から申し上げましょう。スレイン様、あなたにはこのハーゼンヴェリア王国の王位を継いでいただきたい」

「…………へっ？」

スレインの声は、不格好に裏返った。

今さら自分の出自を明かされたのは、父の死が関連しているのだろうとは思っていた。父の死後に、彼が父親であったことを明かしてよいと遺言でも出ていたのだろう。そんな予想をしていた。

しかしまさか、王位を継げと――王になれと言われるとは。まったく予想していなかった。

「いや、えっ？　どうして僕が……もっと他に、王家の血が流れていて、身分的にもふさわしい人がいるんじゃないですか？　少し家系図を辿《たど》れば――」

「いないのです」

ノルデンフェルト侯爵はスレインの言葉を遮る。

「申し上げたように、国王陛下の妹君である公爵夫人も、そのご子息も亡くなられました。次に家系図を辿ると、陛下の従兄弟筋ということになりますが……陛下の二人の従兄弟のうち、一人は独身のうちに病死されています。もう一人、陛下の従妹にあたる方がいらっしゃいますが、その方は既に他国の王家へと嫁いでおられます。ハーゼンヴェリア王家がこのような状況で、他国の王族を国王に迎えるわけにはまいりません。属国化されかねないのです」

「じゃ、じゃあ、もっと家系図を辿って、僕の祖父、先代陛下の従兄弟の子孫を――」

「それでは血の繋がりが離れすぎ、数も増えすぎます。今の王家の直系からあまりにも血筋の遠い方が王位を継ぐのは、王位の正当性そのものを損ないます。誰が王位を継ぐのかで貴族の争いも起こるでしょう……それよりもずっと近い方が、陛下の直系の子孫がいらっしゃる。スレイン様、それがあなたです。あなたは庶子とはいえ、陛下の実の息子です。今この国であなた以上に王位にふさわしい人物はいないのです」

「…………」

スレインは呆然としていた。

自分はただの平民だ。ただ都市の片隅で平穏に暮らしていただけの、しがない平民だ。

それが王位を継ぐ？　この国の王になる？

想像もつかない。自分がそうなった姿が微塵も思い浮かばない。王が務まるとは思えない。

「む、無理です、僕は……」

スレインは立ち上がる。この部屋から、ノルデンフェルト侯爵の視線の圧から逃げ出したい衝動に駆られて後ずさる。

その肩を、後ろからベーレンドルフ子爵が無言でがっちりと摑《つか》んだ。

「なりません、スレイン様。あなたに逃げるという選択肢はございません」

そして、ノルデンフェルト侯爵が射貫《いぬ》くような視線でスレインを見据えて言った。

「……それって、もし断ったら、僕は殺されるってことですか？」

「そのようなことはいたしません。国王陛下の遺児であらせられるあなたを殺すはずもない。ですが……スレイン様。あなたには責任があります。王家の血を継いで生まれた責任が。だからこそ、あなたには王位を継いでいただかなければならない」

ただでさえ鋭いノルデンフェルト侯爵の目が、さらに細められる。

「あなたが国王になることを拒否されれば、この国は王を持たぬまま混乱に陥ります。そのような国がまともに現状を維持できるはずもない。周囲から国として尊重されるはずもない。国は割れ、領土は荒れ、民は騒乱に飲み込まれるでしょう。多くの者が今の生活を失うことになり、死者も出るでしょう。あなたが王位継承を拒否されれば、そのような事態が起こり得るのです。あなたに流れる血には、それを防ぐ責任があるのです……スレイン・ハーゼンヴェリア殿下」


その後のノルデンフェルト侯爵の話を、スレインはよく憶えていない。

数日後に国王をはじめ王族の死を公表し、二週間後に王国貴族や周辺諸国の代表者を集めて国葬を行う。スレインの身分は今この瞬間からひとまず王太子という扱いにして、今年中——秋頃を目処《めど》に戴冠式を行い、それをもってスレインを正式にハーゼンヴェリア王国の国王とする。

そう説明されたことだけはなんとか記憶に留め、細かな話は聞き流してしまった。

そして今、スレインは城館の最上階、三階奥の一室にいた。そこは前王太子ミカエルの私室だったそうで、華美ではないが質の良い調度品に囲まれていた。

いくら王位継承権一位の王太子になったとはいえ、亡くなったばかりの前王太子の私室では過ごしづらい。せめて客室で寝起きできないか。スレインがベーレンドルフ子爵に相談すると「警備上の理由」で断られてしまった。

王城の構造上、王族の私室は関係者以外の人間が容易に辿《たど》り着けない位置にあるのだという。この国の現状で万が一にも王太子を失うわけにはいかないので理解してほしいと、子爵から言われてしまった。

「……」

二週間前までは王太子ミカエル――自分のような代替品ではない本物の王太子が使っていたであろうソファに力なく座り、スレインは呆《ほう》けた顔をしている。

昼食は断った。とても食欲は湧かなかった。眠気も感じない。ここに来るまでの一日半、寝てばかりいたせいだ。

目に映る部屋の景色も、吸い込む空気も、とにかくあらゆることにまったく現実味がなかった。母の葬式を済ませて、さてこれから食い扶持《ぶち》を稼ぐために動き始めようと思っていたら、いつの間にか王太子だ。

とにかく、何も分からない。何が分からないのかも分からない。何を考えればいいのかも分からない。王太子とはどのようなことを考えて過ごすものなのか。

「失礼します、王太子殿下」

そのとき、部屋の扉が軽く叩かれ、女性の声が聞こえた。スレインは驚いて身を竦める。

「…………殿下。入室してよろしいでしょうか？」

「あっ、は、入っていい……です」

そうだった。王太子という立場上、自分が入室を許すと明言するまで相手は待つしかないのだ。

スレインの慌て気味の応答を聞いて、声の主はようやく扉を開ける。

入室してきたのは、肩口まで伸びた深紅の髪が印象的な、若い女性だった。使用人の服装ではなく、軍装姿だった。

てっきりメイドが何かの用でやって来たのかと思ったスレインは、女性を見て驚いた。近衛兵の守るこの部屋に入ることができた以上、それなりの立場にある人物なのだろうが、「軍装した若い女性」という要素だけではその正確な立場が摑めなかった。

スレインの驚きをよそに、女性は片膝をついて首を垂れる。

「お初にお目にかかります、王太子殿下。私はアドラスヘルム男爵家が長女、モニカ・アドラスヘルムと申します。ノルデンフェルト侯爵閣下より王太子付副官の任を与えられ、殿下のもとへ参上いたしました」

「ふ、副官？」

聞き慣れない言葉に、スレインは疑問を口にする。

「はい。私は殿下のお傍《そば》に常に控える副官として、殿下の執務と生活を補佐し、全てのご用命を最初に伺い、あらゆる面において殿下をお助けいたします」

「……」

何となく、スレインは彼女の立場を理解した。要するにこのモニカという女性は、スレインの従者のような役割をこれから務めてくれるらしい。

ひとつ疑問だったのは、それほど重要な役割を務めるのが、男爵家の一子女だということ。

王太子で、いずれは国王になる人間の副官だ。もっと爵位の高い家の、自分と同性の人間が任命されるのが自然かつ妥当ではないか。

スレインはそう思ったが、口に出すことはしなかった。平民の身で王太子になってしまった自分が、正真正銘の貴族令嬢でもあるモニカの身分をとやかく言えるわけがない。

「今後は私が、殿下のお傍に付き、全身全霊で殿下をお支えいたします。どうぞよろしくお願いいたします。王太子殿下」

「……は、はい。よろしくお願いします」

モニカは顔を伏せていてこちらを見ていないのに、スレインは思わず頭を下げる。

挨拶を終えてからも、モニカは跪《ひざまず》いて首を垂れたまま動かない。何も言わない。

「あっ、か、顔を上げてください」

「はい、殿下」

立場上、面《おもて》を上げることを自分が許してやるまで彼女の方からは動けない。スレインが焦りながら出した許可を受けて、モニカは顔を上げ、立ち上がった。

「それでは殿下、明日以降のご予定を説明させていただきます」

＊＊＊

翌日の昼まで、スレインは戸惑いながら、モニカや使用人たちに言われるがままに過ごした。

この丸一日ほどの時間で、王太子という身分がどのようなものか、スレインは嫌というほど思い知った。

まず、入浴。

スレインもルトワーレの公衆浴場に行くことはあったが、自宅に風呂などなかったので、普段は専らお湯で身体と髪を拭くだけだった。

しかし、この王城では違う。ここには王族専用の風呂があり、スレインはまずそこで身を清めることをモニカから勧められた。彼女の口調はあくまで勧めるものだったが、とても断れる雰囲気ではなかった。

そして入った風呂は、大人が数人余裕を持って入れそうなものだった。

城館の二階にある、これほど広い風呂。桶《おけ》で水を運ぶとしても、ちまちまとしか水の出ない水魔法の魔道具を使うとしても、湯船を満たすのはさぞ手間だろう。そう思って風呂担当の使用人に尋ねると、なんと湯船に水を張るのは王家お抱えの魔法使い――いわゆる王宮魔導士の仕事なのだという。手練《てだ》れの水魔法使いに風呂の水張りをさせるという贅沢な話に、スレインは驚愕《きょうがく》した。

次が、夕食。

王族の食事ともなれば、平民として育ったスレインの目には、まるで祝日の御馳走《ごちそう》のように見えた。塩漬けではない肉。焼きたての柔らかなパン。味が濃く、新鮮な野菜がごろごろと入ったスープ。どの料理も見た目だけでなく、味の面でも逸品だった。

そして、睡眠。

王太子のベッドは天蓋《てんがい》付きで、大人が二人並んでも余裕で収まるであろう広さがあった。敷いてあるものも藁ではなく、羊毛か何かを詰めたふかふかのマットレスだった。その寝心地は素晴らしく、緊張に疲れたスレインの身体をよく休ませてくれた。

　これら生活の質の高さはもちろん、もう一つスレインを驚かせたのが、常に人に囲まれた生活環境だった。

　食事中は給仕係のメイドが世話を務め、入浴時に髪と身体を洗うのは風呂担当の使用人の仕事だった。力仕事ではないからか、風呂担当の使用人は女性だった。異性の前で裸になることにスレインは当然恥ずかしさを覚えたが、使用人は平然とした顔で自分の仕事をしていた。

　就寝時は寝室の中にこそ人はいなかったものの、外の廊下には不寝番《ふしんばん》の近衛兵が控えていた。副官であるモニカも、さすがに浴室には入ってこなかったが、それ以外は常に傍に控えていた。スレインが寝る段になって彼女はようやく王城内の自室に帰っていったが、翌朝の起床時には軍装を完璧に整えた状態でスレインの前に現れた。

　起床後はメイドたちに手伝われながら着替え、またモニカや給仕係のメイドに見守られながら美味な朝食を取った。

　このように王族の生活というのは、四六時中、副官やら使用人やら近衛兵やら、とにかく誰かしらが近くにいるものらしかった。母と二人暮らしだったスレインにとっては、家族でもない大勢の人間に囲まれたこの暮らしは、とても落ち着かないものに思えた。

　そんな、全てが未知である生活を丸一日送り、正午前。スレインは謁見《えっけん》の間にいた。

「それでは殿下。臣下の皆様をお招きしてよろしいでしょうか？」

「は、はい。お願いします」

石造りの広い部屋の最奥で、国王の席である玉座には座らずその前に立ったスレインは、モニカに言われて緊張した面持ちで頷《うなず》く。

スレインがこれから行うのは、ハーゼンヴェリア王家に直接仕える主だった臣下たち——いわゆる法衣貴族と呼ばれる、領地を持たず王家の下で役職を持つ貴族たちとの顔合わせだ。

スレインの許可を確認したモニカが、謁見の間の入り口を守る近衛兵に手振りで合図を送る。それを受けて、入り口の扉の左右に立つ近衛兵たちが扉を開いた。

扉の向こうには、既に臣下たちが待ち構えていたらしい。最も立場の高い王国宰相であるノルデンフェルト侯爵を先頭に、十数人がぞろぞろと入室してくる。

彼らはこの王国の中心を支え、王領と国家の運営を担う重鎮だ。その装いも佇《たたず》まいも、表情も、堂々としたものだった。誰もが例外なく、この国で一角《ひとかど》の人物であるとよく分かった。

だからこそ、スレインは不安に表情を強張《こわば》らせる。数日前であれば話すことさえ叶《かな》わなかったであろう「偉い人」が、群れをなして近づいてくるのだ。怖くないはずがなかった。

臣下たちはスレインから数メートル離れたところで立ち止まり、横一列に並ぶ。

そして、全員が片膝をついて首を垂れた。

「………み、皆顔を上げ……てください」

この顔合わせの段取りは事前にモニカに教えてもらい、軽く練習もしていた。スレインは段取り通りの台詞を、おそるおそる呟く。

本当は「皆顔を上げよ」と偉そうに言うべきだったが、この錚々《そうそう》たる顔ぶれを前に自分がそんなことを言うのはあまりにも恐れ多かった。

スレインの命令を受けて立ち上がった臣下たちの表情は様々。作りものか本物か分からない笑顔を浮かべる者もいれば、無表情でまったく感情が読めない者もいる。

「王太子殿下。王国宰相、ノルデンフェルト侯爵セルゲイにございます」

最初に口を開き、あらためて自己紹介をしたノルデンフェルト侯爵は、無表情だった。

彼の名乗りの後、並ぶ臣下たちが続く。

「王国軍将軍、フォーゲル伯爵ジークハルトにございます」

筋骨隆々の偉丈夫が、迫力のある笑顔を浮かべながら敬礼する。

「王国外務長官、エステルグレーン伯爵エレーナにございます」

深い青色の髪をした優雅な印象の女性が、その印象通りの優雅な所作で一礼する。

「王国近衛兵団長、ベーレンドルフ子爵ヴィクトルにございます」

昨日と同じく無機質な微笑のベーレンドルフ子爵が、整った敬礼を見せる。

その後も、爵位と役職を持って王家に直接仕える上級の武官や文官たちが名乗る。その中にはモニカの父であるアドラスヘルム男爵もいた。彼は役職を農業長官と名乗った。

「筆頭王宮魔導士、名誉女爵ブランカにございます」

最後に、列の端に立つ女性——左側の側頭部を短く刈り上げ、右側は長く伸ばすという独特の髪型をした強気そうな女性が鋭く敬礼する。王宮魔導士という役職や、一代限りの名誉女爵という身分を聞くに、魔法使いなのだろう。

臣下一同の自己紹介の締めとして、ノルデンフェルト侯爵が再び口を開く。

「以上が、ハーゼンヴェリア王家に仕える直臣《じきしん》の顔ぶれにございます。我らはハーゼンヴェリア王家の忠実なる臣として、王家と王国のため、己の職務に粉骨砕身してまいります……スレイン・ハーゼンヴェリア王太子殿下に、変わることのない忠誠を！」

「「「スレイン・ハーゼンヴェリア王太子殿下に、変わることのない忠誠を！」」」

全員が侯爵の言葉を復唱し、一斉にスレインへと首を垂れる。

「……」

何だ、これは。

変わらぬ忠誠を。自分に。この自分に。

つい昨日までただの平民だった自分に、この国を動かす力を持った貴族たちが揃《そろ》って頭を下げ、忠誠を誓っている。

何だこれは。何なんだこの状況は。

「……っ！」

スレインは吐き気を覚えた。

無理だ。できない。なれない。

事態を飲み込めないまま、現実味のないまま、言われるがままにこんなところへ来て、こんなところに立ってしまった。

だが、今こうして高貴な身分の人々にひれ伏されて、ようやく実感が湧いてきた。

これは異常だ。こんな、ただの平民だった自分が王太子だなんて。ましてや国王だなんて。自分の出自も、血筋の責任も関係ない。務まるわけがない。冗談じゃない。

「殿下？　ご体調が優れないのですか？」

傍らに控えていたモニカが、心配そうな表情で数歩、歩み寄ってくる。スレインはそれを手で制し、もう一方の手は口に当て、必死に吐き気をこらえる。

荒い呼吸をくり返して気を鎮め、貴族たちの居並ぶ前で胃の中の朝食をぶちまける無様だけはなんとか避けたスレインは、しかし血の気の引いた顔で彼らの方を向いた。

「……ご、ごめんなさい。できません。僕には無理です」

「あっ、殿下！」

謁見の間から逃げ出したスレインを、モニカが追う。

後に残されたのは、首を垂れたままの臣下たち。彼らはその姿勢をしばらく保っていたが、ノルデンフェルト侯爵が頭を上げると、皆それに倣った。

「「「…………」」」

「お逃げになられましたな」

「仕方ありませんわ。つい昨日まではただの平民だったお方ですから」

どこか弛緩《しかん》した空気が漂う中、無機質な微笑を浮かべたまま呟いたベーレンドルフ子爵に、妖艶な笑みのエステルグレーン伯爵が答える。

「……まあ、王太子様の気持ちも分かりますけど。あたしも平民上がりなんで」

言葉遣いを崩し、少しばかり粗野な雰囲気を滲《にじ》ませながら、魔法の才によって身ひとつで王宮魔導士に成り上がった名誉女爵ブランカが言う。

彼らの口調には、スレインへの期待の色は一切なかった。その代わりに、失望の色もなかった。

こんなものだろう。平民から拾い上げられたばかりの王太子なら。

そんな感想を、この場にいる大半の者が共有し、口々に語る。

彼らがスレインに向けて誓った忠誠に嘘はない。これまでそうであったように、彼らはこれからもハーゼンヴェリア王家の血に仕え、尽くすつもりでいる。

しかし、彼らは王位の正統な後継者であるスレインを担ぐつもりはあっても、スレインが自らの足で自分たち臣下の上に立ってくれるとは期待していない。少なくとも今のところは。

だからこそ、直臣たちとの初めての顔合わせという重要な場から、スレインが無様に逃げ出したにもかかわらず、誰も怒ることはなく、嘆くこともなかった。良くも悪くも自分たちの予想通りだと語り合っていた。

例外は二人。一人はノルデンフェルト侯爵で、彼はスレインが逃げ出していった扉の方をじっと睨んでいた。

もう一人は、フォーゲル伯爵だった。彼は空の玉座を見据え、快活な笑みを浮かべていた。

「だが、さすがはフレードリク陛下の血を継いでいるだけあって、あのお方は賢そうな表情をされていた。賢明な君主となられる資質をお持ちなのではないか？」

「あら、まだ直接言葉を交わしたわけでもないのに、フォーゲル卿《きょう》は随分と高く評価しているのですね。あの可愛らしい新王太子殿下を」

エステルグレーン伯爵がくすくすと笑いながら、半ば茶化すように言っても、フォーゲル伯爵は表情を変えない。視線も動かさない。

「……卿らの感想など今はどうでもよい。まず行うべきは、王太子殿下の説得だ。殿下が国王となるためには、何より殿下のご意思が必要なのだ。今の御身分を受け入れ、王位につくことに前向きになっていただかなければ何も始まらん」

ここまで黙り込んでいたノルデンフェルト侯爵が、法衣貴族たちに視線を巡らせて言う。

「確かに、宰相閣下の仰《おっしゃ》る通りですな。では早速、説得とまいりましょう」

「卿がやってくれるのか？」

「上手《うま》くやれるかは分かりませんが……それでも微力を尽くしましょう。フレードリク陛下のご遺志にお応えするためにも」

フォーゲル伯爵はそう言いながら、スレインが走り出ていった扉へとゆっくり歩いていった。


「……ごめんなさい。僕、あんな大切な場面で逃げ出して」

「殿下が謝られることなどありません。殿下のここまでのご事情を思えば、あのような場で動揺されるのも無理のないことです。私の方こそ、殿下を適切に補佐してお心を楽にすることができず、申し訳なく思います」

「いや、モニカさんのせいじゃないです。ただ、僕は……」

謁見の間を出て適当な一室に逃げ込んだスレインは、後を追いかけてきたモニカの前で、うじうじと言葉を並べていた。

「おお、ここへいらっしゃいましたか、王太子殿下」

そこへ野太い声がかけられる。スレインが顔を上げると、扉を開け放した部屋の入り口に、筋骨隆々の偉丈夫が立っていた。

「あなたは……確か、えっと……フォーゲル伯爵閣下？」

「左様です。憶えていただき光栄に存じます。ですが『閣下』を付けるのはご容赦ください。臣下としての私の立場がなくなってしまいますので」

「あっ、す、すみません」

「いえ、どうかお気になさらず……殿下、少しお話しさせていただいても？」

「は、はい……あっ、座ってください」

スレインの言葉を受けて、フォーゲル伯爵は手近な椅子に腰を下ろす。

「殿下、先ほどはひどく緊張なされていたようですな」

「……はい」

フォーゲル伯爵の口調はスレインを責めるものではまったくなかったが、スレインは逃げ出したことに気まずさを感じて俯《うつむ》きながら答える。

「無理もございません。殿下は一平民として平穏に育ち、少し前には母君を亡くされたばかりだとも聞いております。そのようなときに王城へと連れて来られ、いきなり次期国王になれと言われ、状況を飲み込む間もなく王太子にされてしまったら、困惑されるのも当然でしょう。私が同じ立場でも逃げ出すかもしれません」

フォーゲル伯爵はそう言いながら、嫌味のない笑顔を見せた。

「この場での話は内密にいたしますので、どうか本音をお聞かせいただきたく存じます……殿下はやはり、叶うならば王位継承権など放棄したいと思われますかな？」

「……そう、ですね。正直に言って、国王になりたいとは思いません」

快活な人柄を覗《のぞ》かせるフォーゲル伯爵の声に、スレインはつい本心で答える。

「だって、僕はただの平民ですよ？　母はしがない写本家で、僕は母の手伝いばかりして生きてきました。読み書きや計算はそれなりにこなせるつもりですが、国王になるための教育なんて何ひとつ受けてません。心構えもできてません。とても国王なんて務まりません」

モニカが静かに部屋を出ていくが、俯いたスレインはそのことに気づかないまま話し続ける。

「それに、自分の父が国王陛下だったなんて、急に言われても……母からは、僕が生まれる前に父は死んだと聞かされてました。誰かを想っているような母の様子を見て、実は父がどこかで生きてるのかもしれないとも思いましたけど……まさか、それがこの国の国王だなんて」

そこで言葉を切り、スレインは深いため息を吐く。

「……王族の方々が火事で亡くなって、この国が今とても大変な状況にあることは分かってます。僕が王位を継ぐのがいちばん都合がいいということも。でも、ノルデンフェルトかっ……ノルデンフェルト侯爵からは『王家の血を継いで生まれた責任がある』だなんて言われましたけど、そんなこと言われても困るって、思ってしまいます」

これがみっともない愚痴だとしても、スレインは言葉を吐かずにはいられなかった。

「国王陛下……父には、できることなら文句を言いたいです。母を王城から放り出して、僕に父親だと名乗り出ることもなく、生活を援助することもなく、僕と母をただ放置して。息子の僕と会うことも話すこともなく死んでしまって。そんな無責任な父親の、血筋の責任を、なんで僕が受け継がないといけないんだって……知ったことじゃないですよ」

「はっはっは！　殿下の仰りようを聞いていると、確かにフレードリク殿は殿下に対して、ろくでもない父親だったと言わざるを得ませんな」

豪快に笑ったフォーゲル伯爵の言葉に、スレインは違和感を覚えた。

フレードリク・ハーゼンヴェリア国王を「フレードリク殿」と呼ぶのは、たとえ重臣であっても距離感が近すぎるのではないか。そう疑問を抱いた。

「国王陛下と歳が近かった私は、陛下と肩を並べて育ち、学問や武芸を学びました、陛下は私にとって主君であり、同時に友でもありました」

スレインの内心の疑問に答えるように、フォーゲル伯爵は語った。

「スレイン殿下。一臣下ではなく、あなたの父君の友として申し上げます……どうか彼を許してやってください」

「許す？」

「はい。彼が殿下の母君であるアルマ殿を王城から去らせたのも、殿下に父と名乗り出なかったのも、全ては殿下とアルマ殿を守るためだったのです」

首をかしげたスレインに、フォーゲル伯爵は頷きながら話を続ける。

「当時まだ王太子だった国王陛下は、下級文官であったアルマ殿と男女の関係になりました。王侯貴族の世界においてこのような話はそう珍しくはありませんが、陛下とアルマ殿の場合はそれが本気の恋になってしまい、さらにアルマ殿は妊娠しました。当時まだ陛下は独身でした。こうなってはよろしくない。国王が正妃を迎える前に愛人を持ち、その愛人が大きな寵愛《ちょうあい》を受け、正妃より先に子を産むとなると、いずれ揉めることは必至です。あのまま状況を放置していては、アルマ殿の子……すなわちあなたが、幼いうちに不審な死を遂げていた可能性もありました」

自分の生き死にと直結する物騒な昔話に、スレインは顔を強張らせた。

「だからこそ、陛下はアルマ殿をそのまま愛人とせず、彼女が他の仕事を得られるよう根回しをした上で、王城を離れさせました。アルマ殿との関係を断ち、公式にはあなたを我が子と認めずにおくことで、陛下はあなたとアルマ殿を守ったのです。それが唯一の方法であったことは、誰の目にも明らかでした」

「……」

自分の出生の秘密、自分の知らなかった母の過去に、スレインは聞き入っていた。

「陛下はあなた方に金銭的な援助もしようとしましたが、アルマ殿がそれを拒否したと聞いています。正妃であるカタリーナ殿下の周囲に援助の件が知られれば、陛下が庶子に愛情を持っていると思われて、再びあなたに危険が及ぶかもしれない。アルマ殿はそう考えたのです……援助を断られた陛下は『俺は愛した女とその息子を養ってもやれない』と嘆いておられましたが」

ややおどけた様子でフォーゲル伯爵が言うと、スレインもつい小さく笑ってしまう。

「それでも陛下は、アルマ殿とあなたのことを気にかけておられました。もちろん、正妃として迎えたカタリーナ王妃殿下とは夫婦として愛を育んでおられましたし、一人息子のミカエル殿下にも惜しみなく愛情を注いでおられましたが、それは別としてアルマ殿とあなたのこともお忘れにはなりませんでした。このあたりの心の機微は、お若い殿下には理解しかねるかもしれませんが……男とは、父親とはそういうものなのです」

フォーゲル伯爵はそこで言葉を切り、小さなため息を挟む。

「なので、アルマ殿は年に一度、あなたの成長の様子を手紙にしたため、陛下に送っていました。他の者が手紙を読んでもそれと分からない書き方で、いくつもの場所を経由する運び方で。陛下はアルマ殿の手紙を楽しみにしておられました。かつて情熱的に愛し合った女性から届く、彼女との間にできた息子の成長ぶりを知りながら、若き頃の思い出を懐かしんでおられました……親子らしい関係は築けなくとも、陛下は息子であるあなたのことを、間違いなく愛しておられました」

それまで中空を見つめながら語っていたフォーゲル伯爵は、スレインに視線を向けた。

「あなたの父フレードリク・ハーゼンヴェリアとは、そういう男でした。死の前日、自分がもう助からないと察したらしい陛下は、臣下の中でも側近格であるノルデンフェルト侯爵閣下と私を呼んで仰いました。あなたを次の国王として立て、補佐してやってほしいと。そしてあなたとアルマ殿にお伝えするよう仰いました……こんなことになってすまない、と。残念ながら、アルマ殿は奇しくも陛下と同じ日に亡くなられたようですが」

フォーゲル伯爵は話し終えた。室内に静寂が訪れ、スレインは今聞いた話を、直接会ったこともない父の話を心の中で噛《か》みしめていた。

そこへ、そっとカップが差し出される。スレインが横を見ると、モニカが微笑みを向けてくれていた。いつの間にか退室していた彼女は、ハーブ茶を用意して戻ってきたらしかった。

偶然だろうが、ハーブの種類は母が庭で育てていたものと同じだった。

スレインがカップを手に取り、口元に近づけると、感じるハーブ茶の温度はほどよく温かかった。一口飲むと、様々な感情がすとんと心の奥に落ちていった気がした。

「……はぁ」

スレインはカップをテーブルに置き、吐息を一つ、零《こぼ》す。

自分の父は国王だった、と知ったときは、その存在感に慄《おのの》いていた。子供の頃からその姿を想像していた父が、なんだか急に得体の知れない異様な存在になってしまった気がしていた。

そんな人物の血を引く自分という存在そのものが、「王太子かつ次期国王」という突然与えられた身分に吊り上げられて、宙に浮いてしまっているような気がしていた。

しかし、フォーゲル伯爵の語り口のおかげで実感が湧いた。彼の温かみのある語り口の裏には、確かな感情を持つ一人の男の影を――血の通った人間である父の影を見ることができた。

何ということはない。父は国王であると同時に、ごく当たり前に感情のある人間だったのだ。母はそんな父と恋に落ちて、肌を重ねて、自分を産んだのだ。

自分はごく普通に人間らしい男女を親に持ち、彼らに見守られて育ったのだ。父の見守り方は、一般的なものとは言い難かったかもしれないが。

もちろん、これで全て納得したわけではない。感情的には、父に思うところはある。顔も見せなかったくせに、何ひとつ直接の言葉はくれなかったくせに、よくもまあ最後の最後に都合よく、こちらが持て余すような遺産を押しつけてくれたものだ。

母に対しても、言いたいことはある。

あの物静かで生真面目な母が、若い頃は王太子と身分違いの恋に燃える青春を過ごしたなんて。父が本当は生きていたなんて。どうしてそんな凄《すご》い話を教えてくれなかったのか。おまけに、父の死に合わせるようにあの世へと旅立ってしまうなんて。息子が成人の年になったのを見届けて、それで満足して、再び父の方へ行ってしまったとでもいうのか。

しかし、そんなことを言っても今さらもう遅い。

血の責任のことも、父が自分と母と一切の接触を断っていたことも、もはや何も言うまい。父と母による、政治的に極めて面倒な恋の果てに自分が生まれたのは事実だ。全ては自分を守るためのことだったと理解するしかない。自分が父の立場でもそうしただろう。

自分の父が国王で、王位継承権という厄介極まりない遺産を遺していったことも、文句を言ってもどうしようもない。そもそも親を選んで生まれることなど誰にもできないのだし、「国王の子に生まれるくらいならこの世に誕生しない方がよかった」とは言えない。

全ては仕方のないことだったのだ。

そして――やはり、自分に父がいたことは嬉《うれ》しい。父が誰なのか分かったことは嬉しい。父が自分を愛して、自分を見ていてくれたことは嬉しい。理屈ではなく、どうしようもなく嬉しいと思ってしまう。会ったことも話したこともないとしても、それでも父だ。

自分はフレードリク・ハーゼンヴェリアとアルマの息子なのだ。その事実からは逃げられない。

「いかがでしょう、殿下。フレードリク殿の跡を継いで国王になってはくださいませんか」

スレインの思考がまとまるのを待ってくれていたのか、フォーゲル伯爵は丁度よい頃合いでまた口を開く。

「多くのご不安があることでしょう。ですが、殿下は決してお一人ではございません。フレードリク殿の遺臣である我々が全力をもって、文字通り命を賭してお支えし、お守りすることを約束いたします。何も心配なさる必要はございません」

フォーゲル伯爵はスレインの目をまっすぐに見ながら言った。

「……僕は父とは違います。本物の王太子殿下とも違います。王家の血を継いでいるだけの、本当にただそれだけの人間です。それでいいんですか？」

「だからこそ、あなたに王になっていただきたいのです、殿下。今はあなただけが本物の王太子です。あなただけが我々の次期国王、我々の仕えるべき主君なのです……我々の敬愛した国王陛下の遺児であるあなたに、これからもお仕えしていく幸福を、どうか与えてはくださいませんか」

「……」

スレインは天井を仰ぎ、深いため息を吐く。

「――その賢さを、この国のために使いなさい」


母が事あるごとに、スレインにそう語りかけていた理由が、今日分かった。

母はこの祖国を愛していたのだ。かつて愛し合った男が、王として治めていたこの祖国を。

母は父と同じ日に死んだ。まるで父と共に旅立つかのように。

だからきっと、自分の愛した母は、自分の焦がれた父と共に、今も自分のことを見守っているのだろう。

であれば、母は何を望むだろうか。神の御許《みもと》から、父と一緒に自分を見守りながら、自分がどうすることを願うだろうか。

答えは考えるまでもない。

スレインは天井を仰いでいた顔を下ろし、フォーゲル伯爵を見た。

そして、諦念交じりの微苦笑を浮かべて口を開いた。

謁見の間には、未だ法衣貴族たちがたむろしていた。

「随分と時間がかかっているようだな」

「そうですか？　王太子様はあんな様子だったんですから、こんなものじゃ？　そもそも説得が成功に終わるとも限らないですよ」

「ふふふ、フォーゲル卿のあの性格が吉と出るか凶と出るか、微妙なところね」

ベーレンドルフ子爵の呟きに、名誉女爵ブランカとエステルグレーン伯爵がそう返す。

「そもそも、エステルグレーン卿。卿の方が適任だったのではないか？　言葉による説得については本職であろう」

「宰相閣下が行けと命じられれば行きましたが……今回に関してはフォーゲル卿でよかったと思いますわ。国王陛下の友であった彼にできなければ、私たちの誰も成せないでしょう」

外務長官として異国の要人と話し合うことを職務とするエステルグレーン伯爵は、澄ました笑みを浮かべながらノルデンフェルト侯爵に答える。

そのとき。

「皆様。スレイン・ハーゼンヴェリア王太子殿下がお戻りになります」

スレインが逃げ出していった扉から入室したモニカが、臣下たちにそう呼びかけた。

その横を通って入室したフォーゲル伯爵が、少しばかり得意げな顔を見せる。

「……」

「やはり、フォーゲル卿で正解だったみたいですね」

ノルデンフェルト侯爵は感情の読めない顔で黙り込み、エステルグレーン伯爵はそう呟く。

そして、法衣貴族たちはまた列を作り、臣下としてスレインを迎える準備を整える。

少し遅れて入室したスレインは、その彼らの前へ再び立った。

「顔を上げてください」

そう呼びかけるスレインの声は、まだ多少震えていたが、先ほど逃げ出したときと比べれば遥《はる》かに落ち着いていた。

一礼していた臣下たちは、スレインの言葉を受けて、スレインの顔を見る。

「……み、皆さん。先ほどは情けない姿を見せてすみませんでした」

俯きたくなる気持ちをこらえ、懸命に顔を上げたまま、スレインはその姿勢を保つ。

「僕は、国王である父と会ったことも、話したこともありません。僕は昨日まで平民でした。どうすれば国王らしくなれるのかも、そもそも国王とは何をするのかも、まだ何も分かっていません。ですが……それでも、何の努力もせずに逃げ出すことはしないと決めました。母の愛した父と、母の愛したこの国のために」

スレインは勇気を振り絞り、臣下たち一人ひとりの顔を見ながら語る。

「だから、僕は……僕は、王位を継承します。そして、皆さんの期待に応えられるよう努力をします。良き王を目指していきます。これから、どうかよろしくお願いします」

スレインが語り終えると、その場には沈黙が流れた。

気まずい沈黙ではない。臣下たちのどこか安堵《あんど》したような感情が、そして何故か少し驚いたような感情が、空気を伝って静かにスレインに届いた。

「……王太子殿下。殿下のご決心、臣下を取りまとめる身として嬉しく存じます」

ノルデンフェルト侯爵の厳かな声が、場の沈黙を終わらせる。

「国王となる殿下には、これから多くのことを憶え、身につけていただく必要がありますが……ま

ず一つ。その口調はお止《や》めください」

「口調……ですか？」

「それです」

びしりと、ノルデンフェルト侯爵はスレインの口を指差した。

口元とはいえ目上の者を指差すのは無礼な振る舞いにあたるが、我慢ならないと言わんばかりの彼の表情を前に、スレインは何も言えない。

「あなたはこれから、いえ現時点で既に、この国で最も高貴なお方です。そのあなたが臣下である我々に敬語を用いることなど、あってはなりません。我々の上に立つお方として、相応の口調で接していただかなければなりません。今後は我々の名を呼び捨て、目下の人間として扱うようお願い申し上げます」

「分かりま…………分かっ、た」

ぎこちない表情と口調で、スレインはなんとか答えた。

「それでよろしいかと。では王太子殿下、こちらを」

ノルデンフェルト侯爵の言葉に合わせて、モニカが進み出る。スレインの前で片膝をついて彼女が掲げたのは――首飾りだった。

シンプルなデザインの銀製の首飾り。その中心にきらめくのは、国石であるルチルクォーツ。幸運を司《つかさど》る石だ。

透明な石の中に糸のような金の輝きを閉じ込めたそれは、ルチルクォーツの中でも最上級の一品だと、素人目にも分かった。

「これはハーゼンヴェリア王家において、最上の身分にあるお方が身につけることとなっている首飾りです。火事の際、国王陛下は信徒として祭服のみを着用されていたため、この首飾りは無傷のまま残りました……殿下。今はこの国唯一の王族であるあなたが、この首飾りを身につけるべきお方です」

ノルデンフェルト侯爵に促されながらも、スレインはすぐには動くことができない。首飾りに釘《くぎ》付けになったまま固まってしまった。

これは鎖だと、そう思った。

この身を、この人生そのものを、ハーゼンヴェリア王国の玉座へと繋ぐ鎖。それがこの首飾りだ。これを身につければ、もう戻れない。

しかし、今さらだ。スレインは意を決してモニカの掲げる首飾りを受け取った。

そして、それを自身の首にかけた。


「やはり、あのお方はフレードリク陛下の御子だな」

王太子の去った謁見の間で、最初に声を発したのはジークハルト・フォーゲル伯爵だった。

「そうですね。あの表情、そしてあの眼差し。確かに陛下の面影がありましたわ」

それに、エレーナ・エステルグレーン伯爵が答える。他の貴族たちも、口々に同意を示した。

「……確かに。そこについては否定するまい」

セルゲイ・ノルデンフェルト侯爵でさえも例外ではなかった。セルゲイは中空を睨みながら、唸《うな》るように低い声で言った。

彼らが思い浮かべるのは、スレインの瞳。その色。その輝き。

亡き国王フレードリク・ハーゼンヴェリアは、金色の瞳をしていた。まるで、国石であるルチルクォーツのような瞳を。その瞳の色を、亡き前王太子ミカエルは受け継がなかった。

しかし、運命の悪戯《いたずら》と言うべきか、スレインにはそれが受け継がれている。そして奇しくも、今はスレインが王太子の座についた。

初め、スレインが情けない顔で逃げ出したときには微塵も見えなかったフレードリクの面影を、しかし先ほど彼が顔を上げて決意を語ったとき、臣下たちは見た。輝く瞳を戴いたその表情に、微《かす》かに、しかし確かに、亡き主君の面影を見た。

「……正直、最初は全然駄目かと思いましたけど。あの感じなら結構期待できるんじゃないですかね?」

「それはあまりにも安直だろう。一時だけそれらしい表情を保ち、決意を語るだけならば、そう難しいことではない。あの御顔とお言葉だけで、殿下がフレードリク陛下のような国王になられると考えるのは早計だ……そう思いたい気持ちは私も同じだが」

ブランカの言葉に、ヴィクトル・ベーレンドルフ子爵がそう返す。よく言えば冷静な、悪く言えば冷めているヴィクトルの意見と口調に、エレーナがくすりと笑った。

「あら、近衛兵団長殿は手厳しいのですね」

「しかし、事実では？」

「ええ、確かに。でも、せっかく殿下がご決意を語られたんですから、その御心は汲《く》んで差し上げたいと私は思いました。殿下が語られたご決意の通りに頑張られるのであれば、応援して差し上げたいと……いじらしくてお支えし甲斐《がい》があるじゃないですか」

温度差のあるエレーナとヴィクトルの会話を聞き、ジークハルトが笑みを浮かべて口を開く。

「大丈夫だ。殿下は間違いなく国王陛下の息子で、あのように自らご決心もなされた。であれば、後はご成長を信じて待つのみだ」

一度は逃げ出したが、自分の足と意思で戻ってきた。緊張で強張りながらも顔を上げて自分の言葉で決意を語り、亡き父親の面影も見せた。

そんなスレインを、貴族たちは程度の差はあれど、当初の期待値よりは高く評した。平民上がりということを考えると上出来だと。優れた王となるかは分からないが、そうなる可能性は少なくとも秘めていると。そのようなことを考え、語り、同意し合った。

そんな貴族たちの会話に、セルゲイだけは加わらなかった。セルゲイはただ無言で、険しい表情で、思索を巡らせていた。

二章　血の価値

CROWNED RUTILEQUARTZ

法衣貴族たちと顔を合わせ、この国の最上位者の証である首飾りを身につけた翌日から、スレインを待っていたのは膨大な量の勉強だった。

国王フレードリクをはじめとした王族を見送る国葬が開かれるのは、今からおよそ二週間後。その際には王国貴族や平民の重要人物たちはもちろん、周辺諸国からも代表者が王都ユーゼルハイムにやって来る。事態が事態なので、おそらくは君主自ら参列する国も多い。

そうした参列者たちと、スレインは直接会い、挨拶を交わさなければならない。いくら平民からいきなり王太子になった身とはいえ、それでも事実として王太子である以上、あまり無様な姿は見せられない。

なのでスレインは、これから二週間かけて、王国や周辺諸国についての最低限の知識と儀礼の作法を身につけることになる。

「それでは殿下。早速始めさせていただきます……この場には私しかおりません。どうぞお気を楽にされてお聞きください。質問がございましたら、いつでもどうぞ」

「……分かった。よろしく」

城館の一室。以前は国王フレードリクの、これからはスレインの執務室となる部屋。そこでスレインは、黒板と、その傍らに立つモニカと向き合っていた。

本来、王太子の教育は法衣貴族が直々に務めるが、政治の場に王族が実質的に不在である今、宰相セルゲイをはじめとした重臣たちは国家維持のために多忙を極めている。スレインにつきっきりになれるほど暇な者はいない。なのでスレインの教師役を務めるのは、副官であるモニカだ。

「まず最初にご説明させていただくのは、このハーゼンヴェリア王国の歴史と、王国各地の現状です。この国の建国は――」

モニカが語るハーゼンヴェリア王国の基礎知識の中には、写本家の息子として多くの書物に触れ、一般的な平民より広い教養を得てきたスレインが既に知っている部分もあった。

ハーゼンヴェリア王国のあるサレスタキア大陸西部には、かつて大きな統一国家が存在した。大陸中部を広く支配するガレド大帝国と並び栄えていたその国家は、しかし百余年前に崩壊。亡国の貴族たちが入り乱れて争う動乱の時代を経て、二十二の小国へとまとまった。

その国のひとつが、このハーゼンヴェリア王国。今より七十六年前に建国され、亡きフレードリクは四代目の国王だった。

現在、ハーゼンヴェリア王国を含む二十二の小国群は、基本的には平和を保って共存している。国境での小競り合いなどは時おり起こるものの、それによる死者は久しく出ておらず、そうした衝突が決定的な対立に発展することもない。大陸西部の各国同士だけでなく、その周辺地域とも、概《おおむ》ね穏やかな関係を維持している。そんな時代がもう数十年も続いている。

ここまでが、ハーゼンヴェリア王国のある大陸西部の状況。加えて、スレインは王国内部の状況も把握する必要があった。

ハーゼンヴェリア家を王家に据え、周辺の領主貴族家が集まって建国されたハーゼンヴェリア王国は、今のところ封建制をとっている。

領土のうち王家が支配するのはおよそ三割。全人口五万のうち王領に暮らすのは四割の二万。それ以外は、伯爵から男爵まで合計二十の領主貴族家が治めている。彼らは王家より領地と領民を安堵《あんど》され、それと引き換えに王家への忠誠と、有事に国を守るための軍役を義務付けられている。

王家が直接動かせる兵力は、常備軍たる王国軍が三百人。それとは別で、王城や王族の身辺を守る近衛兵団五十人が存在する。戦時はこれらを軸に民から兵を徴集し、他国から侵攻を受けるような緊急時には王領だけで最大二千人ほどの兵力を動員できるようになっている。

こうした軍事力と、一国を治めるだけの権勢を維持するため、王家には王領からの税収以外にも収入源がある。鉄鉱山と岩塩鉱だ。

鉄鉱山から得られる鉄は王領内の消費を補って余りあり、各貴族領や他国に輸出できる程度。岩塩鉱は王国において唯一のものであり、国内において塩は王家の専売となっている。

また、もう一つ王家が抱える鉱山として、国石であるルチルクォーツの鉱山がある。規模は小さいが、ここから得られる宝石は主に国内を中心に装飾品として人気を博している。

これだけの情報でも、スレインがモニカから教えられた知識のほんの概要に過ぎない。

ここからさらに、王国内の各貴族家の名前や特徴や役割、現当主の名前、大陸西部の各国をはじめとした周辺諸国の名前、それぞれの特徴やハーゼンヴェリア王国との関係、現在の君主の名前などを、スレインは立て続けに教えられた。

「いかがでしょう、殿下。ここまではご理解いただけましたか？」

「……まあ、一応」

モニカから穏やかな口調で問いかけられ、スレインは頷《うなず》いた。もともと知っていた部分もあったので、理解するのにそう難しい話ではなかった。

「かしこまりました。では、私が今ご説明した事項を、これより暗記してまいりましょう」

「えっ」

穏やかな口調のままモニカが言い、スレインは思わず間抜けな声で返した。

「これ、全部憶えるの？　国葬までに？」

「はい。国葬の際、殿下には参列者の皆様のお顔とお名前、お立場を把握していただかなければなりません。そのための前提知識として、今ご説明した事項については全て暗記していただく必要がございます。国葬までの日程のうち、後半は儀礼のお勉強や葬儀周りの準備と練習がございますので、あと一週間ほどが期限となります」

「……」

さらりと語るモニカを前に、スレインは少しばかり顔を強張《こわば》らせる。

「……分かった、頑張るよ」

しかし最終的には、スレインは諦念を抱きながら頷いた。憶えずに済ませるという選択肢はないらしいと理解した。

「私もお支えいたします、殿下」

そう言って笑うモニカに、スレインも微苦笑で応える。

スレインの王太子としての最初の仕事は、知識をひたすら頭に叩《たた》き込むという、思いのほか地味なものとなった。

＊＊＊

「たった二日で王国貴族についての基礎知識を全て暗記してしまわれるとは、さすがです、殿下」

「ありがとう。まあ、頑張ればこれくらいはね」

微笑をたたえて称賛してくれるモニカに、スレインは疲れを溜《た》めた顔で返す。

昨日と今日をかけてひとまず憶えたのは、王国内の各貴族家の名前と領地の位置と当主の名前。各貴族領の特色と立場と力関係。写本家の息子として日頃から書物に触れていたおかげで、スレインはこうした「お勉強」はそれなりに得意だった。

勉強の過程でモニカと雑談をしながら各貴族領の話をより詳しく聞き、自分が次期国王に選ばれた背景の、より込み入った事情も知った。

この王城に来た初日、スレインがセルゲイに対して提案した「先代国王の従兄弟筋から次の国王を選ぶ」という手段。それが難しかった理由だ。

先代国王――すなわちスレインの祖父には、三人の従兄弟がいた。全員がそれなりの歳まで生き、子を作った。彼らの子孫は、国内各地の貴族家に合計で九人いる。

だからこそ、その子孫たちの中から次期国王を選ぶことはできない。彼らは等しく薄く、王族の血を継いでいる。その中の誰が王位についたとしても、選ばれなかった者たちとその親族は不満を抱えることになる。

国王と貴族たちの間にそのような確執が生まれれば、四代かけて安定させた王国貴族社会のバランスがまた崩れてしまう。

フレードリクはそれを分かっていたからこそ、平民ではあるが自身の直接の子であるスレインを次期国王に据えるよう遺言を残したのだ。スレインへの罪悪感を覚えながら。

そして、王国宰相であるセルゲイも、他の法衣貴族たちも、国王の遺言に従った。

その根底にあるのは、この国の建国よりも前からハーゼンヴェリア家に仕えてきた彼らの揺るぎない忠誠心。そしておそらくは「自分たちが支えるのであれば、たとえ平民上がりの国王を戴《いただ》いてもこの国の政治を回せる」という自負。

ハーゼンヴェリア家の血の薄い者を国王に迎え、王国貴族社会を不安定にするよりも、より王家の血が濃く、言ってしまえば「御しやすい」平民上がりの若者を国王にする方が良い。その平民上がりの国王が能力不足なようなら、自分たちで手取り足取り支えればいい。

頼りない自分にも法衣貴族たちが忠誠を誓ってくれる背景には、そのような考えがあるのだろうと、スレインは理解した。

彼らの全面的な支えを受けられることは、次期国王として右も左も分からないスレインにはありがたい。とはいえ、まるで「お前が無能でも私たちが政治を回すから安心しろ」と言われているようで、当然ながら気分はよくない。

彼らの忠節に甘え続けるわけにもいかない。自分がいつまでもお飾りの国王のままでいたら、自分を「賢い子」と褒めてくれた母も悲しむだろう。自分はこれから多くを学び、成長しなければならないと、スレインは決意を固めている。

「殿下、とてもお疲れになられたでしょうから、少しご休憩なさいますか？　お茶をお持ちしましょうか？」

「……そうだね。お願いするよ」

とはいえ、休息を挟まなければ前進し続けることはできない。まだまだ先は長い。モニカの提案を、スレインはありがたく受け入れることにした。

一旦退室したモニカが、それほど時間を置かずにハーブ茶の載った盆を持って戻ってくる。

数日前。臣下たちが居並ぶ前から逃げ出し、ジークハルトの説得を受けたあのとき、モニカがそっと差し出してくれたハーブ茶。母が育てていたものと同じ種類のハーブを使ったお茶。

以前は特に好きでもなかったこのお茶をスレインは自分でも不思議なほど気に入り、以降こうして一息つくときに出してもらっている。

「それにしても、モニカは男爵令嬢なんでしょう？　いいの？　お茶を淹《い》れるような仕事までやってもらって。こういうのって使用人に任せてもいいんじゃない？」

ほどよく温かいお茶を口にしながらスレインが尋ねると、モニカは微笑をたたえて静かに首を横に振る。

「私は殿下の副官です。殿下が望まれたとき、お茶をお出しするために最も早く動けるのが私ですから、私が動くのは当然のことです。こうして殿下のお世話をさせていただけることを、心より光栄に思います」

「……なら、いいんだけど」

スレインは多少の戸惑いを覚えながらも、そう答えた。

モニカは出会った初日から、奇妙に思えるほどスレインに優しい。

王城に連れてこられ、臣下や使用人に囲まれ、緊張と不安を抱えながらの生活。気が休まらない中で、常に優しく穏やかに接してくれるモニカの存在は大きい。つい、もっと甘えたくなってしまう。弱音を吐露し、慰めてもらいたいと思ってしまう。

しかし、スレインはそんな気持ちをこらえている。

モニカが優しいのは、彼女が副官という名の世話係だから。あくまでも仕事として優しく接してくれる相手に、距離を割って甘えてはならない。それくらいの分別は当然持っている。

なのでスレインは、彼女の存在に内心で感謝するだけに留めている。

「失礼します、王太子殿下」

そのとき、執務室の扉が叩かれ、メイドが呼ぶ声が聞こえた。

今はまだ午後四時頃なので、夕食の用意を告げに来たわけではないはずで、スレインが執務室を使っている日中に掃除などが行われることもないはず。

一体何の用か……という疑問をスレインと同じくモニカも抱いたようで、彼女は扉の方へと歩いていき、扉を少し開いてメイドと二言三言、言葉を交わす。

そして、笑顔でスレインの方を振り向いた。

「殿下、ルトワーレからお荷物が届いたそうです」

それを聞いて、スレインは自分の家――自分の生まれ育った小都市ルトワーレの家から、全ての荷物を王城に運ぶよう手配を頼んでいたことを思い出す。

「分かった。今から見に行って……もいいかな？」

「もちろんです。きりのいいところまで暗記を終えたところですし、お勉強は予定よりも早く進んでいますので、今日は終了といたしましょう。ご案内します」

スレインは広い城館の構造をまだ憶えられていない。モニカの後に続いて執務室を出ると、階段を下りて三階から一階へ、そして廊下を歩いて荷物の運び込まれた一室へ移った。

そこに並んでいたのは、スレインが物心ついたときから自分を囲んでいた生家の家具や服、小物、そして書物。

「……あぁ」

いずれもこの城館の中ではみすぼらしく見えたが、それでも懐かしさの方が勝った。スレインは思わず感嘆の息を吐いた。

ほんの一週間も前は、これらに囲まれて自分は暮らしていたのだ。それがまるで遠い昔のことのように感じられる。

「いかがでしょう、殿下。不足のものはございませんか?」

「うん……大丈夫だよ、ありがとう」

荷物に目を奪われながらスレインは答えた。丁寧に並べられたそれらに歩み寄り、書物を一冊手に取る。母の蔵書のひとつで、スレインが特にお気に入りだった、歴史を題材にした物語本。

それをパラパラとめくり、再び置くと、今度は母の化粧台に近づいてそっと触れた。

「……お母様のものですか?」

「うん。母さんが持ってた唯一の贅沢品《ぜいたく》だよ」

スレインの感傷を邪魔しないよう、静かな声でモニカが尋ねる。スレインはそれに、少し寂しげな笑みをたたえながら答えた。

「黒樫《かし》の化粧台、これはおそらく木工で有名なルヴォニア王国で作られた逸品ですね。フレードリク陛下は荘厳な黒樫をお好みでいらっしゃいました。王城にも黒樫の調度品が多くございます……この化粧台もおそらく、殿下のお母様に陛下が贈られたものでしょう」

やはりそうか、とスレインは思う。

「母さんは質素な生活が好きだったけど、この化粧台だけは絶対に売らずに、いつも大切に使ってたんだ。ときどき愛しそうに眺めていて……どういう経緯で手に入れたものかは聞かなかったけど、きっと父さんが贈ったものなんだろうって、思ってた」

その父さんがまさかこの国の国王だとは思ってなかったけど。そう語ってスレインは苦笑した。

母にとってこの化粧台は、一緒になることのできなかった、愛した男からの贈り物。思い出の品だったのだ。

「フレードリク陛下が殿下とお母様を想っていらっしゃったように、お母様も陛下を想っておられたのですね」

「……そうだね。そう思うよ」

モニカから優しく語りかけられ、スレインは母の顔を思い出しながら頷く。

これら運ばれた荷物は城館内で大切に保管され、そのうち書物はスレインの私室に置かれ、慣れない王城生活を送るスレインの心をたびたび慰めてくれるようになった。

＊＊＊

国王をはじめとした王族の死の公表は、国内外に大きな衝撃をもたらした。

王国各地の領主貴族たちは強いショックを受け、動揺し、混乱した。

直接接する機会が少ないので王族の顔などほとんど知らない、せいぜい名前程度しか憶えていない臣民たちも、さすがに呆然《ぼうぜん》となった。

近隣諸国の君主たちからは、取り急ぎ弔意を伝えるための使節が送り込まれた。王族が尽《ことごと》く死ぬという重大な事態であることから、送られた使節は皆、それなりの格の貴族だった。

とにかく、国内外でざわめきが起こり、ハーゼンヴェリア王国社会を揺さぶった。

ただし、スレインはその事実を、モニカやセルゲイからの伝聞でしか知らない。領主貴族や民への説明、近隣諸国からの使節への応対などは、セルゲイをはじめとした臣下たちが全て実務を行ってくれた。

これにはただでさえ王太子としての生活に慣れていないスレインにさらなる心労を与えないようにという配慮と、下手に表舞台に出すとスレインが失敗しかねないという警戒がある。後者については直接そう言われたわけではないが、スレインもそれを察していた。

世間はざわめいたものの、臣下たちの奮闘のおかげもあって、ことさらに大きな混乱は起こっていない。なのでスレインは相変わらず、国葬の日に向けて地道な勉強を続けている。

国葬まで一週間を切ったこの日。王国貴族と近隣諸国の王族に関する最低限の知識の詰め込みは終わり、今日からは葬儀とその後の社交に向けた具体的な準備が始まろうとしていた。

「王太子殿下、お初にお目にかかります。ハーゼンヴェリア王国におけるエインシオン教会の司教、アルトゥールと申します」

謁見《えっけん》の間でスレインが向き合っているのは、この国の国教であるエインシオン教の聖職者の服装をした三十代ほどの男。柔和な笑みを浮かべる彼は、スレインに対して聖職者の礼を見せる。

司教。それはエインシオン教会の称号のひとつで、エインシオン教を信仰する小国が並ぶこのサレスタキア大陸西部において、一国の聖職者を統括する立場を表す。司教の下には司祭や助祭がおり、各地の教会を運営している。

サレスタキア大陸西部が数多の小国に分裂した際、エインシオン教会もまた分裂し、大幅に弱体化した。その政治的な影響力は小さいが、それでも教会は社会と、人々の生活と密接に結びついている。軽視できる存在ではない。

今回の国葬のような重要な儀式の際には、伝統と格式を示すために彼らの存在が必要不可欠だ。

「よ、よろしく。顔を上げて」

スレインは母の取引先であった王都の教会に、母の遣いとして何度も出入りしていたが、さすがに司教に応対されたことはない。初対面の最上位聖職者を前にやや緊張しながら言うと、アルトゥール司教は顔を上げる。

「まず、この度のフレードリク・ハーゼンヴェリア国王陛下、並びに王族の皆様のご不幸につきまして、あらためて心よりお悔やみを申し上げます。訃報をお聞きした日より、神に仕える身として一日も欠かさず皆様のご冥福をお祈りしております」

穏やかな表情で、アルトゥール司教は語り始めた。聖職者の性《さが》としてやや言葉数が多く話の長い彼と、スレインはしばし言葉を交わす。

スレインの緊張が多少ほぐれた頃に、それを見計らってかアルトゥール司教は話題を変える。

「それでは殿下。これより国葬に向けた手順や作法について、ご説明させていただきます。国葬当日まではまだ日がございますので、少しずつ憶えていただければと存じます」

＊＊＊

アルトゥール司教より国葬での作法や当日の進行を教えられ、それと並行してセルゲイや外務長官のエレーナから付け焼き刃の社交技術を叩き込まれ、いよいよ国葬当日。

王国の領主貴族たち、豪商や高名な職人など平民の代表者たち、そして近隣諸国の君主やその名代たち。百を超える参列者が集まった王都中央教会の礼拝堂で、スレインは自身の父であるフレードリクと彼の家族を見送る儀式に立ち会っていた。

「――神は乗り越えられない試練は与えない。古来、人の世ではそう語られてきました。このあまりにも大きな悲劇を前に、それでも私たち神の子は前に進まなければなりません。偉大なる王と、偉大なる方々を失ったこの悲しみに今は打ちひしがれているとしても、時が癒《いや》してくれます。時の流れが痛みを流し、後に残るのは良き日々の思い出と、彼らの偉大な歴史です。今はただ、彼らが神の御許《みもと》で悠久の安らぎを迎えていることを受け入れましょう。そして――」

アルトゥール司教の長い説教を、スレインは参列者の先頭で聞いている。

服装は黒一色の祭服。形式上は王太子のスレインがこの国葬の主催者であるため、最前列に一人立っている。後ろに立ち並ぶのはこの国の重要人物と、この国の周辺地域の支配者たち。彼らの視線が自身の背中に突き刺さっているのを、嫌でも感じる。

当然、スレインとしては居心地が良いはずもない。

まだ挨拶もきちんと交わしていない、この社会の大物たち。ほんの二週間と少し前までしがない平民だったスレインのことを彼らがどのような目で見ているかは想像に難くない。

きっと「誰だこいつは」と思われているのだろう。おそらくは全員から。

スレインは恐ろしいほどの緊張を感じていた。ただ信徒の礼をとって立っているだけでも足が震えそうだった。

視線をちらりと横に向けると、礼拝堂の隅に立つモニカと目が合う。こちらにだけ分かる程度に小さく頷いてくれた彼女の反応を受けて、スレインはほんの少しだけ気が楽になる。

「――それでは王太子殿下。棺《ひつぎ》に花冠を」

アルトゥール司教に呼ばれ、その安らぎはまたすぐに吹き飛ぶ。

この国葬においてスレインが動くべきいくつかの役割のうち、最初に行うのが棺に花冠を捧《ささ》げるこの工程。父の妹一家にあたる公爵家は既に別で葬儀が済ませてあるので、花冠を捧げるのは父と王妃カタリーナ、彼らの嫡子である前王太子ミカエルの棺の計三つだ。

この工程だけはスレイン一人で動くことになるため、参列者たちの視線が全て、スレインの一挙手一投足に集中することになる。

それでも、この神聖な役目は王太子であるスレインが行わなければならない。これを行わなければ王太子たりえない。

「……っ」

スレインは足の震えをこらえながら前に進み出て、アルトゥール司教の部下である司祭が掲げる花冠を受け取る。国花であるクロユリで作られた繊細な冠を、両手でそっと捧げ持つ。

そして、何度も練習した所作をなぞって、花冠をまずはフレードリクの――父の棺に載せた。

エインシオン教では火葬が一般的で、死後なるべく早く荼毘《だび》に付すのが好ましいとされている。フレードリクたちの遺体もそのようにされ、棺の中にあるのは彼らの遺灰を収めた壺《つぼ》だ。

だからスレインは、彼らの死に顔を知らない。王城に残された肖像画でしか顔を知らない父の棺に、そっと花冠を捧げる。

自分は父を、父が夫として愛した女性を、そして異母弟を見送っている。それを意識することでなんとか目の前の儀式に集中し、手を滑らせたり転んだり所作を間違えたり緊張で気絶したりすることなく、スレインは役目を成し遂げた。


花冠を捧げるくだりを終えれば、国葬におけるスレインの心労は幾分か少なくなった。

この後は聖歌を歌いながら棺を礼拝堂から運び出し、教会を出て、王都の大通りを練り歩いた上で王城に入り、棺から取り出した骨壺《こつつぼ》を霊堂に安置する、という流れとなる。

棺を運び出すのは近衛兵団の兵士たちであるし、スレインは彼らの後ろについて歩くだけ。おまけにスレインの周りはモニカや法衣貴族たちが囲み、さらにその周囲を王国軍の兵士が囲む。

スレインとしては、礼拝堂を出る流れや聖歌の歌詞、歩く際の簡単な作法を間違えなければ失敗はない。王都の中を歩く際の、沿道に集まった民の視線も、臣下と兵士たちがある程度は遮ってくれる。

ただ無心で前を向いて歩き、王城に入って霊堂にたどり着いてからは骨壺が安置されるのを静かに見守り、そうして国葬は終わった。荘厳な葬儀だったと後世で語られるであろうこの国葬において、しかしその荘厳さをじっくりと感じる心の余裕はスレインにはなかった。

そして、真に大変なのはこの後だった。

スレインたちが骨壺の安置までを行っている間に、他の参列者たちは城館の広間に移り、社交を始めていた。葬儀を終えた後の場なので賑《にぎ》やかな宴会とはいかないが、ワインや軽食を手に、彼らは挨拶や歓談をしていた。

この国の領主貴族の全員、さらに近隣諸国の国王やその名代が大勢集まる機会というのは、そうあるものではない。国葬に出席するという務めを果たした彼らにとって、今は人脈を広げ、深め、情報を集める貴重な時間だった。

王侯貴族たちの、社交場という名の戦場。そこへ、スレインは今日の主役として入っていかなければならない。たとえどれほど不安でも。

「ハーゼンヴェリア王国王太子、スレイン・ハーゼンヴェリア殿下のご入場！」

祭服から正装に着替えたスレインが広間に入ると同時に、入り口に立つ近衛兵が高らかに言った。

その瞬間、それなりに賑わっていた広間が静まり返る。全員の視線がスレインに向けられ、国葬のときとは違ってそれを真正面から受け止めたスレインは、思わず一歩後ずさった。

参列者たちはすぐに歓談に戻り、沈黙は終わる。

しかし、彼らの意識がスレインに向けられているのは明らかだった。スレインの内心に不安がこみ上げる。全ての視線に嘲《あざけ》りの感情が込められているように思え、全ての笑い声が自分を嘲笑しているように聞こえてくる。

「殿下、ご安心ください。私が補佐を務めますので。殿下は相手方の名前を間違えず、定型的な挨拶を述べられれば問題ございません」

「私もお傍《そば》におります、殿下」

「……うん。二人ともありがとう」

外務大臣エレーナ・エステルグレーン伯爵と、副官として傍に付くモニカに言われて、スレインは硬い表情で頷く。

自身の首元を彩る、ルチルクォーツの首飾り。スレインはそれにそっと触れた。ルチルクォーツは幸運を司《つかさど》る石。しくじることがないようにと、内心で運頼みをする。

「それでは殿下、まずは周辺諸国からの参列者、なかでも君主自ら参列されている方々へ挨拶をしていきましょう……あちらはオスヴァルド・イグナトフ国王陛下ですね。我が国にとって重要な隣国の国王です。まずは彼へ挨拶をしましょうか」

イグナトフ王国は、ハーゼンヴェリア王国から見て南東側にある国。人口はハーゼンヴェリア王国よりもやや多い六万人。良馬がよく育つ国土を持ち、騎兵を多く有する軍事強国。

スレインはこの二週間で詰め込んだ記憶を辿《たど》り、かの国の基礎情報を思い出す。

大陸西部に存在する他の二十一の国のうち、代表者の参列が間に合ったのは十五か国。そのうち君主自ら国葬に参列しているのは八か国。その中でも直に国境を接する隣国は、やはり重要度が高い。

エレーナが最初の挨拶の相手にイグナトフ国王を選んだのは、妥当な判断なのだろうとスレインは思った。

エレーナが近づいていったことで、大勢立ち並ぶ参列者のうちどれがイグナトフ国王かスレインにも分かった。見たところ四十歳ほどの、いかにも厳格な武人といった容姿の男だった。

「お、お初にお目にかかります、オスヴァルド・イグナトフ国王陛下。本日は我が国の国葬にご参列いただき、誠にありがとうございます。新たにこの国の王太子となりました、スレイン・ハーゼンヴェリアと申します」

微笑を保つエレーナに促され、スレインは自らオスヴァルドに声をかけた。

これが国王同士であれば、少なくとも立場上は対等な関係となる。しかし、まだ王太子であるスレインは一段格が低いので、ややへりくだって挨拶する。

スレインの挨拶を受けたオスヴァルドは、わざとらしく一拍遅れてスレインに視線を向けた。その視線は冷たく、お世辞にも好意的とは言えない。

しばらくスレインを見ていたオスヴァルドは、数秒置いてようやく口を開いた。スレインではなくエレーナに向かって。

「エステルグレーン卿《きょう》、久しいな。今日の仕事は子守りか？」

「……お久しぶりにございます、イグナトフ国王陛下」

一瞬固まったエレーナは、穏やかな笑みを作って答える。

王太子であるスレインを無視して一貴族であるエレーナに声をかけるのは、明らかな無礼。国王であるオスヴァルドがそんな基本的なことを知らないはずもなく、これは彼がスレインを侮っていることを示すためにわざと行った言動だ。彼の視線や表情から、スレインにも分かる。

「本日は我が国の次期国王であり、私たちハーゼンヴェリア王国貴族の新たな主君であるスレイン王太子殿下の補佐役を、このように務めております。陛下、どうか我が主君にご返答を」

エレーナのその言葉は、おそらくは一貴族として隣国の王にできる精一杯の抗議だった。

「そうか。まったくご苦労なことだな……それで、貴様がその王太子か」

オスヴァルドはスレインを「貴様」呼ばわりしながら睨《にら》んだ。分かりやすく強面の武人である彼に睨まれて、それだけでスレインは怯《ひる》む。

「フレードリク・ハーゼンヴェリア国王は、一国の王たるにふさわしい男だった。彼とも、彼の家族とも、私は隣国の君主として交流があった。対立することもあったが、彼は私が対等に対立できる男だった……彼らへの敬意を尽くすために、私は今日この場へ来ている。それだけだ」

「……」

オスヴァルドの言わんとしていることは、スレインにも理解できた。自分は平民上がりの代替品の王太子と交流するために来たのではないと、彼は宣言しているのだ。

「彼らが一室の火事で死んだとは、未だに信じられん……おまけに次の国王は、数週間前までただの平民だった小僧とはな。ハーゼンヴェリア王国も終わりか」

「畏れながらイグナトフ国王陛下。王太子殿下は――」

「聞かぬ」

多少の無礼を覚悟で口を挟もうとしたエレーナを、オスヴァルドは容赦なく遮る。

「エステルグレーン卿。外務長官として我が国をよく訪れる卿に恨みはないが、その小僧と仲良くしろと言われても御免被る。転がり込んできた地位に運良く収まっただけの、卑しい平民上がりの小僧に何ができる。こんな奴と共に、サレスタキア大陸西部に国を並べるとは。想像するだけで虫唾《むしず》が走る」

「……」

スレインは何も言い返せなかった。

ここまで言われては思うところもあるが、この状況で自分に好印象を抱けというのもさすがに無理がある。オスヴァルドの言う通り、自分は父とその家族の死によって、本来得るはずではなかった地位を得た平民上がりの小僧でしかないのだ。

今の自分にあるのは血筋だけ。父フレードリクから継いだ血だけ。それだけの理由で王太子という立場に置かれている。それを嫌というほど思い知らされる。

イグナトフ王国はハーゼンヴェリア王国よりも強い。治める者にこれだけの実力差や経験差があるのなら尚更に。ここでスレインが何を言い返しても、その言葉に何らの力はない。

こうなっては、手練《てだ》れの外交官であるエレーナにも手の施しようがない。貴族家当主ですらないモニカにも、当然ながらできることはない。

気まずい空気が場を支配しそうになったところで――そこに声がかけられる。

「イグナトフ王、そう仰《おっしゃ》らずに。王太子殿が困っておられますよ」

声の方をスレインが振り向くと、そこに立っていたのは柔和な笑みを浮かべた青年。歳はおそらく二十代前半ほどか。他の参列者と比べても、相当に豪奢《ごうしゃ》で華のある装いをしていた。

「これはフロレンツ・マイヒェルベック・ガレド第三皇子殿下。此度《こたび》はようこそハーゼンヴェリア王国へ」

スレインに聞かせるためか、エレーナがそう言いながら青年に丁寧な礼をする。彼女の言葉で、スレインも青年の身分を知る。

小国が並ぶサレスタキア大陸西部とは、エルデシオ山脈を挟んで隣り合う大陸中部。そこの大半を支配するガレド大帝国の第三皇子。それがこのフロレンツと呼ばれた青年だ。

皇子の身でありながらオスヴァルドを「イグナトフ国王陛下」と呼ばなかったのは、帝国の威光をその背に抱えているからこそか。

「……フロレンツ皇子。貴殿はまさかその平民上がりの小僧と仲良くする気なのか？」

オスヴァルドは表情こそ険を含んだままだが、大陸西部の小国が束になっても敵《かな》わないガレド大帝国の皇子が目の前に登場したからか、先ほどまでのような露骨に攻撃的な気配はない。

「誰もが生まれながらに王であるわけではありません。育ち、学びながら王になっていくのです。このスレイン殿は、王を目指して歩み出すのが偶々《たまたま》遅いだけのこと。まだ成長を始めたばかりの彼を、今の段階で実績や能力が不足だからと虐《いじ》めるのは、公平ではないでしょう」

言いながら、フロレンツはスレインとオスヴァルドの間に割って入るような立ち位置をとる。

「……勝手にするといい」

オスヴァルドはしばし黙り込んだ後、捨て台詞を吐いて離れていった。

突然の状況変化に困惑していたスレインが視線を泳がせると、横に立つモニカと目が合う。彼女が視線で促した方を見ると、今度はフロレンツと真正面から目が合った。

今は社交の時間。動揺は押し殺して挨拶を済ませるべきだ……と思っていると、相手の方に先手を打たれてしまう。

「初めまして、スレイン・ハーゼンヴェリア王太子殿。あらためて挨拶をさせてください。ガレド大帝国第三皇子、フロレンツ・マイヒェルベック・ガレドです」

「す、スレイン・ハーゼンヴェリアです……あの、先ほどはありがとうございました」

余裕のある笑みを見せるフロレンツに対して、スレインの表情は硬く、不安げなまま。フロレンツはそれを気にする様子もなく、笑みを保ちながら握手を交わしてくれた。

「礼など不要ですよ。スレイン殿の事情は私も聞いています。急にこのような場に立つことになって、緊張するなという方が無理な話でしょう……ましてや、イグナトフ王のような方を前にすれば尚更に」

くすりと笑うフロレンツに釣られて、スレインも表情を崩した。今日この場に来て、ようやく笑顔を作ることができた。

「私は第三皇子として、ガレド大帝国の西側……すなわちサレスタキア大陸西部の諸国と外交関係を築き、維持する役割を与えられています。今後ともどうぞよろしく。色々と大変かと思いますので、私が力になれることがあれば遠慮なく言ってください」

「……はい。よろしくお願いします」

それではまた後ほど、と言って、フロレンツは離れていった。

「いい人、なのかな」

彼の後ろ姿を見送りながらスレインが呟《つぶや》くと、エレーナは微笑を浮かべる。

「フロレンツ第三皇子。穏健で、周辺諸国に対しても物腰柔らかな人物との評判です。その分、あちらの国内では弱腰との声もあるようですが……現ガレド皇帝の子女六人の中ではあまり目立ってはいませんが、今のところ人柄について悪い噂《うわさ》は聞きません」

エレーナの語るフロレンツの評価を聞いて、スレインは少しほっとする。今後まともに話せそうな同世代の人間を、ようやく見つけられたと感じる。

「さて、殿下。参列者への挨拶は始まったばかりです。次にまいりましょう」

「……そうだったね」

爽やかに言ったエレーナに、スレインは小さなため息を吐《つ》いて頷いた。一仕事を終えた気でいたが、まだほんの始まりに過ぎない。


オスヴァルド以外の近隣諸国の君主たちは、彼ほど攻撃的ではなかった。

しかし同時に、友好的とも言い難かった。スレインへの侮りからか露骨に皮肉な物言いをする者もいれば、表向きは穏やかな言動の裏に憐《あわ》れみ、あるいは嘲りを込めてくる者もいた。

また、君主の代わりに送り込まれてきた名代たちは、誰もが表面的な挨拶に終始していた。異例の経緯で王太子になったスレイン、そのような王太子を抱えることになったハーゼンヴェリア王国と、距離を置いて様子見を図っているのだろう。スレインの隣で、エレーナはそのような考察を語った。

近隣諸国からの参列者への挨拶を終えたスレインは、次に国内の領主貴族たちとの挨拶に移る。

まず挨拶を交わしたのは、ハーゼンヴェリア王家にとって親戚でもあるウォレンハイト公爵。

ウォレンハイト家の現当主は、先の火事で王族と共に死亡した公爵の弟にあたる人物。すなわち、スレインと同じく今の立場になりたての男だ。とはいえ平民上がりのスレインと違って生まれも育ちも公爵家の人間なので、貴族の作法やら教養やらは一通り身につけている。

「……ユリアス・ウォレンハイト公爵」

「王太子殿下。本日は……どうも、お疲れさまでございます」

やや言葉に悩みながら頭を下げてきたユリアスと、スレインは一度会っている。国葬に先んじて顔を合わせ、互いの家の死者への哀悼の言葉などを交わし合った。

その際の関わりを経て、スレインはこのユリアスという男を苦手に感じていた。

彼は決して攻撃的でも挑発的でもない。むしろ穏やかな気質の持ち主だ。しかし、平民上がりのスレインと親戚付き合いをすることを、明らかに嫌がっているのが態度の端々から伝わってくる。生粋の貴族、それも公爵家の人間なのだから、ある意味では自然な感覚とも言える。

互いに苦手意識を感じている、直接的な血の繋《つな》がりもほとんどない親類。今後どうするかはともかく、ひとまず今は関わり合いたくない存在だ。どちらにとっても。

「……では、殿下はお忙しいかと思いますので、ご挨拶はこれにて」

「あ、はい……またそのうち」

微塵《みじん》も盛り上がることなく、義理の親戚にあたる二人の挨拶は終わった。

これは言わば消化試合。「領主貴族たちに先駆けて親戚である公爵と挨拶を交わした」という証拠を作るためだけの会話。重要な挨拶は次からだ。

「王太子殿下。お初にお目にかかります。クロンヘイム伯エーベルハルトと申します」

「……お初にお目にかかります。アガロフ伯トバイアスにございます」

エレーナに誘導されて接触したのは、いかにも貴族然とした二人の男。

領主貴族たちに対しては、王太子であるスレインの方が目上の立場となる。スレインより二回りは年上に見える彼らは、童顔であるためにまだ未成年にさえ見えるスレインに向かって丁寧に頭を下げる。

ハーゼンヴェリア王国の領主貴族のうち、二家しかない伯爵家。東のガレド大帝国との国境を守るクロンヘイム家と、西の国境を守るアガロフ家。その現当主たちだ。領主貴族の中でも最重要の二人と言える。

二人のうち後者、トバイアス・アガロフ伯爵の名乗りを聞いたスレインは、小さく息を呑《の》んだ。

「お、王太子スレイン・ハーゼンヴェリア……だ。これからよろしく。それと、アガロフ伯爵……妹君は残念だった」

スレインはおそるおそるアガロフ伯爵に言葉をかけた。

先の火事で死んだ王妃カタリーナは、アガロフ伯爵家より王家に嫁いだ。トバイアスから見て、カタリーナは妹にあたる。

「慈悲深き御言葉、痛み入ります」

トバイアスの反応は薄かった。答える声はひどく無感情だった。

当然と言えば当然だ。元より王族だった者から見舞いの言葉をかけられるのならともかく、つい二週間前に平民社会から拾い上げられて王太子になったスレインに言われて心に響くはずもない。スレインが立場上の義務から見舞いを言っただけだと、彼が気づかないはずもない。

「……王族の一人として、申し訳なく――」

「畏れながら王太子殿下。我が妹であった王妃カタリーナ殿下の死は、不幸な事故でした。王太子殿下がお気を病まれる必要も、ましてや私に謝罪をされる必要もございません。アガロフ伯爵家のハーゼンヴェリア王家への忠誠は、何も変わりません」

そう返されて、スレインは黙り込む。

トバイアスの言葉はスレインの立場としてはありがたいはずだが、素直には喜べなかった。自分たちの主従関係は、あくまで家同士の繋がりだと釘《くぎ》を刺されたようにも思われた。

ここでもやはり、自分には血筋しかないのだと痛感させられる。

「アガロフ卿の言う通りです、殿下。我々は王国の東西国境を守る臣として、これからも王家に仕え、身命を賭して務めを果たす所存。どうぞご安心ください」

場の空気を和らげようとしてくれたのか、エーベルハルト・クロンヘイム伯爵はやや明るい口調で言った。

その後すぐに挨拶を切り上げ、二人の伯爵は離れていく。

「珍しいですね」

二人の後ろ姿を見送りながら、エレーナが言った。

「……それは、対立派閥の盟主である両伯爵が二人揃《そろ》って行動しているから？」

「あら、さすがですわ殿下。王国貴族たちの関係性を、既にしっかり記憶しておられるのですね」

エレーナは感心したような表情をスレインに向けた。

東西に長いハーゼンヴェリア王国の領土。その中央を王領が占め、各貴族領を東と西に隔てている。東の領主貴族たちと西の領主貴族たちは利害が食い違うことも多く、それぞれクロンヘイム伯爵家、アガロフ伯爵家を盟主に対立することもある。

すなわち、両伯爵家はそれぞれの派閥の利害を巡って睨み合う関係。当主たちも社交の場で挨拶や多少の雑談をすることはあれど、二人仲良く行動することはほとんどない。スレインはモニカからそう教えられていた。

「今のハーゼンヴェリア王国の状況は、極めて……特殊です。彼らも今は派閥を忘れ、同じ王国貴族として今後のことを話し合うつもりなのでしょう」

エレーナの考察を聞いたスレインはしばし考え、そして呟くように言葉を発する。

「……正直、思っていたよりも、彼らは……」

「好意的、に感じられましたか？」

感想を言い当てられてスレインが目を小さく見開くと、エレーナが悪戯《いたずら》っぽく笑う。

スレインとしては、もっと「お前のような人間を新たな主君として認められるか」と反発を食らうと思っていた。直接そう言われることはなかったとしても、遠回しにそれに近いことを言われるだろうと覚悟していた。

そんな予想と比べると、先ほどの二人の言動は相当に穏やかで、スレインにとっては驚きを感じざるを得ないものだった。

特にトバイアスなど、妹のみならず甥《おい》まで亡くし、甥が収まるはずだった次期国王の座に見知らぬ平民上がりの青年がいる様を目の当たりにしたのだ。その心中がどれほど複雑かは想像に難くない。おそらく表情だけとはいえ、あれほど平静を保っているとは思ってもみなかった。

「王国貴族たちには、ノルデンフェルト侯爵閣下と私が手分けして話をしました……今は敬愛すべきフレードリク陛下と王族の皆様を悼み、喪に服し、陛下の遺された国を守るべきとき。そんなときに、これ以上さらに王国の安定を乱すような者は王国貴族の中にいるはずがないと。万が一そのような者がいれば、その者は国賊として王家と全ての貴族家から粛清されるだろうと」

「……」

そう答える彼女の笑みに、スレインは凄《すご》みを感じた。

ハーゼンヴェリア王国は小さな国。王家と薄く血が繋がっている貴族も多い。実際に、スレインの祖父の従兄弟筋まで辿れば子孫は何人もいる。

だからといって、もし「平民上がりの小僧は王太子にふさわしくない。自分こそが次期国王になるべきだ」などと行動を起こす者がいれば、フレードリクの実の子であるスレインを王座に置きたい法衣貴族たちと、他の貴族家の台頭を許したくない領主貴族たちによって即座に潰される。

誰が出しゃばってもそのように潰されるのだ。結果として、領主貴族たちの間には抜け駆けを許さない空気が生まれる。

「それに、フレードリク陛下は領主貴族たちの忠誠を見事に集めておられました。殿下はそんな陛下の実の子であり、ハーゼンヴェリア王家の血を最も濃く継いでいるお方です。王族や貴族にとって、血統は非常に重い意味を持ちます。彼らの王家への忠誠が、そう簡単に覆されることはないでしょう。ご安心いただいてよろしいかと思います」

「……そう。分かったよ」

スレインの返した笑みは、やや硬かった。

領主貴族たちの忠誠が、そう簡単に覆されることはない。その根拠はスレイン自身ではなく、スレインの受け継ぐ血にある。

自分の価値はこの血だけなのだと、スレインは三度思い知らされる。

嫌というほど理解させられたこの現状を変えたいのなら、血だけでなく自分自身に真の忠誠や敬意を集めたいのなら、一個人として努力していくしかない。

彼らに、この国にどれほど応えればいいか。先は果てしなく長いことを、スレインは実感した。

その後の領主貴族たちとの挨拶は、表向きは平穏に、しかし内実は薄氷の上を静かに歩くような緊張感を孕《はら》んで終わった。彼らは王家への忠誠の継続を口にし、しかしやはりと言うべきか、スレイン個人への忠誠を語る者はいなかった。

かたちの上では厳かに、しかしその裏には様々な者たちの様々な感情を孕みながら、国葬の一日は終わった。

国葬を終えてからのスレインの王太子としての生活は――国葬の前と、さほど変わらないものだった。

今のスレインの最大の仕事は、勉強。

国葬に向けて国内外の最低限の知識は身につけたが、それは王国貴族や近隣諸国の代表との表面的な挨拶を切り抜けるための、付け焼き刃のもの。学ぶべきことはまだまだ多い。

母の写本の仕事を手伝ってきたスレインに、ある程度の教養があることを鑑みても、当面は毎日午前中を勉学に費やさなければならない見込みだった。

勉強に使うのは母の形見の品である筆記具。母の写本家としての仕事道具はそれなりに質も良いものなので、王太子となったスレインが使っていても違和感はない。

歴史。算学。儀礼や社交の知識。軍事の知識。より詳細な国内外の政治情勢の知識。王国の経済や産業に関する知識。貴人として身につけるべき文化教養。国教であるエインシオン教の知識。

細かなことは必要が生じたときに都度学んでいくとしても、前提知識として頭に入れておくべき基本事項は膨大だ。

国葬前と同じく、教師を務めるのは副官であるモニカだった。彼女が黒板の横で書物を手に教鞭《きょうべん》をとり、スレインは新たな知識を学び、それを吸収している。

そんな日々を過ごし、今は三月の上旬。スレインが王太子となって一か月と少しが経った。

「……モニカは凄《すご》いね。これだけの知識を完璧に記憶して、すらすら説明できるんだから」

休憩時間。例のごとくハーブ茶を飲んで一息つきながらスレインは呟《つぶや》いた。

モニカはスレインの三歳上、今年で十八歳。世襲貴族としては最下級である男爵家の、嫡子ではない娘なので、そこまで厳しい英才教育は必要ない立場だ。

それなのに彼女は、各分野の知識を一通り、完璧と言っていいレベルで身につけている。十八歳でこれなのだから、個人的な資質がよほど優れているのは間違いない。何故彼女がこの歳とこの身分で王太子付副官を任されているのか、スレインは今は理解と納得をしていた。

「恐縮です。ですが、殿下も素晴らしいご才覚をお持ちかと思います。お勉強に関しては、私が当初想定していた以上の速さで進んでいます」

優しげに笑うモニカに、スレインは微苦笑を返す。

「秋頃には国王にならないといけないからね。国家運営もまだ臣下の皆にほとんど任せきりだし、いつまでも勉強に時間を取られるわけにはいかない……この段階で躓《つまず》いてはいられないよ」

国王になる、ということは、単に儀式を経てその身分を得ることではない。王国貴族や近隣諸国から認めてもらえなければ、真に国王になったとは言えないだろう。

真の国王として、母の愛した、父の遺したハーゼンヴェリア王国を守っていくためには、成長しなければならない。一か月でも、一週間でも、一日でも早く。

今はまだいいとして、いずれ血筋ばかりに頼ってはいられなくなる。そんな甘えは許されなくなる。猶予はそう長くない。時間がないのだ。

ただでさえ何もかもが足りていないのだから、せめて国王に必要な知識教養の勉強くらいは、周囲の予想以上の速さで済ませなければ話にならない。

母の仕事を子供の頃から手伝っていてよかったと、スレインは思う。文字の読み書きから習う羽目になっていたらと考えるだけでぞっとする。

「そろそろ再開しようか」

「ご休憩はもうよろしいのですか?」

「うん。少しでも勉強を進めないと」

「……かしこまりました、殿下」

ハーブ茶を飲み終えてカップを置きながらスレインが言うと、モニカは優しい微笑を浮かべ、軽やかな声で答える。

その後も勉強を続け、時刻が正午になると、スレインは昼食をとるために食堂に移った。

通常は昼食と昼休みを終えると、午後は王太子としての執務――とは言っても、今のスレインでもこなせるごく簡単なものだ――に取り組むことになるが、今日は違う。

「午後は確か、定例会議……だったね?」

「はい。殿下は定例会議にご出席されるのは初めてとなりますので、基本的には臣下の皆様の報告をお聞きになるだけで問題ございません」

やや慣れない手つきでナイフを動かし、肉を切り分けながらスレインが尋ねると、傍らに立つモニカが頷《うなず》く。スレインの昼食時に彼女も別室で食事を済ませているらしいが、食べるのが相当に早いらしく、彼女が戻ってきたときにはスレインはまだ半分も食べ終えていないのが常だった。

「分かった。まあ、頑張るよ」

そう答えて、スレインは自分の言葉に小さく笑う。座って臣下たちの話を聞くだけで、一体何を頑張るというのか。内心で自嘲しながら、切り分けた肉をフォークで突き刺し、口に運ぶ。

次期国王で、現在唯一の王族で、実質的に王国の人口五万人の頂点に立つ王太子。そんな身分ともなれば、食事は一平民だった頃とは比べ物にならないほど上質になる。

王城での生活には未だ慣れず、息苦しさを感じる部分も多いが、食事に関してだけはこの身分になってよかったと心から思える。そんなことを考えながら食事は進み、空になった皿が下げられる。

「……」

皿を下げ、食後のお茶を置く給仕係のメイドをスレインは横目で見た。

このメイドをはじめ、使用人たちはスレインが王太子になる前から何年も王家に仕えている者ばかり。皆優秀で、所作は洗練されている。

当然ながら、彼らは平民上がりのスレインを侮ることも、スレイン相手だからと仕事が雑になることもない。主人として丁寧に接してもらっていると分かる。

それでも、スレインとしては居心地の悪さを感じざるを得ない。その原因は、自分が使用人に囲まれる生活に馴染《なじ》んでいないことだけではない。主人が平民上がりの青年へと変わったことによる使用人たちの困惑が、空気として微妙に伝わってくるのだ。

そんな空気を感じながらの生活を、しかしスレインは仕方がないと思っている。今すぐ自分を主人として受け入れろと言っても到底無理なのだから。長く仕えてきた主人たちがいなくなり、代わりに見知らぬ青年が主人となり、困惑や不安を覚えない方がおかしい。

今、彼らはおそらく、スレインという人間ではなく、スレインの中に流れる血に、王太子という身分に仕えている。そうすることで王城の秩序と、彼ら自身の心の平静を保っている。

自分は「王太子殿下」と定義づけられた飾りでしかない。流れる王家の血の濃さが同じであれば、自分が別の人間と入れ替わっても、彼らにとっては何ら違いはないのだろう。

ここでも血だ。どこまでいっても血だ。既に嫌というほど分かっているのに、その上でさらに嫌というほど、毎日のように思い知らされる。

焦燥が募る。その度に、今は仕方がないのだと自分に言い聞かせる。

「……そろそろ行こうか」

「はい、殿下」

スレインが立ち上がると、モニカも笑顔でそれに倣う。

当人の本音は分からないが、少なくとも表情や声では、モニカだけはスレインに居心地の悪さを感じさせない。副官として傍《そば》にいてくれる彼女の存在は、スレインにとって非常に心強い。

ハーゼンヴェリア王国・国家運営定例報告会議。それが、毎月行われる定例会議の正式名称だという。

名称に「報告」とあるように、王家に仕える法衣貴族たちが、王領や王国全体の運営について、それぞれの担当分野の状況を主君に報告するのがこの会議の趣旨。

それと同時に、各分野の現状について主だった臣下の全員が幅広く把握し、認識を共有し、臣下同士の衝突が起こることを避ける目的も込められている。スレインはそのようにモニカから説明を受けている。

日によっては王都に不在で欠席する者もいるというが、今日は会議室に法衣貴族の全員が揃《そろ》っていた。

軍務に始まり、外務、典礼、公共事業……と各部門の報告が行われ、今はモニカの父でもあるワルター・アドラスヘルム男爵が、自身の担当する農業について報告中。スレインはそれを最上座に座って聞いているが、内容を全て正確に理解できている自信はない。

このワルターも、ここまで報告をした臣下たちも、できる限りスレインに分かりやすいよう適宜補足を挟みながら話してくれてはいるが、いかんせんスレインの知識量が足りない。会議を完全に理解するのに必要な、王国の現状に関する前提知識を、スレインはまだまだ学んでいる最中だ。

「――以上となります。王太子殿下、問題はございませんでしょうか?」

報告し終えたワルターに問われ、スレインは傍らのセルゲイに視線を向けた。

セルゲイがスレインに対して頷き、スレインはワルターへと視線を戻す。

「問題ないよ。ご苦労さま」

スレインが主君としてまだまだ力不足である現状、国家運営の実務を担うのは王国宰相であるセルゲイだ。この会議もスレインではなくセルゲイへの報告の場と言っても差し支えない。

貴族たちがスレインに報告するかたちをとっているのは、王太子という身分を尊重するための単なる儀式に過ぎないと、スレイン自身も理解している。

ワルターが着席し、その後は商工業と鉱業、文化芸術をそれぞれ担当する貴族が、そして王宮魔導士を代表する名誉女爵ブランカが報告を行う。最後にセルゲイ自身が担当する財務や内務統括に関する報告を、正確かつ簡潔に済ませる。

「では、これより報告のあった各事項について対応を定める。まず、王領北部、王家直轄の三番鉄鉱脈へと続く山道が雪解け水でぬかるみ、損壊している件。この修復を最優先事項とし、工事のための労働者を雇う予算を予備費より支出する。殿下、それでよろしいですな?」

「……うん。それでいいよ」

「かしこまりました。実務の詳細は公共事業長官に一任する。修復工事と、鉄鉱石採掘業務との日程調整については、鉱業長官と話し合うように。次に、冬が明けて今月より再開される王都の定期市場の準備について、商工業長官の報告にあったように――」

会議は終始、セルゲイの主導で進む。スレインはセルゲイの判断に任せるがまま、形式的な問いかけに頷くだけの装置と化す。

こうなると分かった上で出席しているが、いざ現実を目の当たりにすると、思わず自嘲気味な笑みが零《こぼ》れそうになる。今の自分は本当にただのお飾りなのだという事実を、これ以上に突きつけられる時間もないだろう。

ここ最近、自身の心の内で募らせてきた焦燥が、一層大きくなる。

そんなスレインの内心をよそに会議は淡々と進み、議題は最後のひとつに移る。

「では……各長官より報告のあった、王家の状況変化による民の不安が聞こえている件について」

セルゲイはそう表現をぼかした。

農民も、商人も、職人も、学者も芸術家も。誰もが王家の現状を前に大きな動揺と不安を抱えていると、法衣貴族たちの報告から今日明らかになっていた。

王族が尽《ことごと》く死亡し、新たに次期国王の座についたのは、今年ようやく十五歳の成人を迎えた平民上がりの青年。そのような状況で、これからハーゼンヴェリア王国は本当に大丈夫なのかと、その話題で市井は持ちきりだという。

「この件は無視できないこととはいえ、対応策は限られる。国家運営の体制は万全だと、重ねて布告を出していくしかあるまい。それと並行して、我々臣下が折に触れ、語っていくのだ。フレードリク陛下の血を継ぐ正当な王太子殿下のもと、王家は盤石であると。そして各々着実に実務をこなし、言葉だけでなく事実をもって証明するのだ」

「……」

セルゲイの言葉を聞きながら、スレインは机の下で手に力を込める。

自分にはこの血筋しかないと、何度思い知らされればいいのだろうか。生まれ持った血筋だけを頼りにこんな席に座り、本来こなすべき役割は、目の前の臣下たちに任せきり。これではまるで、大きな赤ん坊だ。

「殿下、そのような対応でよろしいですかな?」

「……うん、いいよ。僕がわざわざ答える意味もないだろうけど」

焦り。不甲斐《ふがい》なさ。いたたまれなさ。それらが混ざり合った感情を零すように、スレインは苦笑しながらつい言ってしまった。

その瞬間、セルゲイの目の色が変わる。まず驚きが、その直後に——氷のような冷徹が浮かぶ。

「殿下、失礼ながら申し上げます……これは国家運営の根幹を担う場です。子供じみた発言はお止《や》めいただきたい」

王国宰相の容赦ない言葉に、切れ味の鋭いナイフのような声色と視線に、この場にいる彼以外の全員が黙り込んだ。

「殿下が努力をされていないとは申しません。日々の勉学に臨み、執務についても少しずつ憶えていらっしゃることは私も存じています。ですが、まだ一か月強です。この僅《わず》かな期間、机についておられただけで、何か状況が変わるということは決してございません。にもかかわらず、政の場で拗《す》ね、愚痴を零すというのは、あまりにもご辛抱が足りないのではないでしょうか。そのような振る舞いは、殿下の目指される良き王の姿からは程遠いものではないでしょうか」

セルゲイは声を荒らげることはせず、しかし鋭さは保ったまま、淡々と説く。

それが余計に冷たい印象を感じさせ、スレインはまるで蛇に睨《にら》まれた蛙《かえる》のように、言い返すことも動くこともできない。

「あえて厳しい言葉を選びますが、国王や王太子というお立場を、どうか舐《な》めないでいただきたく存じます。臣下や民の信頼を得る君主となるには、知識と経験、そして何より覚悟が必要です。それらは一朝一夕に備えられるものではございません……殿下は勉学において極めて聡明《そうめい》なお方でいらっしゃると、副官モニカ・アドラスヘルムより報告を受けております。であれば、私がこのような諫言《かんげん》をいたしました意味を、ご理解いただけるものと存じますが」

「……………君の言う通りだね。幼稚なことを言ってごめん」

スレインは俯《うつむ》きながら、か細い声で答えた。

「ご理解いただけて幸いに存じます。では、本日の議題は以上。王太子殿下、会議を終えてよろしいでしょうか？」

問われたスレインは、深呼吸をして顔を上げる。表情だけでも平静に戻ったふりをする。

「いいよ。会議を終わろう」


スレインがモニカを伴って会議室を後にし、執務室へと戻るために廊下を歩いていると、王太子殿下、と後ろから呼び止められた。

快活で野太い特徴的な声で、振り返る前に誰だか分かる。

「……ジークハルト」

「殿下、お呼び止めして申し訳ございません」

将軍ジークハルト・フォーゲル伯爵の顔を見上げながらスレインが呟くと、ジークハルトは相変わらず嫌味のない笑みを見せる。

「先ほどのノルデンフェルト侯爵閣下のお言葉、おそらく殿下におかれましては愉快とは言い難いものであったことと存じ、畏れながらお声がけをいたしました」

ジークハルトの言葉を聞いたスレインは、思わず苦笑を零す。

どうやら彼は心配しているらしい。セルゲイから容赦ない諫言を受けた主君と、主君に対して言葉を選ばず厳しい態度をとったセルゲイそれぞれを。

「大丈夫だよ。確かにさっきのはこたえたけど、そもそも僕が悪かったからね。セルゲイに対して怒ったり恨んだりはしていないよ」

「左様でしたか。このジークハルト、それを聞いて安堵《あんど》いたしました」

おおらかに笑って答えたジークハルトは、そこで少し表情を引き締める。

「ノルデンフェルト閣下が殿下に対してあのように厳しい態度をとられるのは、殿下のこれからのご成長に、臣下として大きな期待を抱いておられるからこそ。そのことをどうかご理解いただきたいと、侯爵閣下に代わってお願い申し上げます」

「……期待、か。僕はセルゲイから、君たちから期待を抱かれるに値する王太子なのかな？」

今の自分には血しかないのだと一人でうじうじ悩み続け、たった一か月強で焦燥を募らせて政務の最中で拗ねるような自分に、果たして期待されるほどの見込みはあるのか。

この場には優しいモニカとおおらかなジークハルトしかいないこともあり、スレインはまた愚痴じみた呟きを零してしまった。そしてすぐに、そんな弱い自分に対して嫌悪を覚える。

しかし、モニカはいつも通り穏やかな微笑を浮かべたままで、ジークハルトもスレインの弱音を気にした様子はなかった。

「もちろんにございます。我々が初めてご挨拶をさせていただいたあの日、殿下は我々に対してご決意を語ってくださいました。王位を継承し、良き王を目指すと、その努力をすると。一度は主家を失った我々にとって、殿下のあのお言葉がどれほど嬉《うれ》しいものだったか、言葉では言い表せません……王としてこの国の頂点に、我らの上に立つ、そのための第一歩を殿下は自らの御意志で踏み出してくださいました。だからこそ我々は、畏れながら殿下に大きな期待を寄せているのです。それはノルデンフェルト閣下も同じです。殿下に希望を見出した侯爵閣下は、殿下のご成長をお支えし、殿下をお守りしたいと考えておられます。なればこそ、殿下に厳しく接せられるのです」

「守る？　僕を？」

厳しく接すること。守ること。その二つがいまいち繋《つな》がらず、スレインは首をかしげる。

「左様です……王の道は険しく、王の人生には多くの困難が伴います。殿下が王座につかれ、本格的に政務に臨まれるようになれば、それぞれ異なる思惑を持つ領主貴族たちを統率しながら、他国の王族や貴族と対峙《たいじ》し、駆け引きを行うことになります。直臣《じきしん》である我々は全力をもって殿下をお支えしますが、それでもやはり、殿下のお力を頼りとしなければならない場面が多々、出てくることでしょう。その際、殿下のお立ち回り次第では、このハーゼンヴェリア王国が、王家が、そして何より殿下ご自身が苦難に見舞われることとなります」

「……」

　ジークハルトの話しぶりは快活なものだったが、語られる内容のその重さに、スレインは硬い表情で押し黙る。

「そうならないよう、ノルデンフェルト閣下は今、殿下に厳しく接しておられます。殿下に厳しく接し、ときには容赦ない諫言をなし、殿下のご成長を促す。殿下が領主貴族たちや他国の要人たちから侮られず、軽んじられない王となられるよう、ときに厳しいこの世界で生き抜ける王となられるようお導きする。そうすることが、ハーゼンヴェリア王国を、王家を、そして我々の敬愛する殿下をお守りすることにつながると信ずるからこそ、ノルデンフェルト閣下は心を鬼にしておられます。このような役割は、宰相である自分にしか果たせぬものだと考えておられます……懐かしいものです。亡きフレードリク陛下の若かりし頃も、ノルデンフェルト閣下はよく厳しい態度をとっておられました。もちろんミカエル前王太子殿下にも。子のいないノルデンフェルト閣下は、お二人を教え導くことに強い使命感とやりがいを覚えておられるようでした」

　最後の方はしみじみと語ったジークハルトの顔を見ながら、スレインは自分に厳しく接してくるセルゲイの内心を想像する。

　法衣貴族の中でも最古参のセルゲイは、スレインの父であるフレードリクが即位する前から王国宰相だった。彼はフレードリクに対しても、そして本来であれば次期国王となるはずだった前王太子ミカエルに対しても、厳しい臣下として接していたのだろう。全ては王国の、王家の、そして彼らのことを思えばこそ。

そのフレードリクもミカエルも、死んだ。あまりにもあっけなく。

セルゲイは弟の息子――すなわち甥《おい》をノルデンフェルト侯爵家の跡継ぎとし、自身は結婚しないまま、ただ宰相としての職務に生きてきた。モニカからそう聞いている。

そんなセルゲイにとっては、フレードリクとミカエルは単に主家の人間というだけではなく、未来を託す相手だったことだろう。彼にとって、先の悲劇は子と孫を同時に亡くしたようなものだ。彼が人生をかけて教え支えてきた二人はもういない。その絶望は計り知れない。

セルゲイはその絶望を抱えながら、なおも宰相としての激務をこなし、王国の政治を回し続けてくれている。良き王を目指すと、その努力をすると宣言しながら、まだまだ頼りない王太子である自分を支えてくれている。国と王家を、延《ひ》いてはスレインを守るため、決して楽しい役割ではないだろうに、ああして厳しい諫言もしてくれる。

「……っ」

スレインは俯き、思わず唇を噛《か》んだ。猛烈な羞恥を覚えた。自分の浅はかさを、幼稚さを、情けなさを恥じた。

「王太子殿下」

呼びかけられて顔を上げると、スレインの心情を察したのか、ジークハルトの顔は優しかった。

「尊き御身分であらせられる殿下の御心、全て理解できるとは申し上げられません。ですが、今現在、殿下が焦燥を覚えておられることは私にも分かります。無理もないことと存じます。だからこそ申し上げます……どうか焦ることなく、ご自身の道を、ご自身の歩みの速さでお進みください。殿下がご成長される最中も、良き王へとご成長された後も、我々がついております。我々は常に殿下の味方です。私も、他の貴族たちも、そしてもちろんノルデンフェルト閣下も。ノルデンフェルト閣下は、ときに辛辣な言動をとられることもあるでしょうが……」

「……大丈夫だよ」

スレインは呟くように答える。落ち込んでいる今、思うようにはいかないが、それでも精一杯気丈に見えるよう無理やり笑みを作る。

「君たちの気持ちは分かった。セルゲイの気持ちも……今日みたいな無様はもう晒《さら》さない。一人で焦って空回りすることはないようにして、その上で精一杯頑張るよ。君たちに、セルゲイに認めてもらえる日が来るまで」

「そう仰《おっしゃ》っていただけて幸いに存じます。臣下一同に代わり、御礼申し上げます……重ねて申し上げます。我々臣下は全員が殿下の味方です。我々の忠誠は常に、そして永遠に殿下のものです」

見事な所作で敬礼したジークハルトは、歩き去っていく。

「あ、ジークハルト」

その背を、スレインは呼び止めた。

「……ありがとう。おかげでだいぶ楽になったよ」

振り返ったジークハルトは、そのおおらかな人柄を感じさせる笑みをひとつ、見せる。

「お役に立てて光栄に存じます、殿下」

そう言って、ジークハルトは今度こそ去っていった。

「よっぽど王太子様にご執心みたいですね、フォーゲル閣下は。殿下が出ていくなり追いかけていくなんて」

定例会議の後。会議室を出て廊下を歩きながら、名誉女爵ブランカが言った。

「当然よ。フォーゲル卿《きょう》にとって殿下は、単に王族の生き残りというだけでなく、親友の遺児ですもの……まあ、殿下へのご執心の程度で言えば、ノルデンフェルト閣下も大概ですけどね」

隣を歩く外務長官エレーナ・エステルグレーン伯爵は、そう答えてクスッと笑みを零す。

「ははは、確かに。何だかんだ言って、ノルデンフェルト閣下も王太子様を真面目に育てる気なんですね」

セルゲイがスレインを嫌って厳しい態度をとったわけではないことは、エレーナもブランカも分かっていた。

王国宰相であるセルゲイは、主家の人間に対しても、必要があれば厳しく接する。ときと場合によっては、あえて強い言葉を選んで手厳しい諫言をなすこともある。そのことは、臣下たちの誰もが知っている。

亡き前王太子ミカエルを教育する際もそうであったし、エレーナたちは当時を直接知るわけではないが、フレードリクが若く未熟だった頃もそうであったという。

そのセルゲイが、スレインに対して容赦ない諫言をぶつけた。それはすなわち、彼がスレインを真の王位継承者として、本気で育てる気があるという証左だ。

「そういうあなたも、殿下のことが結構好きなのではなくて？」

「……否定はしませんよ。王太子様が立派な王様になるほどのお方なのかは、あたしにはまだ分かりませんけど。あの人を見てると昔の自分を思い出しちまうんで」

ニッと笑いながら、ブランカは言った。

「エレーナさんこそ、どうなんですか？」

問われたエレーナは、意味深で艶やかな笑みを浮かべる。

「ふふふ、そうね……私も今は、王太子殿下に期待を抱いているわよ。フォーゲル卿の熱意には負けるでしょうけど」

そう言いながら、王族たちの国葬の後、社交の場でのスレインを思い出す。

王太子となって僅か二週間ほどで臨んだ社交の場。そこでスレインは、エレーナから名前を教えられるだけで、挨拶をする相手の立場を正確に把握しているようだった。暗記していたのは相手の家名や領地の位置など通り一遍の知識だろうが、あの場にいた全員についてそれらの知識を記憶し、すぐに思い出せるというのは驚くべきことだった。その出自を考えると尚更に。

そして、領主貴族の二大派閥の盟主であるクロンヘイム伯爵とアガロフ伯爵、その二人が行動を共にしている理由をも正確に考察し、言い当てた。

その様を見て以来、エレーナは考えている。ジークハルトのスレインに対する期待も、あながち見当はずれなものではないかもしれないと。

「それじゃあ結局、あたしたち皆、王太子様に期待しちまってるってことですか」

「ええ、そういうことになるかしらね」

ブランカが語った結論に、エレーナは苦笑交じりに同意する。

当初、法衣貴族たちの間でスレインの期待値は酷《ひど》いものだった。成人するまで平民として育った庶子。下手をすれば、読み書きもできず話もまともに通じない無学な青年が来るのではないかと危惧する者もいた。

その空気は、しかし彼らが初めてスレインと顔を合わせたあの日、スレインの決意を聞いたときから変わり始めた。

彼は良き王を目指すと言い、父であるフレードリクの面影を感じさせる表情を見せた。その際の理知的な話し方や、副官モニカの報告を聞くに、どうやら頭脳もなかなかのものらしい。彼ならば、象徴として担がれる御輿《みこし》ではなく、その責務に堪えうる真の王になってくれるかもしれない。

法衣貴族たちは、程度の差はあれど、今ではそれぞれ王太子に期待を抱いている。


執務室に戻ったスレインは、椅子の背にだらしなく体重を預ける。

「どうぞ、殿下」

「……ありがとう」

そこへ、モニカが優しく声をかけながらハーブ茶を差し出してくれる。スレインは礼を言い、カップを受け取る。

最初は男爵令嬢である彼女にお茶を淹《い》れてもらうことに恐縮していたが、日に何度もお茶を受け取るうちに慣れた。彼女の前でこうしてだらしなく椅子にもたれることにも、抵抗はなくなった。

「とてもお疲れになられたご様子ですね」

「あはは、そうだね。確かに疲れたよ……すごく疲れた」

心配そうな表情で顔を覗《のぞ》き込んでくるモニカに、スレインは微苦笑で答える。思考を巡らせ、感情を乱高下させ、今はただただ気疲れしていた。

「殿下は日々努力されておられます。副官として常に殿下のお傍にいる私は、誰よりもよく知っているつもりです。私などが見ていても励みにはならないかもしれませんが……」

「いや、そんなことないよ。むしろ……モニカに傍で見守ってもらえることが、今は一番の励みになるし、慰めになってる。助かるよ」

「それはよかったです、殿下」

モニカは花が咲いたような笑みを見せ、自分のカップに口をつけた。最近は、スレインが休憩をするときは彼女も一緒にお茶を飲むようになっている。

彼女の優しさはありがたい反面、ときに辛《つら》い誘惑でもある。今のような、殊更に気疲れしているときにこのような笑顔を見せられると、どうしても自制心が少し揺らぐ。彼女の優しさにもっと甘えたいと思ってしまう。

しかし、それでもぐっとこらえる。彼女は副官として、仕事の範囲内で優しく接してくれているだけ。だから公私の境界線を越えてはならない。そう自分に言い聞かせる。

「……でも、モニカに励まされて、慰めてもらって、それで安心して満足していたら駄目なんだよね。

僕は王太子で、国王になるんだから。まだまだ足りない」

心の揺らぎを振り払う意図もあり、スレインはそう言った。

「畏れながら殿下。殿下は毎日着実に努力をされています。このまま努力を重ねられれば、後は時間が解決してくれる問題かと。フォーゲル閣下と同じ進言になりますが、どうかあまり焦燥されないよう……」

「大丈夫。今は僕も焦らないようにと思ってるし、成長を急いで何か無茶をするつもりもないよ。ただ、単純にもう少し頑張りたいんだ。今はまだ、午後は暇なことも多いから」

午前中は勉強に励んでいるスレインだが、簡単な執務に臨む午後は、必ずしも毎日忙しいわけではない。

王太子としての署名が必要な書類を確認する。形式だけでもスレインの許諾が必要な事項について、担当する臣下から説明を受け、許諾を告げる。現在務めている仕事はそれくらいだ。早ければ夕方前には終わってしまい、長めの自由時間を少々持て余すこともある。

「ですが、お勉強を午後にも行うのはあまりお勧めできません。疲労された夕方以降にさらにお勉強を行えば、どうしても集中力が落ち、習熟度が下がるでしょう。次期国王として殿下が収めるべき知識教養は、無理をすることなく着実に身につけていくべきかと思います」

「そうだよね……じゃあ、机に座って学ぶ知識以外で、次期国王として今から習得していけることってないかな?」

「……ひとつ、ございます」

スレインの問いかけに、モニカは少し考えてから頷く。

「必ずしも優先度が高いわけではなく、学んでいただくのは即位後でもよろしいかと思っておりましたが……殿下がお望みであれば、明日から、いえ、今日の夕方からでも始めていただけます」

今日の夕方からでも始められる都合の良いものがあるとは。一体何だろうか。モニカの微笑を見ながら、スレインはそう疑問を抱いた。

＊＊＊

それからおよそ一か月後。スレインは城館の中庭で、汗だくになって木剣を振っていた。

「はあっ、はあっ、はあっ」

「もう少しです、殿下。どうか頑張って振り続けてください。腕の上がり方が甘くなってきたようなので、その点を意識しましょう」

荒い息をしながら懸命に素振りを行うスレインに、モニカが穏やかな微笑を浮かべながら、しかしはっきりと指示をする。

モニカの提案した「机に座って学ぶ知識以外で、次期国王として今から習得していけること」とは、武芸の訓練だった。

家に籠《こも》って母の写本の手伝いばかりしながら育ったスレインは、あまり身体《からだ》を動かしてこなかったために、体力がない。運動神経も良いとは言えず、子供の頃、外で遊んでいるときにはエルヴィンたち友人に茶化されることも多かった。

そんなスレインにとっては、ただの素振りでもなかなか辛い運動だった。

一日のノルマは五十回から始めて、多少慣れてきた現在は一日百回。木剣を振り下ろす際は一歩前に踏み込み、一回一回をしっかり打ち込む。

スレインの体力では、最後の二十回ほどは剣筋も遅く、腕を上げるのも精いっぱいになる。それでも途中で音を上げることはせず、半ば意地で最後まで木剣を振り切る。

「お疲れさまでした、殿下。お見事です」

素振りを終え、その場に座り込んだスレインに、モニカが笑顔でタオルと水筒を差し出す。

「……ありがとう」

スレインは息も絶え絶えに答えてタオルで汗を拭い、水筒に口をつけて水をがぶ飲みした。

この水筒は魔道具になっており、起動すれば一定量の清潔な水が作り出される。本来は金に余裕のある人間が遠出をする際に使うものであり、居城の中庭にいながらこのような魔道具を普段使いするというのは、一国の王族だからこその振る舞いだった。

太陽が西に傾いた夕方。スレインは喉を潤したことで一息つき、涼しい風を感じながら中庭を見回す。

中庭の出入り口の前では、メイドが掃除に勤《いそ》しんでいる。大量の落ち葉を建物側から中庭の内側に払うために、わざわざ風が巻き起こる魔道具を使うその光景は、王城ならではのもの。

別のところでは、王宮魔導士である水魔法使いが、魔法で生み出した水を放射状に散らして草花に水をやっている。現在の魔道具技術ではこのような水の大量生成は再現できないとはいえ、手練れの魔法使いが手ずからに水やりを行うというのは極めて贅沢《ぜいたく》な話と言える。

王家に直接雇われる王宮魔導士は非常に名誉ある地位だが、平和なこの時代では彼らも常に仕事があるわけではない。手の空いている者が暇つぶしや腕慣らしがてらに、こうして他の仕事を手伝うのは、珍しくないことだった。

王城ではとにかく、魔法や魔道具を目にする機会が多い。これも、自分は高貴な身分の人間になってしまったのだとスレインが実感する要素のひとつとなっている。

「殿下、そろそろ再開されますか？」

「そうだね。ひとまず腕も休まったし」

スレインはモニカに答えて立ち上がり、今度は簡単な打ち合いの稽古を始める。モニカが木剣で簡単な攻撃をくり出し、スレインはそれを自身の木剣で受け止める。

スレインの体格と体力では、残念ながら屈強な戦士になれる見込みはほとんどない。そもそも、国王となるスレインが、実戦で敵と直接剣を交える可能性はほぼない。唯一考えられるのは奇襲や暗殺を敢行された場合だが、その際もまず戦うのは護衛の近衛兵や王宮魔導士だ。

それでも、スレインは一か月ほど前からこの武芸の訓練を毎日行っている。その理由は二つ。

まずは、身体を鍛えるため。

スレイン自身が直接戦う場面は生涯来ないとしても、戦争が起これば指揮官として戦場に立つことになる。そうなれば長時間の、場合によっては強行軍による移動や、快適とは言えない戦場での野営を幾日も経験することになる。

いざそうなったときのことを考えると、今のスレインでは体力不足も甚だしい。戦いが始まる以前に、行軍や野営で国王が疲れ果てる情けない様を見せたら、士気はがた落ちとなる。

なので、スレインは体力をつけなければならない。ここ数十年は隣国と死者の出るまともな戦闘は行われず、物理的な脅威と言えば盗賊か魔物程度なので、優先順位としては低いが。

もうひとつは、目に見えて分かりやすい努力を重ねているところを周囲に披露し、国王として少しでも頼りがいがあるように見られるため。

現状、臣下も使用人も、スレインのことを頼りなく思っている。生まれながらの王族を見てきた者たちからしたら、平民上がりの青年が頼りなく見えるのは当然だ。

だからこそスレインは、せめて見た目だけでもそれなりに剣を振るえるように、勉強と執務の終わった夕方に王城の中庭で鍛錬を行うことを日課としている。

古来、王族や貴族は武勇によって民と領地を守るからこそ、支配者として世に君臨してきた。平和が当たり前の時代となり、支配者に武勇よりも政治力が必要になった現在であっても、支配者とは戦士であるべし……という価値観は根強く残っている。一種の伝統として。

なので、領地を持つ者は程度の差はあれど身体を鍛え、武芸の腕を磨いている。

一人前の支配者とは、人並みに武器を扱えるもの。逆を言えば、十分に武器を扱う技能があれば、一人前の支配者らしく見える一要素となる。

所詮は表面的なはったりだが、人の世においてはったりは大切だ。スレインが自らの意思で日々鍛錬を重ね、成長し、それなりに剣を扱えているところを臣下や使用人に見せれば、一人前と認められやすくなる。それは遠回りではあるが、王家による国家運営の安定に寄与する。

戦争で使う予定がないとしても体力自体はあるに越したことはなく、身体を鍛える姿をもって周囲からの評価を多少なりとも高めることができるのだ。空き時間での武芸の訓練は、スレインにとって一石二鳥の行いだった。

「殿下、今の受け方はお見事でした」

スレインが額に汗を浮かべながら木剣を振るう一方で、モニカは汗ひとつかかず、涼しい笑顔で称賛の言葉をくれる。

「いや、今のはモニカのおかげだよ……モニカ、本当に何でもできるよね」

自分に武芸の才能がないことは、スレインもこの一か月で理解した。鍛錬を始めて一か月の凡才がそれなりに打ち合いらしきものを演じられるのは、モニカの対応が上手《うま》いからだ。

それなのに「お見事」と言われて、スレインは微苦笑を浮かべる。褒められるべきはモニカの方だ。

彼女はスレインの副官としても、教師としても、基礎的な武芸の教官としても有能だった。

「恐縮です。一応、私も騎士を名乗れる身ですので」

打ち合わせた木剣を下げ、数歩退いて姿勢を整えながら、モニカは答える。

騎士資格は、王国軍あるいは領主貴族の抱える領軍で鍛錬を重ね、一定の実力を認められることで与えられる。この資格を得た者は軍の中で士官として騎乗することを許され、平民であれば一般平民よりも一段高い立場として扱われる。

騎士資格は身分も出自も関係なく一個人ごとに与えられるものであり、逆に言えば、たとえ貴族の子女だろうと実力を認められるまで騎士は名乗れない。一般平民にとっては数少ない出世の道であり、領主貴族や武門の子女にとっては越えるべきハードルとされている。

モニカはアドラスヘルム男爵家の伝手《つて》で十四歳のときに王国軍に入り、昨年に騎士資格を得たのだという。通常は五年以上かかることを考えると、これは相当に早い部類に入る。

モニカが軍装を仕事着としているのは、彼女が騎士でもあるため。彼女はスレインの副官であると同時に、日常生活の中での護衛も一応は兼ねている。

「さて、殿下。次は今までよりも少し速く打ち合ってみましょうか？」

「分かった……上手くできるか分からないけど、頑張るよ」

「ご安心ください。私の木剣が殿下を直接打つことはありませんし、殿下が本気で打ち込まれても私は受け止めることができますので。どうか遠慮せず、全力で臨まれてください」

スレインとモニカの実力差は圧倒的で、彼女の言うことは尤《もっと》も。しかし、やはり男としては情けなさを覚えたスレインは、小さく笑うとすぐに表情を引き締め、少し強気で踏み込んだ。

自分だってこの一か月で多少はできるようになった。それを証明しようと本気で振り下ろしたスレインの木剣は――モニカに最小限の動きで逸《そ》らされる。モニカはそのまま全身と共に木剣をぶつけるように迫り、その攻撃にあっさりとバランスを崩したスレインは、真後ろによろけた。

「うわっ」

それを、モニカがカバーする。彼女は自身の木剣を即座に投げ捨てると、空いた右手をスレインの背中に回す。彼女はスレインを支えてくれようとしたが、焦ったスレインは彼女の軍服の肩口を摑《つか》んでしまい、全体重をもって彼女を巻き込みながら後ろ向きに倒れていく。

本来はモニカに支えられるままに身体を起こすのが正解であり、スレインのとった行動はその真逆。無意味で、おそらくはモニカにとっても予想外のものだった。

「「あっ」」

二人揃って声を漏らしながら、スレインとモニカは転ぶ。

地面に尻餅をついたスレインは、そのまま無様に後ろへと倒れる。スレインが頭を打たないようにとモニカが手を回してくれたおかげで、怪我をすることはなかった。

しかし、モニカがスレインの頭を守りつつ、スレインに肩を引き寄せられるように倒れかかってきたので、仰向けで倒れたスレインの上に彼女が覆い被《かぶ》さるような体勢になる。

倒れた姿勢のままスレインが目を開けると、見えたのは空ではなく、モニカの顔だった。

彼女の端整な顔が、吐息が届くほどの距離にある。モニカは右手でスレインの頭を抱き、左手はスレインの顔のすぐ横、地面についているので、傍《はた》から見れば彼女がスレインを押し倒しているようにも見えるだろう。

つまり、夫婦や恋人ではない男女の距離感としては、あまりにも近すぎる。

「……っ」

モニカの吐息の温かさ、その吐息が零れる柔らかそうな唇。間近に見える首筋の、絹のようになめらかな白い肌。僅かに香水をつけているのであろう甘い匂い。

それらを前に、スレインはモニカを女性として意識した。単に彼女が異性であると思うだけでなく、彼女の身体を、女性の身体として意識してしまった。

その意識がろくでもないものに思えて、恥ずかしさと罪悪感と緊張に襲われる。

一方のモニカは、この状況に少し驚いたような表情を見せた後、笑みを浮かべた。間近で見る彼女の笑顔は、大人びていて美しかった。こんな状況で、こんな心境だからか、その笑顔に女性としての魅力を感じてしまう。

駄目だ。彼女は自分の副官だ。一人の女性と見て魅力を感じることなどあってはならない。

自分は次期国王なのだ。即位後いつになるかは知らないが、政治的な事情も考慮した上で、誰か身分的にふさわしい伴侶をあてがわれるのだろう。そのときが来るまでは、次期国王としての修業に集中するべきだ。モニカに下心を抱くような勝手は許されない。

そう考え、スレインは表情を取り繕い、内心を抑え込む。努めて冷静になろうとする。

「失礼しました、殿下」

モニカはスレインの上から降りて、スレインを抱き起こす。自身も立ち上がりながら、スレインの手を取って立たせる。

「殿下、お怪我はございませんか？」

「ああ、うん……大丈夫」

訓練中でよかったと考える、と思いながらスレインは頷いた。今なら顔が赤くなっていても、身体を動かしたために体温が上がって上気しているだけだと思ってもらえる。

彼女を女性として意識してしまったことを気づかれないよう、今の出来事をさして気にしていないふりをする。しばし彼女から目をそ逸らし、平静な表情を作りながら、服についた土や草をはたいて落とす。

この努力が功を奏したのか、幸いモニカは主君から向けられた意識に気づいた様子はなく、スレインとは違って今の出来事に動揺した様子もなく、「ご無事で良かったです」と微笑んでいた。

そのとき。

「あははは っ！　まだ日が出てるうちから屋外で王太子殿下を押し倒すなんて、モニカもなかなか大胆だねぇ」

そんなからかいの声が飛んできて、スレインは驚きに肩を小さく揺らした。

声のした方を振り返ると、そこにいたのは筆頭王宮魔導士のブランカだった

「今のは訓練中のちょっとした事故です。殿下に対して不敬ですよ、ブランカさん」

ブランカのきわどい冗談にスレインがどう答えたものか迷っていると、モニカが先んじて、いつもと何も変わらない穏やかな微笑をたたえながら言う。

「殿下、お気に障られましたか？」

「あっ、いや、別に……」

スレインはそう答えた。実際、それは本心だった。ブランカの表情や口調はあっけらかんとしたものだったため、スレインも不愉快さはまったく覚えていない。

「だそうだよモニカ」

「殿下はお優しい方なのでこのように仰っていますけど、それでも不敬は不敬です。怒りますよ」

「おお、怖い副官殿だね」

モニカとブランカは仲が良いようで、互いの口調は気楽なもの。スレインは普段あまり見られないモニカの様子を少し面白く思いながら――ブランカの後ろに目を向けた。

「殿下、こいつらをご覧になるのは初めてでいらっしゃいましたね」

「うん。話には聞いてたけど、凄いね」

「ははは！　そうでしょう。あたしの自慢の相棒たちです」

ブランカの後ろにいるのは、ツノヒグマと呼ばれる魔物。さらにその背には、一羽の鷹《たか》がとまっていた。

筆頭王宮魔導士であるブランカは、「使役魔法」という魔法の才を持っている。

魔法は人間のおよそ三十人に一人が持っている特殊な力で、特定の儀式――エインシオン教を信じる地域においては、十歳で受ける「聖なる祝福」という儀式をもって発露する。スレインも十歳のときにルトワーレの教会で儀式を受けたが、何の才も得られなかった。

魔法の種類は様々だが、使い手の能力に関しては個人差が大きい。大抵の者は、魔法を使って生活費を稼ぐのに困らない程度の才か、それ以下の才しか持たない。

戦いの場や社会の中で大きな力を発揮できるような才を持つ者は、魔法使いのさらに三十人に一人ほど。そうした者は王家や貴族家、豪商や豪農の家に好待遇で雇われる。

ハーゼンヴェリア王家も、戦闘職から技能職まで十数人の王宮魔導士を抱えている。その筆頭であるブランカが有する使役魔法は、その名の通り他の生き物と心を通わせ、使役する力。数ある魔法の中でも珍しいものだ。

使役魔法使いの中でも彼女の才は一際大きなものだそうで、彼女は強力かつ危険な魔物であるツノヒグマの雄を見事に使役している。それでも余る魔力を用いて、さらに鷹まで従えている。一国の王家の筆頭魔術師にふさわしい実力者と言える。

「ほら、アックス、ヴェロニカ。この方は私の新しいご主人様だ。ご挨拶しな」

ブランカの言葉をそのまま理解しているらしいツノヒグマ――アックスは、スレインの足元に前足をついて頭を下げる。そんなアックスの背の上では、鷹のヴェロニカもまるで礼をするように姿勢を低くする。

鷹はともかく、体長三メートルを超えようかというツノヒグマがひれ伏す様を目の当たりにして、スレインは目を丸くした。

ツノヒグマといえば、遠目に見かけただけでも危険を感じ、目の前で出くわそうものなら死を覚悟するのが当たり前と言われている魔物。それがまるで、利口な犬のように大人しくしている。スレインの上半身を一撃で千切り飛ばせそうな前足をちょこんと揃え、スレインの胴体ほども大きな頭をぺこりと下げている。なんとも奇妙な光景だった。

「ははは、賢いでしょう？　頭を撫《な》でてやっても大丈夫ですよ」

「ほ、ほんとに？」

「はい。ヴェロニカの方は指で優しく。アックスの方は逆に両手で荒っぽく撫でてやってください。

じゃないとこいつ、毛皮が分厚すぎて自分が撫でられたって分からないんで」

スレインはまず、ヴェロニカの小さな頭をそっと撫でた。滑らかで繊細な羽毛の感触が指先に伝わる。

次に撫でたアックスの毛は、硬くごわごわしていた。鉄の剣の斬撃を弾《はじ》くと言われているツノヒグマの毛皮。それを、当のツノヒグマが生きている状態で触る日が来ようとは、スレインもまさか思わなかった。

「……ありがとう」

スレインはアックスとヴェロニカに礼を伝えた。一匹と一羽はスレインを上目でじっと見ていた。

「ブランカさん、今日は訓練でこちらに？」

「ああ。近衛兵団の魔物対応訓練に付き合ってたんだよ」

モニカに答えたブランカは、首を小さくかしげるスレインにもう少し詳しく解説してくれる。

ヴィクトル・ベーレンドルフ子爵の率いる近衛兵団は、王族の護衛が使命。都市外を移動する際に魔物と出くわしたら、たとえそれがどれほど危険な魔物であろうと、戦って護衛対象を守り抜かなければならない。

対人と対魔物の戦闘術は大きく異なる。限られた兵力による魔物相手の戦闘術を確認する訓練の相手役として、ツノヒグマのアックスは最適なのだとブランカは語った。

「ところで殿下。お勉強や執務だけじゃなくて、夕方には武芸の訓練にも励んでおられるなんて、頑張っておられるようですね。この一か月、毎日休まずに続けられてると近衛兵団の連中から聞きましたよ。なかなかの根性です」

「……まあ、これくらいはね。今、自分にできることから少しずつこなして、一歩でも多く前に進まないといけないから」

スレインは照れ隠しの笑みを浮かべて答えた。王国の最精鋭である近衛兵団や、その訓練に付き合っていたブランカから見れば、自分の訓練など子供が剣の玩具を振り回しているようなものだろう。そう思いながら。

「ははは、いいですねぇ。自分が王城に来たばかりの頃を思い出しますよ……畏れ多い言い方になるかもしれませんけど、殿下の今のお気持ちは、あたしも少しは分かるつもりです」

ニッと笑いながら、ブランカは自身の出自を語る。

ブランカが生まれたのは、王都の貧民街。母はブランカの妹を生んだ際に死に、ブランカは病気を抱えた父と、幼い妹と、その日の食べ物にも困る極貧生活を送っていたという。

そんなとき、彼女は十歳で類《たぐい》まれな使役魔法の才を得た。フレードリクの父である三代目の国王が彼女を王宮魔導士として王城に迎え、代が替わって四代目の国王となったフレードリクが、実力と実績を身につけた彼女を筆頭王宮魔導士に任じた。

王城に来た当初、彼女は苦労の連続だったという。王城での言葉遣いや所作、生活のことから社会のことまで何もかもが分からない。フォークの握り方も知らず、給金の数え方も知らず、自分の名前すら書けない。そんな状況で、ひとつずつ必要な知識を学んでいったという。

「そんなあたしでも、今じゃ必要な場面では名誉貴族らしく振る舞えるようになったんです。元々ご聡明で、それだけの努力をされている殿下なら、あたしなんかよりずっと早くご立派になられるんでしょうね……大丈夫です。殿下が思っておられるよりも、周りの人間は殿下のことを頼もしく思ってますよ。少なくとも最初の頃よりはずっと」

こちらの内心や、この努力の意図を見透かしたようなブランカの言葉に、スレインは小さく目を見開いて驚きを示す。

「まあ、ノルデンフェルトの頑固爺《じじい》はまだしばらくガミガミ言うんでしょうけど、あの人は昔から誰に対してもあんなもんです。どうかお気になさらず」

「ブランカさん。殿下の前で宰相閣下にそんな言い草、さすがに告げ口しますよ」

「おいおい冗談だろ？　ただでさえ普段の言葉遣いとか振る舞いで睨まれてんのに」

静かに笑いながら言ったモニカに、ブランカはわざとらしく強張《こわば》った笑みを返す。そんなやり取りを見てスレインは小さく吹き出した。

モニカだけではない。自分の努力は周囲の皆から見られているのだと、少しずつでも認められ始めているのだと、そう思うだけで少し救われる気がした。

「お、やっと普通に笑ってくれましたね……その調子で、もっと肩の力を抜いてやっていきましょう、殿下。心配しなくても、あたしたち臣下は、例外なく殿下と王家に忠誠を誓ってますから。あたしも自分と相棒たちの命を懸けてお支えしますよ。親父と妹の御恩もありますからね」

最後の一言の意味を理解しかねたスレインに、ブランカはさらに続ける。

「あたしの親父は五年前に四十で死にましたけど、もともと病気がちで三十は越えられないだろうと医者に言われてました。それが、あたしの給金で良い薬を買えるようになってそこまで生きられたんです。妹も良い暮らしができるようになって、親父に綺麗《きれい》な花嫁姿を見せてやることもできました。王家からもらった御恩です。まだまだ返し足りません……皆、そんな感じでハーゼンヴェリア王家に個人や家の御恩があるんですよ」

だから、これからも殿下に仕えさせてくださいね。ブランカはそう言って、アックスとヴェロニカを引き連れて帰っていった。

「……モニカ。もう少しだけ、打ち合いに付き合ってもらっていいかな」

スレインは木剣を強く握りしめる。

自分にはまだ、次期国王として足りないものが数多くある。しかし、少なくとも自分の今の前進には意味があり、周囲はそれを見守ってくれている。

ならば一日も早く、国王としてふさわしい人間にならなければ。彼らに支えられてなんとか立っていられる主君ではなく、彼らの支えを得ながら王国を前に進める主君にならなければ。そうでなければ、母の愛した、父から受け継いだこの国の頂点に立つ意味がない。

「もちろんです、殿下。喜んで」

モニカはいつものように穏やかな微笑をたたえ、スレインと適度な距離をとって木剣を構えた。

今は四月の上旬。冬の名残のような寒さもなくなり、季節は春へと移り変わっていた。

四章 好転

CROWNED RUTILEQUARTZ

四月の下旬。スレインの勉強は順調に進み、特にスレインの憶えが早かった歴史に関しては最終段階に入っていた。

時系列に沿って学ぶのが歴史の常道。その最終段階として学ぶのは、すなわち現代に最も近い時期――スレインの父、フレードリク・ハーゼンヴェリアの治世だ。

動乱の時代に周辺貴族を服従させ、まとめ上げ、ハーゼンヴェリア王国を築いた初代国王。当時はまだ死者の出る軍事衝突が珍しくなかった中で、周辺国との関係を安定させた二代国王。現在の社会制度を確立し、産業を整え、国内社会を安定させた三代国王。

それら先達の跡を継いで即位した四代国王フレードリクは、王家の基盤の強化、それによる王国社会の強靭《きょうじん》化を、自身の治世の目標に掲げていた。

フレードリクが即位した時代には、大陸西部では平和が当たり前となっていた。

この地に並ぶ二十二の小国群は、国同士の本格的な戦争をもう数十年も経験していない。建国初期からの係争や確執などは一部残っているため、面子を保つために喧嘩《けんか》の延長線のような小競り合いをすることはあるが、それで死者が出ることはほとんどない。

東に接するガレド大帝国は、そのさらに東や北にある大国と長年戦いをくり広げており、大陸西部への野心はもう百年ほども示していない。示す兆候もない。

その他の周辺国も、大陸西部の各国と概《おおむ》ね穏当な関係を築いており、目前に争いの火種はない。

今の小競り合いのような茶番ではない、人死にが起こる国境紛争をしていた時代さえ、その当時を知る者は随分と減った。ましてや大規模な軍勢がぶつかり合う本格的な戦争など遠い過去。自分たちが生まれる前のもの。そんな空気が大陸西部中に流れている。

しかしフレードリクは、この当たり前の空気に対して懐疑的だった。少なくとも、今のような平和が無条件に、永遠に続くとは信じていなかった。

なので彼は、数十年後か、もしかしたら数年後にやって来るかもしれない非常事態への備えを進めるため、王権を強化し、この国をより堅牢《けんろう》にしようと考えた。

フレードリクが最初に始めたのが、王家の保有する軍事力たる王国軍の増強。それまでの二個大隊二百人の体制から、大隊をひとつ増やし、三個大隊三百人を常備する体制を作った。

これだけの規模の常備軍があれば、有事への即応力は大幅に強化され、とれる対応の幅も大きく広がる。派閥盟主の伯爵家でも百人足らずの常備兵力しか持たない領主貴族たちに対して、圧倒的な軍事的優位を確保することで、国内の秩序を強固に維持することも叶《かな》う。

この王国軍増強と同時に、フレードリクは工業力の要となる鉄鉱石と、王家の富を支える岩塩の採掘量増加も目指した。新たな鉱脈を見つけ、既存の鉱脈は採掘規模を拡大。増強した王国軍を維持するだけの工業力と収入を確保した。

これらの施策によって、王家の基盤は数段強固になった。

ここまでがおよそ十年。期間の短さを考えると、十分に偉業と呼べる成果だ。

しかし、ここで問題となったのが王領の食料自給率だった。

もともと農民の割合が少なかった王領だったが、兵士と鉱山労働者を増やし、採掘量の増加した鉄や塩を扱う商人、職人も増えたことで、農民の割合はさらに低下。総人口の八割を切った。

現状、食料自給率が安定して十割を超えるには、人口の八割五分ほどが農民である必要がある。王領で消費される食料の不足は、領外からの輸入で補うこととなった。

いくら強力な常備軍を持ち、それを支える工業力や経済力を持っていても、食料自給率が低い限りは王領社会に脆弱性《ぜいじゃく》を抱え続けることになる。有事に王家が強力なリーダーシップを発揮して事に臨もうとしても、領主貴族や他国からの食料輸入に領地の命運を左右されるとなれば、思うように立ち回れない場面が出てくるかもしれない。

王権強化の過程で浮き彫りになったこの問題点を、もちろんフレードリクも把握していた。彼は新たに、この問題の解決——王領における食料自給率の向上も自身の治世の目標とした。

しかし、王権強化と違ってこちらは難航した。当然と言えば当然だ。農業改革をするといっても、劇的に麦の収穫率を増やせる施策がそう簡単に見つかるはずもない。

フレードリクは草木灰など肥料の生産を援助して使用を奨励し、それは多少の収穫量増加を実現したが、数年そのような試みをしただけで自給率の問題を解決できるほど甘くはない。食料の生産量をさらに増やすための方法を模索し始めたところで、彼は無念の死を遂げた。

スレインが学べる王国の歴史はここまで。ここから先の歴史を作るのは、次期国王たるスレインの役目だ。

「食料生産効率を高める、か……」

「とはいえ、サレスタキア大陸西部では、ガレド大帝国より伝わった三圃《さんぽ》制がこの数十年をかけてようやく定着したばかり。それに加えて肥料の使用を奨励しているので、農業政策としては頭打ちと言える状況です。農業長官アドラスヘルム男爵……私の父も、現状を大幅に改善するには新たな技術の登場を十年単位で待つしかないだろうと」

いくら既存の農法を改良しようと、育てる主要作物が変わらない以上、収穫量を増やすにも限度がある。かといって、新たな農法などそうそう見つかるわけがない。

王家としてできるのは、当てずっぽうで新農法を探しながら、偶然や経験則による発見が出るのを待つこと。あるいは、王領の人口そのものを増やして農業従事者の割合を引き上げるため、何らかの手を打つこと。

どちらにせよ、スレインの代で解決の目途が立てば上々。王家と法衣貴族の間で共有されている現状認識を、モニカはそのように解説した。

「なので殿下におかれましては、王領外からの食料輸入の経路の安定に引き続き努めつつ――」

「……これって、麦以外の作物を探すのは駄目なの?」

スレインが呟《つぶや》くように口を挟むと、モニカはその呟きの意味を考えるように無言になり、そして小さく首をかしげた。

「麦以外の作物……野菜のことでしょうか?」

「さすがに野菜は主食にはならないと思うから……麦以外で、主食にできて、麦とは時期や農地をずらして栽培できる作物を探すのはもう試したのかなと思って。そういう作物があれば、麦と併せて栽培することで王領の食料自給率を高められるんじゃないかな？」

麦の農法を改良しても目標とする食料自給率に届かないのであれば、麦と並び立って主食となるような作物を探すことはできないのか。麦を育てられない時期、麦が育たないような土地に植えられる作物が、周辺地域を探せばあるのではないか。スレインは単純に疑問に思って尋ねた。

「サレスタキア大陸西部はそれなりに広いし、隣り合う大陸中部にはガレド大帝国が、大陸周辺には島国がある。もっと遠い国々だって、時間をかければ調査に行けないわけじゃない。この国ではあまり知られてない作物も探せば色々あるだろうし、なかには育てやすくて主食にできるものがあるんじゃない？」

問いかけるスレインに対して、モニカはきょとんとしていた。いつも落ちついた微笑みをたたえている彼女にしては、非常に珍しい表情だった。

「あっ、気にしないで。忘れて。ちょっと思いつきで言ってみただけだから」

よほど変なことを言ってしまったらしい。スレインがそう思いながら、慌てて自分の発言を撤回しようとすると――

「いえ。殿下、それは大変な妙案かもしれません」

モニカはいつもの微笑よりも大きな笑顔を見せた。

その日の午後。スレインは王城の会議室で、王国宰相セルゲイと、農業長官でモニカの父でもあるワルター・アドラスヘルム男爵と顔を合わせた。

午前の勉強中にモニカに説明した案を、スレインはもう一度、今度はセルゲイとワルターに語る。

スレインの話を聞いた二人は、モニカと同じように、やや呆《ほう》けた表情を見せて固まった。かと思うと、無言のまま互いに顔を見合わせた。

「「……」」

二人の表情がひどく険しくなったようにも見えて、スレインは緊張を覚える。

モニカは褒めてくれたが、国政の実務最高責任者と王領の農業責任者を前に、王族としてまだ勉強中の身である自分が何かを提案するなど、やはり浅はかで無謀だったのかもしれない。そんなことを考える。

と、セルゲイが再びスレインの方を向いた。

「畏れながら殿下……このご提案は、どのようにして考え出されたものか、お伺いしてもよろしいでしょうか?」

いつものごとく鋭い視線を向けながら尋ねてきたセルゲイに、スレインは少し不安を抱きながらも答える。

「……えっと、僕が昔、母さんの写本の仕事を手伝いながら読んだ歴史書の中にあった記述を思い出して——」

スレインの母アルマは写本家として生計を立てており、母から読み書きを習ったスレインは、日常的に彼女の仕事を手伝っていた。

物語本、技術書、宗教書、歴史書。様々な書物の内容を植物紙に書き写す生活を来る日も来る日も送り、その過程では当然、書き写すページの文章に目を通した。

専門的な学術書についてはその内容の半分も理解できないのが当たり前で、ただ機械的に書き写していたが、物語本や歴史書などはその内容の大半を理解できるため、スレインはこれらの書物を書き写すことを特に好んだ。

その際に得た知識は、完璧にとは言えずとも、今もある程度記憶している。

その中に、ある豆類に関する歴史的な知識があった。

その豆が作物として普及したのは、今からおよそ二百年前。このサレスタキア大陸西部の全体が、古の統一国家――ヴァロメア皇国という大国によって治められていた時代に、皇国北部の一地域で栽培されていたものが広まったのだという。

「――モニカの授業を受けながら、この豆の話を思い出して。こういう例があったのなら、今同じことをしても、新しい作物が見つかるかもしれない。もしかしたら、それが新たな主食の一つになるかもしれない。そう思ったんだけど……浅慮だったかな?」

考えが甘いと言われても落胆しなくていいよう、スレインは先手を打つように言った。

「……なるほど。そうでしたか」

しかし、セルゲイはスレインの問いかけに頷《うなず》くことはなかった。しばし黙り込んで思案する様子を見せ、また口を開く。

「率直に申し上げましょう。殿下のご提案は、取り組む価値のあるものに思えます」

「っ！」

スレインは目を見開いた。

何事においても厳しいセルゲイが、スレインの意見に価値を認めた。おそらく初めて、セルゲイがはっきりと自分の意見を認めてくれた。

「殿下、お喜びになるのはまだ早いでしょう。あくまで取り組む価値があるというだけの話です。殿下がご想像された通りの有用そうな作物が見つかるかどうか、たとえ見つかったとしても、それがハーゼンヴェリア王国での栽培に適しているかどうか。まだ何も分かりません。仮に主食になり得る作物が見つかり、栽培の諸条件が求めに適《かな》うものだったとして、未知の作物を主食のひとつとすることを、民に受け入れさせるのは容易ではありません。国内における三圃制の定着さえ数十年を要したのですから……ひとつの思いつきがすぐさま効果を発揮し、社会を劇的に改善するような都合の良いことはありません。一から大きな施策を成すとはそういうことです」

スレインに過度な期待をさせないためか、セルゲイは畳みかけるように語った。それを受けてスレインは喜びの表情を引っ込める。

「ですが、このご提案に取り組む価値があるのは確かです。今すぐに動き始めて成功しても、目に見えて食料自給率が改善するのはどれほど早くとも数年後でしょうが……だからこそ、今から取り組む価値があるでしょう。どうだ、アドラスヘルム卿《きょう》？」

「仰《おっしゃ》る通りかと。幸いなことに、今の季節は春。我が国に普及していない作物を周辺地域より集めれば、今年のうちに実験栽培を始められるものもあるでしょう。有用そうな作物が見つかれば……我が国での栽培の成功を確認するのに一、二年。市井に栽培を進めさせ、食料としてある程度定着するのにさらに数年。早くて五年後には成果が見えるかと思います。もちろん、これは最も運が良かった場合の例ですが、仮に十年以上かかったとしても、価値ある試みです」

モニカの父親なだけあって、若い頃はさぞ美男子であっただろうと思わせる顔立ちのワルターは、セルゲイの問いかけにそう答える。

「とりあえずは我が国の手の届く範囲内……サレスタキア大陸西部の国家群や、ガレド大帝国の西側地域、大陸周辺の島国などから作物を集めることとなります。収集にはエステルグレーン閣下をはじめ外務担当者と、ハーゼンヴェリア王家の御用商会を頼るのが最善でしょう」

「よし、それではアドラスヘルム卿の言うようにしよう。収集期間の目安は……ひとまず二か月といったところか。それだけあれば、周辺地域で一通り目につく作物は見つけられるはずだ」

意見を語り合ったセルゲイとワルターは、揃《そろ》ってスレインの方を向く。

「殿下、ひとまずは以上のように取り組むということで、いかがでしょうか?」

「……いいと思うよ。それでお願い」

問いかけるセルゲイに、スレインはそう答えた。名ばかりの王太子として形だけの追認を行うのではなく、本当の意味で意思決定の責任者として、初めて出した承認だった。

「かしこまりました。それでは、我々は実務的な話し合いを続けるため、会議室をもうしばらく使用したく存じます」

「分かった、細かいことは任せるよ……それじゃあ。二人ともありがとう」

立ち上がって一礼するセルゲイとワルターに見送られながら、スレインはモニカを伴って会議室を出た。

執務室へと戻る廊下を歩きながら、スレインの頬が緩む。

「……少しは、次期国王らしい活躍ができたかな？」

「はい、殿下。素晴らしいご活躍だったと思います。ノルデンフェルト閣下はあえて厳しいお言葉を選ばれていましたが、閣下もきっと、殿下の今回のご提案に深く感心しておられると思います」

モニカの方を振り向きながら尋ねると、彼女は優しい笑顔をスレインに向けてくれた。

「そうか……よかった」

それを受けて、スレインの頬がさらに緩む。

まだ上手《うま》くいくかは分からない。失敗に終わるかもしれない。

しかし、少なくとも取り組んでみるだけの意義がある試みを、セルゲイがそう認めるだけの試みを、その第一歩を踏み出すきっかけを、自分が作ることができた。

まだ次期国王として勉強中の身である自分が、多少なりとも価値のあることをできた。この事実は、スレインの心の中でひとつの大きな自信となった。

「まさか、あの王太子殿下からこのような提案が出てくるとはな」

ワルターと二人になったセルゲイは、渋い表情で言った。

「殿下には失礼ながら、正直驚きました。長年にわたって国政に取り組んできた我々でも成せない発想を、一平民から王太子になられたばかりの方が……」

ワルターは小さく息を吐きながら答えた。

主要作物として、日々の主食として麦を育てる。それは「太陽は毎朝昇る」「冬の次は春が来る」といったことと同じほどに不動の事実だった。このハーゼンヴェリア王国が建国される遥《はる》か以前からの常識であり、疑問を抱く余地などなかった。

また、ハーゼンヴェリア王国の大地はそれなりに豊かであり、今まで食料生産で困ることはなかった。それ故に本格的な農業改革が試みられたことはなく、「能動的に国外各地の作物を集め、調べる」という行為が行われたことも、この国の歴史上で一度もなかった。

だからこそ、王領における食料自給率の低下という問題が浮き彫りになったこの数年、セルゲイもワルターも、生前のフレードリクも、このような発想には至らなかった。政治に長く携わってきたからこそ、社会の中に何代にもわたって刻まれてきた常識を外れた発想ができなかった。

しかし、スレインはこの常識という壁を、たった一つの思いつきで越えてみせた。もしかしたら王国社会を大きく改革するかもしれない道筋を見出した。書物からきっかけを得たとはいえ、誰でもできることではない。驚くべきことであるし、感心し評価するべきことだ。

「殿下の仰ったように、何か有用な作物が見つかると思うか？」

「さて、どうでしょうか……個人的な予想では、可能性は一、二割といったところかと」

かつてサレスタキア大陸西部を統一していたヴァロメア皇国の崩壊から百余年。動乱の時代が過ぎて小国群が誕生した頃から数えると、およそ八十年。この期間、大陸西部の各地域の繋《つな》がりは、皇国の存在した時代と比べると希薄になった。

同じ大陸西部の土地でも、一国の中を移動するのと、いくつもの国をまたぐように移動するのでは、物理的にも心理的にも困難の度合いが違う。各国の王家は最低限の交流を維持しているものの、商人や旅人の往来は減少し、新たな知識や技術、文化が伝播《でんぱ》するのは遅くなった。

結果、大陸西部の中でも北東端にあるハーゼンヴェリア王国に、遠い地域——大陸西部の西側や南側、大陸の向こうにある島嶼《とうしょ》国などから自然と流入する情報は減った。

また、動乱の時代を経たことで、ヴァロメア皇国の時代には存在した多くの知識や技術、文化が失われ、途絶えている。国外、それもハーゼンヴェリア王国から遠い地域の農業については、情報が失われたまま更新されていない部分も多い。

元々、農業の知識や技術は普及にも発展にも時間がかかるため、遠隔地にはなかなか伝わりづらい。この数十年の平和の中、国外で新たな作物が発見され、改良され、定着していたとしても、その情報が一地域の中でのみ共有され、ハーゼンヴェリア王国までは未だ伝わっていない……ということはあり得る。

だからこそ、今まで行ってこなかった「他の国に特有の作物を能動的に探し回る」という試みを行えば、何かしら珍しい作物は見つかるだろう。その中に有用なものがある確率が一、二割というのは、ワルターの勘に近いものだった。

「一、二割か。フレードリク陛下の成し遂げられなかった、食料自給率の改善を早期に成し遂げる可能性として考えると……十分に高いな」

「今のままでは麦の農法の発展か王領の人口増をじっと待つしかなかったところ、殿下のご提案が成功すれば、自給率改善を数十年も早められるかもしれません。その確率として考えると、驚異的でしょう」

口元で手を組んで呟《つぶや》くセルゲイに、ため息交じりのワルターが頷《うなず》いた。

「勉学においての殿下の優秀さは、私も耳にしておりますが……やはり、殿下はとても賢いお方のようですな」

「……卿《けい》も、殿下は賢いと思うか？」

「はい。先ほどの殿下のご提案からも分かりますし、殿下の副官を務める娘もしきりにそう話しています。父親の私が言うのも何ですが、あの娘が言うのですから間違いないかと」

答えるワルターから目を逸《そ》らし、セルゲイは考え込む。

スレインは賢い。その点についてはセルゲイも同意する。

フレードリクの遺言とはいえ、平民の庶子を王太子にすると決まったとき、セルゲイは悪い意味で覚悟していた。

アルマの手紙を読んだフレードリクから、庶子スレインが賢く素直な子に育っているとは聞いていたが、そんなものは親の贔屓目《ひいきめ》が入って当然。実際に見るまでは分からない。

最悪の場合、会話もろくに成り立たない次期国王を戴《いただ》く可能性も考えていた。そのようなお飾りの国王の下、国政の実務は自分たち法衣貴族のみで担い、スレインの次代の王太子が生まれ育つまで国を維持する覚悟を決めていた。

そんな悪い想像と比較すれば、スレインははるかに上出来だった。彼は自分の立場を受け入れた上で、良き国王を目指すと宣言した。そして、実際にそのための努力もしている。いきなり手に入れた尊き地位に酔うようなこともなく、臣下たちの言葉も素直に聞き入れている。

そして何より、頭が良い。ときに驚くべきほどに。

スレインと初めて言葉を交わしたとき、セルゲイは彼に対する認識をすぐに改めた。いくつかの判断材料から、自分が国王の息子である可能性に自ら思い至ったスレインの頭の回転の速さを目の当たりにして、もしかしたら、と考えた。

その期待はどうやら正しかった。その後もスレインは、聡明《そうめい》さの片鱗《へんりん》を幾度も見せている。

国葬の日までの詰め込み教育は、正直に言って間に合わないと思っていた。スレインが国葬やその後の社交でへまをする可能性を鑑みて、それをどうカバーするかの手立ても考えていた。しかし、スレインは最低限憶えるべき知識を憶え、国葬の一日を無難に乗り越えてみせた。

その後の勉強でも、スレインは驚異的な成長を見せている。王太子となって二か月半しか経っていないにもかかわらず、歴史に関しては今日の午前中に最終段階まで学び終えたという。写本家の息子として育ち、多少の教養を身につけていたことを差し引いても、相当に早い。

スレインの副官を務めるモニカ。あれは今の法衣貴族の子弟の中でも、ずば抜けて優秀だと評価されている。そのモニカがスレインを賢いと評しているのだ。彼女が手放しで称賛するということも、スレインの賢さを裏付ける根拠のひとつとなっている。

そして極めつけが、先ほどスレインがセルゲイとワルターに話してみせた提案。あれははっきり言って目から鱗《うろこ》の内容だった。

言われてみれば、自分たちは何故そんなことを今まで思いつかなかったのかと思うシンプルな提案だ。しかしスレインはそれを思いつき、セルゲイたちは数年をかけてなお、思いつかなかった。それが全てだ。

疑いようもない。スレインは賢い。おそらく、若い頃のフレードリクや、前王太子ミカエルと比較してもなお賢い。

あの理解力、記憶力、そして発想力。それがどこから来ているのか。

王家の血のなせる業か。フレードリクやミカエルと違って勇ましさや武芸の才能がない代わりに、スレインはその知力に高貴な血の力の全てを注いで生まれたのか。

あるいは育ちか。スレインの母アルマは写本家で、スレインのこれまでの人生は写本家の息子としてのものだ。幼少期から文字や書物に触れる生活が、あの賢さに繋がったのか。

もしくは、単に神から与えられた才能か。もとより賢くなることを運命づけられていたのか。

「……確かに賢い。それはもはや否定するまい。だが、それだけでは良き国王にはなれない」

思考が横道に逸れている。そう感じたセルゲイは、ワルターとの会話に戻る。

「たとえ聡明でも、それを実社会で活かせない者はいる。殿下の今日のご提案は見事なものだったが、一度だけのまぐれの可能性もある。それにいくら賢さを見せているとはいえ、それだけで良き王となれるわけではない。王に必要な資質は、聡明さだけではないのだからな……今のところ、殿下の君主としての資質は、フレードリク陛下ほどではない」

セルゲイの言葉を聞いたワルターは苦笑した。

「それは確かに仰る通りですが、スレイン殿下がいかに賢くあられても、さすがにフレードリク陛下にはまだ敵《かな》いますまい。今のお立場になって三か月と経っていないのです。にもかかわらず、あれだけ頑張っていらっしゃる。それを鑑みて……もう少し、殿下にお優しい言葉をかけて差し上げてもよろしいのではないかと、個人的には思います」

ワルターの意見は、セルゲイにも理解できる。いくらなんでも、現段階でフレードリクと本気で比較するのはスレインに酷だ。

たとえ主君であろうと未熟なうちは厳しく当たり、辛辣な諫言《かんげん》だろうと言うべきことは言うのがセルゲイの方針であるが、相手は平民上がりでいじらしく頑張っている新米王太子。今までの王族とは違うその立場を鑑みて、少しは優しくしてやってもいいのでは、という意見も分かる。

しかし、それでも。

「駄目だ。卿らが殿下を褒め、励ますというのなら、それは否定しない。むしろ、殿下の御心が挫《くじ》けないようにするためにもそうして差し上げるべきだろう。だが、私は殿下に甘くしない。平民上がりだろうと、今のお立場になって日が浅かろうと関係ない。これからも殿下を主君と見て、フレードリク陛下と比較する……誰かが徹底的に、厳しく当たらなければならないのだ。殿下のご決意にお応えするためにも。この国と王家を、そして殿下ご自身をお守りするためにも」

スレインが無能であったなら、次期国王として必要な才覚を持たない凡才であったなら、セルゲイも彼にこれほどの成長など求めなかった。スレインに子が産まれ、その子を教育して次の国王として擁立するまで、臣下が総出となって、スレインをいつまでも手取り足取り支えてやっただろう。

しかし、スレインは才覚の片鱗を見せ、今もなお成長を続けている。自ら考え、決定を下し、国を導く真の王になるための努力を続けている。であれば王国宰相として、スレインにより高い能力を求めながら現実を突きつけ、徹底的に厳しく振る舞うのが彼への思いやりだ。

今はまだいい。スレインが何か失敗しても、未熟さを見せても、自分が諫言や叱責をするだけで済む。しかし彼が即位し、領主貴族たちや他国の王族たちと本格的に関わるようになればそうはいかない。一度の大きな失敗が、国や王家の滅亡、彼の死に繋がる可能性さえあるのだから。

なればこそ、スレインがフレードリクに劣らない君主となるまで、優しくしてはならない。厳しく当たることで成長させなければならない。嫌われても、恨まれても構わない。

それが自分の、残り少ない人生で成すべき使命だ。スレインを今後も長く支える若い臣下たちではなく、老いて死にゆくだけの自分こそが憎まれ役を担うべきだ。セルゲイはそう考えている。

＊＊＊

ハーゼンヴェリア王国の手の届く周辺国家から、王国には普及していない作物を探し集める。それが完了するまでの間、スレインはまた勉強と執務、武芸の訓練をこなす日常に戻っていた。

勉強が順調であるのは、もはや当然。

執務に関しても、以前は渡される書類にただ署名したり、臣下たちの報告の内容もよく理解しないまま「了承する」と答えたりするだけだったが、今では書類や報告事項の詳細を確認し、その内容を以前よりも把握できるようになってきた。

執務に関する理解を深めることで、ハーゼンヴェリア王国の社会の全体像や、その社会がどのように回っているのかの仕組みを感覚的にも掴《つか》み始めていた。

頭を使うことに関しては、右も左も分からなかった初期と比べると、着実に成長できている。スレイン自身もそう感じている。

一方で武芸の訓練に関しては、スレインにはやはり才能がないようで、剣の腕は大して伸びていない。素人臭さは少しずつ抜けてきたが、強い剣士にはとてもなれそうにない。

そもそも、筋肉がつかない。元々そのような体質なのか、腕も脚も腹も、多少は筋肉の線が浮かんできたものの、筋肉量がしっかりと増える気配はない。身長も伸びないので、平均的な成人男性と比べると体格の時点で大負けしている。

ただ、それでも別に問題はない。

あくまで訓練の目的は、体力をつけ、周囲の目に見える努力を続けること。体力は素振りを二百回してもふらつかないほどに鍛えられ、臣下だけでなく使用人たちからも「いつも頑張っていらっしゃる」と噂《うわさ》されることが増えてきた。現状の成果としては十分と言える。

そしてもう一つ、スレインが最近になって始めた訓練があった――騎乗だ。

軍務の際、国王は自動的に指揮官となる。指揮官は馬に乗れなければならない。高い視点から周囲をよく見回すために。いざというとき迅速に移動するために。何より、国王として、指揮官としての格を保つために。

今は平和が当たり前の時代であるが、それでも国境で小競り合い程度は時おり起こる。強力な魔物の出現や、盗賊の発生など、正規戦以外でも軍が動くべき場面はある。

スレインも国王になれば、有事を想定した訓練がてら、最低でも数年に一度はそうした場面で自らが指揮をとる必要がある。そんなとき、戦場で国王が満足に騎乗もできなければ、領主貴族や他国から舐《な》められる。それ以外にも、軍事に関する式典などでも支障が出る。

なのでスレインは、勇ましく馬を駆って剣を振るえるようになる必要はないが――そもそも武芸の才覚がないので勇将型の指揮官にはなれないだろう――一人で危なげなく馬に乗れる程度にはならなければならない。

そして、この騎乗の訓練にスレインはひどく苦戦していた。今日もモニカの指導を受けながら、

「殿下、落ち着いてください。大丈夫です。手綱をしっかり……殿下、落ち着いてください。そうです。そこで軽く手綱を引いて、鐙《あぶみ》を……落ち着いてください、殿下」

しかしそのモニカも、どのようにコツを教えたものか苦労している。

「うん……大丈夫、落ち着い……落ち着……いてるよ。うわっ……」

スレインの表情は不安げで、時おり露骨な恐れが垣間見える。手綱の扱いは中途半端で、スレインの迷いと恐れを感じ取る馬の方も、どう動いたものか判断しかねて戸惑っている。

モニカのおかげで怪我をするような危ない場面はないが、もたもたしていて埒《らち》が明かない。それが、

スレインの騎乗訓練の光景だった。

馬は生き物だ。四足歩行でもなお体高が自分の背丈より高い生き物に跨《また》がり、身を預けることが、スレインにはとても怖いことに感じられた。背が低いせいで普段は周囲の人々を見上げながら暮らしているのに、いきなり全てを見下ろす高い視点に立たされ、地面が遥か下にあるのを目の当たりにして、恐怖を覚えてしまう。

「ちょ、ちょっと休みたい、降りたい……」

「かしこまりました。では殿下、手綱はそのままに……はい、降りて大丈夫です。ご安心ください。私が受け止めます」

モニカに馬を静止させてもらったスレインは、両手を広げる彼女のもとに降りる。彼女に両脇を抱えられ、抱き留められるようにして地面に降ろしてもらう。スレインが小柄で、モニカの身長がスレインより十センチメートル以上高いからこそ頼める対応だ。

平常心を保っていればモニカとの距離の近さに照れや緊張も覚えただろうが、生憎《あいにく》このときばかりは、そんな余裕はない。ようやく地に足をつけ、スレインは安堵《あんど》の息を吐く。

「……ごめんね。情けない有り様で」

「殿下が謝られることなどございません。私こそ、上手くご指導をして差し上げられず、申し訳なく思います」

しゅんとしてしまうスレインに、モニカもさすがに少し気落ちした表情で答えた。二人して暗くなっている横で、下手な乗り手を降ろした黒毛の軍馬がすっきりした様子で鼻を鳴らす。

「まずは馬との信頼関係を築くとよろしいでしょう」

そこへ、声がかかった。

スレインとモニカが振り向くと、そこに立っていたのは近衛兵団長のヴィクトル・ベーレンドルフ子爵だった。彼はその手に、牧草の小さな束を持っていた。

「馬は生き物です。自分で考え、乗った者の意思を汲《く》み、動こうとしてくれます。だからこそ、まずは馬と触れ合い、親しみ、信頼関係を築くようにすると良いでしょう」

スレインたちに歩み寄りながら、ヴィクトルは語る。

「そうすれば、馬に乗ったとき、殿下ご自身が今より安心感を覚えるはずです。すると、手綱の扱いにも自然と迷いがなくなる。結果的に、馬へと滑らかに意思を伝えられるようになるでしょう……そうなれば後は簡単です。前進、停止、方向転換、加速や減速。動きに合わせた手綱の扱い方を憶えてしまえば、それで終わりです」

スレインの前まで来たヴィクトルは、手にしていた牧草をスレインに差し出した。

「まずは殿下ご自身の手から、餌をやると良いでしょう。手ずから餌を食わせ、名前を呼んでやり、首を優しく撫《な》でてやるのです。自分が味方であると、主人であると、馬に理解させるために」

「……わ、分かった」

スレインは頷いて牧草を受け取ると、馬のもとに歩み寄る。スレインが手にした牧草に、馬は興味を示す。

「おいで……ほら、食べていいよ」

スレインが牧草を掲げ、差し出す意思を見せると、馬はスレインの手元に頭を下げ、むしゃむしゃと牧草を食べ始めた。とても行儀が良かった。

「美味しい？　……いい子だね、フリージア」

前王太子ミカエルの愛馬だったという、若い雌馬。名はフリージア。ハーゼンヴェリア王家の人間が乗るにふさわしい、見事な黒毛をしている。

牧草を頬張るフリージアの首を撫でてやると、彼女は気持ちよさそうに鼻を鳴らした。

牧草を食べ終わると、フリージアはスレインの顔に自分の顔をすり寄せてくる。お前は意外といい奴だ、とでも言いたげだった。

「王家所有の馬の中でも、フリージアは特に賢い馬です。これだけの触れ合いでも殿下のお人柄を感じ取り、殿下が自分の主人であることを理解したでしょう。もう一度乗ってみてください」

ヴィクトルに促され、スレインはモニカの手を借りてフリージアに乗った。

「あ……凄《すご》い」

そして、驚いた。安心感が先ほどまでとは段違いだった。少なくとも、次の瞬間にも振り落とされるのではないか、という悪い想像は微塵《みじん》も浮かばなかった。

まだフリージアと心を通じ合わせ、彼女を自由自在に操ることはできそうもないが、馬上からの中庭の景色を眺めて楽しめるくらいには心の余裕を持つことができた。

「ここまで変わるとは……私も驚きました。こんな手法は、王国軍で騎士資格を取る過程でも習っていません」

「それは、お前はこういう手法を教えられずとも、すぐに馬に乗れるようになっていたからな。直感的に騎乗のコツを掴んで、技術で馬を操る術をすぐに身につけ、その自信をもって馬にも安心感を与えて乗りこなすのがお前のやり方だ。私が今、殿下にお教えした手法とは違う」

ヴィクトルは苦笑交じりに、モニカに向けてそう語った。

「お前自身の場合はそれでよかった。だが、人に教えるとなると話は別だろう。誰でもお前のように、最初から自信を持って馬と向き合えるわけではない……私は近衛兵団に異動する前、王国軍で騎士見習いたちの教官役をしていた。騎乗の指導は慣れたものだ」

「……なるほど。さすがです、ベーレンドルフ閣下」

モニカとヴィクトルのそんな会話を聞いて、スレインは馬上で苦笑した。

スレインは勉強に関してはともかく、武芸や騎乗に関しては凡才。文武両道で器用なモニカの真似はできないが、元々の才に関係なく一定の技術を教え込む術を知っているヴィクトルの指導があれば、こうして人並みに馬に乗れる成長の兆しを得られる。そういう話だ。

スレインはまたフリージアから降りる。先ほどまではモニカに抱き留められて降りていたが、今回はモニカの片手を借りるだけで、スムーズに飛び降りることができた。

「これならそう遠くないうちに、一人でも乗れるようになりそう……助かったよヴィクトル。ありがとう」

スレインが礼を言うと、ヴィクトルは笑みを作った。今までの彼の無機質な微笑みと比べると、そこには感情が込められているように感じられた。

「礼には及びません。殿下は懸命に努力をされていらっしゃる。それは我々臣下も、この王城の使用人たちも、誰もが知るところです。主君が自らのご意思で努力を重ねておられるのであれば、そのお手伝いをして差し上げるのは臣下として当然のことでしょう」

その言葉を受けて、スレインも自然と笑みを零《こぼ》す。喜びの笑みだ。

ヴィクトルは臣下の中でもどこか他人行儀で、今まではあくまで職務としてスレインに仕えている感のある人物だったが、今日の彼は少し違った。

これもきっと、自分の今までの努力があったからこそ。最近はこうして、少しずつ皆から認めてもらっているのだと感じる機会が増えてきた。

最も厳しいセルゲイに認めてもらえる日はまだまだ先かもしれないが、その日に向かって着実に前進できてはいる。その手応えを、スレインは確かに感じている。

「ああ、それともうひとつ。殿下が武芸の訓練を続けていらっしゃる理由のひとつに、体力をつけることがあると聞き及びましたが、間違いないでしょうか?」

「そうだね。それが目標のひとつ……というか、それが最大の目標かも」

やや唐突な問いかけだったが、スレインはすぐに答える。

「左様ですか。であれば、王国軍の訓練に少し参加してみるのも良いかもしれません。王国軍の訓練では、走り込みなど行軍のための体力を鍛えることに特化したものもあります。それに参加すると効果的でしょう」

「……いいの？　僕がそんなことをして」

視察などならともかく、次期国王が訓練に直接参加していいのか。邪魔ではないのか。スレインはそう思って首をかしげる。

「フレードリク陛下やミカエル殿下も、時おり王国軍の走り込みに参加しておられました。体力を維持するのはもちろん、兵士たちと共に汗を流すことで信頼関係を築くためでもあったと聞いています。フォーゲル伯爵閣下も、殿下が参加を望まれれば喜んで了承されるでしょう」

近衛兵団の訓練は過酷かつ内容も特殊なために参加させられないが、王国軍の方であれば、走り込みに時おり参加する程度は問題ない。むしろ奨励される。ヴィクトルはそう語った。

スレインはモニカの方を向く。モニカはいつもの微笑をたたえて頷く。

「……それじゃあ、参加してみようかな」

「かしこまりました。では、詳しい日程などはモニカに調整してもらうとして、私からもフォーゲル閣下に一言お伝えしておきましょう」

スレインの答えを聞いたヴィクトルは、そう言って中庭を去っていった。


「お前が自ら進んで王太子殿下に助言とは。一体どうしたのだ？」

主君スレインのもとを離れ、王城の中に戻ってすぐに、ヴィクトルはそう声をかけられた。声の主はジークハルトだった。

「……臣下が主君を助けるのは、別に何もおかしなことではないと思いますが」

「定められた職務の範疇《はんちゅう》でならな。だが、さっきのお前の助言は、近衛兵団長が遂行しなければならない仕事ではないだろう。どういう風の吹き回しだ？」

そう言われて、ヴィクトルは無表情を崩し、微苦笑する。

「ご容赦ください。からかわれるのには慣れていません」

「ははは、悪かった……それにしても、とうとうお前までもが殿下を認めたか」

歩き出したヴィクトルの横に、ジークハルトも並びながら、しみじみと呟く。

「殿下は努力を続け、その成果も見せ始めています。少し前には、内政に関して何やら大きな功績に繋がるかもしれない提言までなされたとか。この上で、あの日の殿下のご決意を口先だけだと言い張ることはしません。いくら私でも、そこまで薄情でも強情でもありませんよ」

「はっはっは！　いいぞ、よく言った」

何が楽しいのか、ジークハルトは快活な笑い声を上げてヴィクトルの肩をばしばしと叩《たた》く。その暑苦しい反応を面倒がるような視線を、ヴィクトルは横目で向ける。

「さて、残るはいよいよノルデンフェルト閣下だけか。閣下が殿下をお認めになって態度を軟化させられるのは、いつ頃になるだろうな」

「それればかりは、本当に一朝一夕にはいかないでしょう。今は状況が状況ですから、ノルデンフェルト閣下も今まで以上に主君に厳しく接せられるはずです……むしろ、そうでなければ困るでしょう。殿下が未だご成長の途上にあらせれる事実に変わりはなく、誰かは殿下を厳しく見守らなければならないのですから」

「ふむ。ということは、お前はそのような貧乏くじの立場から早々に降りて、ノルデンフェルト閣下に憎まれ役を押しつけたというわけか」

「そうとも言えるかもしれませんな」

言った直後、ヴィクトルはきょろきょろと周りを窺《うかが》った。セルゲイ・ノルデンフェルト侯爵が偶然近くにいて、今の生意気な発言を聞かれていないか心配するように。

その様を見て、ジークハルトは一層笑った。

＊＊＊

六月。空気が少しずつ夏らしくなり、農地では麦の収穫が始まったこの時期。スレインは王城に隣接した王国軍本部の訓練場で、懸命に走っていた。

「いいか貴様ら！　相手が王太子殿下だからといって、手加減するのは不敬にあたる！　遠慮なく追い抜いて差し上げろ！　王国軍の精強さをお見せすることこそが殿下への敬意である！」

「「おおっ！」」

王太子が訓練に参加するということもあり、直々に教官役を務めている将軍ジークハルト・フォーゲル伯爵が吠《ほ》える。それに声を揃《そろ》えて応えた三十人ほどの兵士たちが、次々にスレインを追い抜いて走り去っていく。

王国軍三個大隊三百人のうち、王都には常に一個大隊が常駐している。そのうちおよそ六十人、二個中隊が王都の警備や治安維持に当たり、残る一個中隊三十人ほどが訓練を行うのが定例。スレインは共に走る三十人の全員に追い抜かれ、周回遅れとなる。

彼らは数年、軍歴の長いものでは十年以上も鍛え続けてきた職業軍人。元が貧弱で、身体《からだ》を鍛え始めてまだ数か月のスレインが敵うはずがなかった。

「は、速……」

兵士たちの精強さを見て呟きながらも、スレインは足を止めない。

最終的には兵士たちより三周遅れで、最後は徒歩と大差ない速度になりながら、それでもモニカと兵士たちに励まされながら、何とか予定距離を走り終えた。

「殿下、お見事です。お疲れさまでした」

足をふらつかせるスレインを受け止めたモニカが、魔道具の水筒を手渡す。水筒に口をつけるスレインに寄り添い、その髪や顔、首の汗を清潔なタオルで優しく拭う。

「……ありがとう」

スレインは水を飲み、呼吸を整え、モニカに礼を伝えながら彼女を横目で見る。

つい視線が向くのは、彼女の唇や首筋。以前、武芸の訓練中に彼女を女性として意識してから、こうして距離が近くなるたびにあのときのことを思い出してしまう。

そして、その記憶を頭の中から必死に振り払う。

このようなときに彼女の距離が近いのも、あくまで副官として主君の世話をするため。それを異性として意識するなど言語道断で、彼女に失礼だ。この距離感を意識しているのは自分だけで、モニカは何とも思っていない。そう自分に言い聞かせながら、平静を保とうと努力する。

モニカがタオルを手に一歩下がると、スレインは彼女との距離が開いたことに少しほっとしながら、疲労した足を休めるためにその場に座り込んだ。それを、各々薄いタオルやハンカチ、なかには適当な布の切れ端で汗を拭きながら兵士たちが囲んだ。

「いやー、まだ三回目なのにあの距離を走りきるとは、殿下は根性をお持ちでおいでだ」

「だな。都市部出身の新兵なんかだと、途中で音を上げる奴もいるってえのに」

「……これでも、近いうちに国王になる身だから。これくらいはやってみせなきゃ」

疲れ切った顔でそれでも殊勝な言葉を吐き、無理やり笑みを浮かべて見せたスレインに、兵士たちがどっと笑った。

「こりゃあなんとも頼もしいですね」

「ああ、殿下がこうして根性を見せておられるんだから、俺たちも軍務に気合が入る」

「これで後は、俺たちも走り終わったときに美人の副官に世話してもらえたら、言うことなしなんだが――」

「グレゴリー、馬鹿か貴様は！　たかが中隊長のくせに副官が欲しいだと⁉　欲しければ功績を上げて大隊長まで出世して見せろ！　殿下の前で見苦しいぞ！」

軽口を叩いたのは、この第一大隊第三中隊の隊長を務める騎士グレゴリー。三十代後半の、あまり上品ではないが陽気で好印象な男。その軽口が終わらないうちに、ジークハルトが鋭く彼の頭を引っ叩《ぱた》いた。

「いってえ⁉」

「ははは っ！　また中隊長がやらかした！」

「そんなんだから大隊長にもなれないし、近衛兵団への異動も叶《かな》わないんすよ、万年中隊長」

自分たちの上官を遠慮なく笑い飛ばす兵士たちと一緒に、スレインも笑った。モニカもくすくすと上品に笑い、グレゴリーを叱ったジークハルトも、結局は苦笑を見せている。

おそらくはジークハルトや兵士たちの配慮もあるが、スレインはこうして自分に仕える者たちと一緒にいても、居心地の悪さはもう感じない。


走り込みを終えたスレインはモニカと共に王城に戻り、使用人たちに出迎えられる。

「「「お帰りなさいませ、王太子殿下」」」

この王城の主、今この国にたった一人しかいない王族の帰宅。近くにいた数人のメイドが、声を揃えてスレインに頭を下げる。

「ただいま。出迎えありがとう……今日はね、ついに兵士たちと一緒に最後まで走り切ったよ」

「まあ、それは素晴らしいですわ」

「いつも中庭で鍛えておられた成果ですね、殿下」

「お風呂のご用意ができております。お夕食の前に、どうぞ汗をお流しくださいませ」

スレインの報告を聞いたメイドたちは、笑顔を見せながら口々に言う。

この数か月で、臣下だけでなく使用人たちの態度もずいぶんと柔らかくなった。それはスレインが中庭で皆に見えるよう努力を続けていたのはもちろん、積極的に彼らに言葉をかけていたからこそだった。

庭師には庭の木々や花々について尋ね、料理人には食事が美味しかったとまめに伝え、厩番《うまや》には馬との触れ合い方を教えてもらい、メイドたちには日々の細やかな仕事への感謝を語る。

どこからともなく現れた得体の知れない平民上がりの小僧ではなく、まだ未熟だが現在進行形で努力を重ねる王族見習いとして受け止めてもらえるよう、人間味を見せてきた。

そうすることで、今がある。まだ頼れる次期国王とは思われていないとしても「扱いに困る名ばかり王太子」という最底辺の評価からは脱した。

まだ四か月強。それだけの期間で得た成果としては上々だ。スレインは現状にひとまず満足していた。

＊＊＊

六月の下旬に入ってすぐ、周辺諸国から集めた作物が届けられたと、スレインのもとに報告が入った。

それを受けて、スレインはより詳細な報告を受ける場を用意。自身とモニカの他に、王国宰相セルゲイと農業長官ワルターを同席させ、謁見《えっけん》の間で玉座の前に立った。

「それでは殿下。これより報告をさせていただきます……とはいえ、今回の功労者は私ではなく、御用商人ベンヤミン殿です。詳細は彼に説明してもらいます」

異国から作物を集めるのは、仕事としては外務の担当分野。名目上の責任者として報告の場に立つ外務長官エレーナは、そう言ってすぐに話し手の立場を譲る。

譲られて一歩前に進み出たのは、ハーゼンヴェリア王家の御用商人、エリクセン商会の商会長ベンヤミン・エリクセンだ。

「王太子殿下、ご機嫌麗しゅうございます」

そう挨拶をしながら恭しく頭を下げるベンヤミンは、四十代半ばの男性。今まで何度か顔を合わせたことのあるこの御用商人に、スレインは少し苦手意識を感じていた。

その理由は、彼の見た目にある。

まず、ベンヤミンは太っている。王家の御用商人ともなればこの国の平民で五指に入る裕福さを誇るので、普段から良いものを食べているのだろう。顎の肉がたるみ、首は見えない。腹はでっぷりと突き出ていて、肉のついた腕はおそらくスレインの太腿《ふともも》より太い。

それだけなら、別にまったく悪いことではない。肥満は富の象徴だとする考え方もあるので、健康を害しないのであればどれだけ太ろうと本人の自由だ。

しかし、彼はこの体形に加えて、表情が独特だった。

商人だけあっていつも笑顔を浮かべているが、顔が大きく目が細く、暑がりなのか額によく汗を浮かべているので、その笑顔は何とも、ねっとりしている。

そして、本人の仕草の癖なのか、よく揉《も》み手をしている。

それら、体形と顔立ちと表情と仕草が合わさった結果――彼はまるで、物語に出てくる典型的な強欲悪徳商人のような迫力を醸し出していた。

もちろん、彼が実際に強欲で悪徳だというわけではない。御用商人として有能だと、臣下たちは口を揃えて（自他に厳しいセルゲイでさえも）語っているので、スレインが疑う余地もなく信頼できる臣民であることに違いはない。

ただ、こうして久しぶりに会うと、その迫力にやはり少し身構えてしまう。

「久しぶり。今回は手間をとらせたね。色々とご苦労さま」

笑みを僅かに硬くしながらスレインが労《ねぎら》いの言葉をかけると、ベンヤミンは顎肉をぶるんぶるんと震わせながら首を横に振る。

「いえいえそんな。他ならぬハーゼンヴェリア王家よりのご依頼、それも殿下よりいただく初めてのご依頼となれば、お受けさせていただくのは御用商人の誉れにございます……では早速ですが、周辺諸国より集めた作物についてご説明させていただきます」

揉み手をしながら答えたベンヤミンは、同行させている商会員たちに命じて、収集された作物を並べさせる。

今回調べさせたのは、サレスタキア大陸西部の中でも特にハーゼンヴェリア王国から遠く、今まで交流が少なかった西側や南側。さらに、大陸西部の南の海に浮かぶ島国。そして、ハーゼンヴェリア王国が接するガレド大帝国の西側地域。

それらの地域では普及しており、しかしハーゼンヴェリア王国ではまったくと言っていいほど知られていない様々な作物のうち、ひとまず食材として適しているものが合計で四種類、収集されたという。

そのうち三つまでは、さほど注目すべきものではなかった。

一つ目は、一粒が親指ほどの大きさの白い豆類。腹持ちはして栄養もあるが、王国内で栽培されている豆と収穫効率や栽培期間が大差ないという。この国の土で育つのならば別に栽培してもいいだろうが、王領の食料自給率改善には繋がらない。

二つ目は、赤みがかっていて横に平たい、玉ねぎの亜種のような野菜。味は悪くないそうで、栽培すれば珍しい食材として多少の経済効果を生むかもしれないが、おそらく王家が本腰を入れて普及に臨むほどのものではない。

三つ目は、丸っこい根と細長い葉を持つ野菜。大陸西部の西端の方で栽培されているもので、名を「甜菜《てんさい》」と言うらしかった。しかし、その用途は葉が野菜として、根が貧民の食料や家畜の飼料として用いられているだけだという。ここまで紹介された中で一番魅力がなかった。

「……どれも価値がないとは言わないが、いまいちだな」

この場にいる者たちの総意を、遠慮なく呟いたのはセルゲイだった。

やはりそう簡単に、食料自給率の改善に繋がるような作物など見つからないのだ。この試みの発案者であるスレインも、内心で諦めを抱く。

一方で、作物の説明をしているベンヤミンは、むしろ逆に笑みを深めた。傍《はた》から見たらとんでもない悪巧みでもしているかのような表情になった。

「それでは、最後の作物についてご説明させていただきます」

そう言ってベンヤミンが掲げたのは、握りこぶしほどの大きさの、丸い奇妙な作物だった。

「これの名前はジャガイモ。私どもが入手したのは大陸西部の南にある島国スタリアですが、原産地は南の海の先、アトゥーカ大陸。その山岳地帯だそうです。ここ二十年ほどでスタリアに伝わり、定着したと、現地商人からは聞いております……主食として食べられることもあるそうです」

最後の部分を聞いて、スレインはハッとした表情になる。他の者も驚きを示す。

ベンヤミンが作物と併せて収集してきた情報によると、ジャガイモは植物の茎にあたる部分が膨らんで可食部となった作物で、原産地であるアトゥーカ大陸の山岳地帯では、麦よりも普遍的な主食になっているという。

栽培方法は、麦と比べて至極簡単。数週間ほど日に当てるとジャガイモ自体から芽が出てくるので、それを適当に切って植えるとそれぞれの芽が伸び、新たなジャガイモが育つ。一つのジャガイモから育つのはおよそ二十から三十。収穫率は麦の二、三倍にもなる。

「ちなみに、日に当てて芽が伸びたものがこちらになります」

ベンヤミンはそう言って、新たなジャガイモを差し出す。

「……これは、なかなか印象に残る見た目だね」

それを見たスレインは、少しばかり顔を強張《こわば》らせて言った。

最初に見せられたジャガイモは、黄色く艶があり、作物としてよく肥えていることが分かる見た目だった。しかし、日に当てられたジャガイモは、緑色に変色し、不思議な形の芽が四方から無秩序に伸び、言葉を選ばずに言うと禍々《まがまが》しい見た目をしていた。

スレインの反応を見たベンヤミンはねっとりとした笑みを深め、また報告を再開する。

ジャガイモは栽培のしやすさも魅力で、およそ農地とは呼べない、荒れ地に近い土に植えても育つ。山岳地帯が原産なので乾燥や寒さにも強い。

おまけに、作付けから収穫までは四か月ほど。麦の半分の期間で済む。年に二度の栽培も可能。

さらに、食すまでの加工の手間も少ない。焼くなり茹《ゆ》でるなり、皮のまま火を通せばそれで食べられる。

「これが、実際にジャガイモを調理したものです」

ベンヤミンの説明の途中でエレーナがそう言い、いつの間にか入室していたメイドがスレインの前に皿の載った盆を差し出した。

それは、茹でたジャガイモをぶつ切りにし、塩と胡椒《こしょう》と香草で味付けしたという料理だった。料理を作ったのは王城の料理人であり、食材のジャガイモに問題がないことも、事前に料理人自身や何人かの使用人が試食して確認している。そう聞かされた上で、スレインはこのジャガイモ料理をひとつ、指でつまんで口に入れる。

「……うん、味もいいね。それに、あまり量をとらなくても満腹感を得られそう」

食感はパンとも大麦とも豆ともその他の野菜とも似ていないものだが、十分に美味と言える。庶民が常食する際はこれほどふんだんに胡椒や香草を使えないだろうが、おそらく塩だけの味つけでも、平民の主食としては十分な味。スレインはそんな感想を抱いた。

セルゲイやワルター、エレーナ、モニカも料理を試食し、味や食べ応えの点では、ジャガイモは問題なく主食になり得る作物だという感想で一致する。

「ベンヤミン商会長。このジャガイモ、保存期間はどの程度だ？」

「スタリアの農民や商人からは、日の当たらない冷暗所に保管して三か月程度と聞いております」

ベンヤミンの返答を聞き、ワルターは顎に手を当てる。

「そうか……麦と比べると短いな」

「仰る通り、長期保存が利かない点は、ジャガイモの数少ない難点と言えましょう」

ジャガイモはそれ自体が水分を多く含むため、あまり長期間置いておくと腐る。この点で、年単位で保管できる麦の完全な代替品にはならず、原産地のアトゥーカ大陸山岳地帯でも、保存食として麦も栽培されているらしい。ベンヤミンはそう語った。

「凄いね、ただ見つけて持ってくるだけじゃなくて、ここまで詳しく調べてくれてるなんて」

「ご依頼主にお渡しする品物について、できる限り知っておくのも商人の務めにございます」

ベンヤミンはそう言うと、ねっとりした笑みのままお辞儀をする。

「……これ、どうかな？　食料自給率の改善に使えるんじゃない？」

スレインがセルゲイとワルターの方を振り向くと、しばし考える表情を見せた後にセルゲイが口を開く。

「ベンヤミン商会長の言った話が本当であれば、非常に有用な作物です。我が国での栽培が可能だと確認できれば、麦の補助的な主食として栽培し、王領の食料自給率を高めることも叶うかもしれません……そう見込めるな、アドラスヘルム卿？」

「仰る通りかと思います。ひとまずは、王城内の農地や空き地で実験的に栽培してみるのが良いでしょう。商会長の話を聞いたところ大丈夫かとは思いますが、ハーゼンヴェリア王国の土地で問題なく育つことが確認できれば、来年より王家所有農地や王都の自作農たちの農地へと栽培を広げ、効果を見るのが良いかと」

話を振られたワルターも頷く。

彼ら二人が前向きな反応を示した。自分の提案から始まった試みが、本当に明確な成果を挙げるかもしれない。そう考えたスレインは笑みをこらえきれなかった。

「殿下、お喜びになるのはまだ早いでしょう」

そんなスレインに釘《くぎ》を刺すように、セルゲイが鋭い声を発する。

「このジャガイモという作物が、ハーゼンヴェリア王国でも異国と同じように育つかは、未だ不明です。仮に栽培が上手くいくとして……これを新たな主食として民に受け入れさせるのは容易ではないでしょう。日に当てて芽が伸びたジャガイモの、この見た目をご覧ください。殿下はこれを植えて主食にしろと言われ、民が喜んで従うと思いますかな？」

セルゲイは言いながら、禍々しい見た目の方のジャガイモを指差す。

彼の指摘は尤《もっと》もだと、スレインも思う。

書物にばかり触れて育ったスレイン自身は、どちらかと言えば理屈で考える質《たち》だが、平民の多くは感情で物事を考える。ある日これを手渡され、農地に植え、育ったものを主食にしろと言われたら強い反感を覚えるだろう。栽培を奨励すると言われても避けるだろうし、必ず植えろと強制されたら、きっと王家に不信感を抱く。

王家が不安定な今、民の不信を買うのは致命的だ。

「民は大きな変化を嫌います。主食という、生活の根幹に関わる事柄なら殊更に保守的になることでしょう。ジャガイモの栽培が成功し、期待通りの効果を上げる見込みがあったとして、それを社会に普及させるには大きな困難を伴います。その困難を乗り越えるところまで成し遂げて、それで初めて殿下は改革を成し遂げたと誇ることを許されます。まだ事は始まったばかりです」

「……そうだね。君の言う通りだ」

まだ喜ぶな。容赦なく語るセルゲイに、スレインは微苦笑で答えた。

「まだ事は始まったばかり。だけど第一歩は刻んだ。だから次の一歩を刻もう……ワルター・アドラスヘルム男爵。王城の敷地内での実験的な栽培、その実務については任せていいかな？」

スレインが尋ねると、ワルターは一瞬虚を突かれたような表情になり、そして頷く。

「お任せください、殿下」

「ありがとう。せっかくだから、他に見つかった三つの作物も栽培してみてほしい」

国内で栽培される作物の種類は、多いに越したことはない。多種多様な作物が栽培されていた方が、異常気象による不作や作物の病気などが発生した際の損害は小さくなり、国内の農業生産力は安定する。そう考えて、スレインは追加の指示を出した。

「ジャガイモの栽培が成功した後、民にこれを受け入れさせる方法については……これからじっくり考える。時間はあるからね。セルゲイ、ひとまずそれでどうかな？」

今までとは違う、自信を含んだスレインの言動に呆気《あっけ》にとられながらも、セルゲイは最終的には頷いた。

「よろしいかと」

「分かった、じゃあそういうことで進めよう……ベンヤミン。今日はありがとう。王太子として、今回の君の働きに感謝するよ」

スレインは有能な御用商人の方を向いた。王太子の雰囲気が以前会ったときから随分と変わったことに、ベンヤミンもやはり驚いた表情を見せていた。

「滅相もございません。殿下のお役に立てましたこと、恐悦至極に存じます」

さすがは手練《てだ》れの商人と言うべきか、ベンヤミンはすぐに表情から驚きを隠して笑みを浮かべると、丁寧に礼をして謁見の間を退室していった。この後、彼には別室で王家の文官より十分な額の報酬が支払われる。

「後は……僕が出る幕はないね。皆、今日はご苦労さま。今後の詳細な実務は頼んだよ」

「……はっ」

代表してセルゲイが答え、エレーナとワルターは無言で頭を下げた。

モニカを伴ってスレインが謁見の間を去った後、ワルターが口を開いた。

「まさかこれほど順調に、有用そうな作物が見つかるとは……殿下は発想力をお持ちであるだけでなく、運も持っておられますな」

「ときには運が一国の存亡を左右することもありますものね。これも次期国王として、素晴らしい資質ではないかしら」

ため息交じりのワルターの言葉に、エレーナがクスクスと艶やかな笑みを零しながら返した。

「私は農業の専門家じゃありませんけど、話を聞いた限り、上手くいきそうではなくて？」

「ええ、おそらくは。栽培が成功すれば、民に受け入れさせるのは単なる時間の問題です。ある程度の期間は要するでしょうが、じっくりと進めれば――」

「そうだ、時間がかかる。だから時間をかけて結果が出るまでは、これが真に殿下の御手柄であると認めることはできない」

エレーナとワルターの会話に、セルゲイが硬い声色で口を挟む。彼のあからさまに頑なな態度を受けて、二人は苦笑を見せた。

「相変わらずと言いますか、閣下は徹底されておられますね」

「当たり前だ。徹底的に現実を見ることが王国宰相の職務なのだからな。為政者は導き出した現実の結果が全て……卿らは好きにすればいいが、少なくとも私だけは、殿下に真に結果を示していただくまで態度を和らげることはない」

セルゲイは中空を睨《にら》むようにしながら、低い声でエレーナに答えた。

五章　もうすぐ

六月の麦の収穫時期が終わり、慌ただしかった王国社会が落ち着きを取り戻した七月。スレインは久しぶりに王城を出て、遠出をしていた。

スレインの一行が入ったのは、王都ユーゼルハイムと南の国境とを結ぶ街道上にある、人口千人ほどの都市ルトワーレ。すなわち、スレインの生まれ育った街だ。

「王太子殿下。到着いたしました」

馬車が停車し、外から近衛兵団長ヴィクトルの声がかかった。

モニカが馬車の扉を開けて先に下車し、扉を支えてくれる。ヴィクトルと近衛兵たちが護衛として馬車を囲む中で、スレインはルトワーレの地に降りる。

「皆ありがとう、ご苦労さま」

スレインは護衛の面々を労《ねぎら》いつつ、ルトワーレの街並みに視線を移し、深く呼吸する。自分が生まれてからおよそ半年前まで、ほぼ全ての時間を過ごした都市の空気を肌で感じる。

「いかがでしょう殿下。やはり懐かしく思われますか?」

「……うん。なんだかほっとする」

かつてないほどの深い懐かしさを覚えながら、スレインはモニカに答えた。

CROWNED RUTILEQUARTZ

スレインが馬車を停めさせたのは、当時の自宅近く。この辺りは平民だった頃の自分がまさに歩き、眺めていた場所だ。

子供の頃に駆け回った路地や川辺。春に花を、秋に紅葉を見せてくれた大きな木。都市の中心街へと続く通り。全てが懐かしい。

「だけど、昔と同じままとはいかないね」

スレインは苦笑交じりに言って、周囲を見回す。

今日のルトワーレ訪問はあくまで私的なもの。警備上の理由で、王太子がここへ来ることは事前に知らされていない。白昼にいきなり王家の馬車とそれを囲む護衛が登場したので、近くにいた住民たちが寄ってきて野次馬になっている。

「おい、あれって新しい王太子様か？」

「どうしてこんなところに……」

「今の王太子様は元平民で、この街の出身なんだろう？　それでこの街に来たんじゃないか？」

「あれだろ、街はずれに暮らしてた写本家の息子なんだろ？」

「これが近衛兵団か。近くで見るのは初めてだな……」

集まっている住民は、現時点で十数人。さすがに王太子の近くまで近寄ってくるような者はいないが、皆あれこれ話しながら遠巻きにスレインの方を見ている。

「やはりと言いますか、我々は目立っているようですね」

「まあ、ルトワーレは王領内の都市とはいえ、大きな街道からは外れた位置にあるし、王家の一行が来訪することなんて滅多になかったからね」

スレインとモニカがそう話す間にも、集まる野次馬の数は増える。

仕事柄、母もスレインも家に籠《こも》りがちだったので、この故郷にも知人は多くない。隣近所の人々も、スレインの数少ない友人たちも、昼間はほとんどが中心街の方へ仕事に出ているはずだ。

なので今のところ、野次馬の中に親しい知り合いはいなかった。小さい都市なので、顔と名前くらいは知っている者も何人かいるが、王太子という身分になった自分が、わざわざ距離を割って話すほど気心の知れた間柄ではない。相手の方も、話しかけてくることはない。

「殿下。よろしければ周囲から人払いをさせますが」

「いや、そこまではいいよ。彼らの生活を邪魔したら悪いし……そんなに長くいるつもりもないからね」

ヴィクトルの進言に、スレインは首を横に振った。

王太子になってから半年近く勉学と執務に集中していたスレインは、モニカの提案とセルゲイの許可を受けて、王家の保養地である王領の外れの温泉に行くことにした。ルトワーレに立ち寄ったのはそのついでだ。少し懐かしさに浸ったら、すぐに出発する予定だった。

「……あ」

そのとき、スレインは増えていく野次馬の中に、よく知る顔を一人見つけた。相手もスレインの方を驚いた表情で見ていた。

スレインの幼馴染《おさななじみ》である、エルヴィンだった。

「ははは、うちの汚い居間に、まさか王太子殿下をお招きする日が来るなんてな。後でお袋が知ったら腰を抜かすだろうな」

ヴィクトルに頼んでエルヴィンを近くまで呼び寄せたスレインは、彼と少し話し、そのまま休憩がてらにお茶をすることにした。

スレインのかつての住居には家具も何も残っていないので、お茶休憩に使うのは、スレインも何度も招かれたことのあるエルヴィンの自宅だ。

「よかったね。貴重な経験ができて。僕のおかげだ」

「何だよ偉そうに……って、実際偉いのか。王太子になったのがお前じゃなかったらマジであり得ねえ状況だな……おっと、王太子殿下に『お前』はさすがに不敬だったか？」

居間のテーブルの上や椅子の周りをどたばたと片づけるエルヴィンは、スレインの傍らに立つモニカやヴィクトルの顔色を窺《うかが》いながら言った。

いくら幼馴染と茶飲み話をするだけとはいえ、王太子であるスレインの傍《そば》から副官や護衛がいなくなることはない。

「気にしないで。臣民たちの目のないこういう場では、どう呼んでも大丈夫だから……外で僕が近くに呼び寄せたとき、ちゃんと平伏して『王太子殿下』って呼べたのは偉かったね？」

「おいおい、これでも俺は商人だぜ？　個人的な友達が相手だろうと、公的な立場での口調を使い分けるくらいはできるに決まってんだろ」

スレインが軽口をたたくと、エルヴィンは自慢気な笑顔を見せた。

野次馬の中から呼び寄せられたエルヴィンが、スレインの前で膝をついて「お呼びでしょうか、王太子殿下」と答えたとき、スレインは衝撃を受けた。幼い頃から一緒に遊んだ彼も、もう自分に気安く話しかけてくれることはないのかと思い、呆然《ぼうぜん》とした。

今こうして昔のように、敬語も使われず彼と話せるのは、スレインにとってたまらなく嬉《うれ》しかった。こうした気安い会話をこれほど楽しいと感じるとは、半年前までは思ってもみなかった。

「それで、王太子殿下。調子はどうだ？　元気にしてたか？　ちゃんと飯……は食ってるに決まってるよな。俺よりよっぽど良いものを」

「あはは、それは違いないね。まあ、新しい生活にも慣れたよ。未熟な見習い王太子の身だけど、臣下の皆が色々と支えて教えてくれるし」

「そっか。臣下の皆、か……お前、本当に王族になったんだな」

椅子に座ったスレインの前に、エルヴィンがお茶のカップを置く。

スレインがお茶に口をつけようとすると、モニカがそれを制した。「毒味です」と言った彼女は、スレインが口をつけるであろうカップの縁とは反対側に口をつけ、一口飲み、味や匂い、自身の身体《からだ》に異常がないことを確認した上でテーブルにカップを戻した。

王城の外では、毒味をしてもらわなければスレインは何も口にできない。それがたとえ友人の淹《い》れてくれたお茶でも。そんな事実を前に、テーブルの向かいに座るエルヴィンとの距離がひどく遠く感じる。

一方のエルヴィンは、自分の淹れたお茶が毒味される様を見ても、努めて無反応でいてくれた。

「……僕が王城に連れていかれた後、近所の人たちはどうだった？」

「結構でかい騒ぎになったぜ。夜中にお前んちの前に騎兵が何人もいたって噂《うわさ》になって、お前に話を聞こうと思ったらどこにもいなかったからな。俺も皆も訳が分かんなかったよ」

「あははっ、そうだよね」

大仰な身振りを交えて話すエルヴィンに、スレインは小さく吹き出す。

「そんでさ、その何日か後に王国軍の鎧《よろい》を着た兵士たちがお前の家から家財を運び出してて、部隊の隊長みたいな人がわざわざうちまで来て、訳があってお前が王城にいるって教えてくれてさ。それから一週間くらい後だったか？　平民から新しい王太子が立てられて、その名前がスレインだって布告が出されて……そりゃあもう驚いたよな」

スレインは生家から荷物を王城へと移す際、近隣の人々、特にエルヴィンには自分が無事であることを話してくれるよう頼んでいた。当時は王族が尽《ことごと》く死亡したことが公表される前だったので、詳しい事情までは明かせなかったが。

「正直言って半信半疑だったけど、国葬の日にはさすがに信じるしかなかったよ。俺も王都まで国葬を見に行って、お前が王族の方々の棺《ひつぎ》と一緒に王都の通りを歩いてるのを見た。ほんの一瞬しか見えなかったけど、さすがに俺がお前を他人と見間違えることはねえから……」

「へえ、あの人混みの中にエルヴィンもいたんだ」

お茶に口をつけながら、スレインは呟《つぶや》いた。

国葬を行った当時はまだ自身の立場に翻弄されていて、教会から王城まで移動するときは、臣下や護衛の兵士たちの陰に隠れるようにして歩いた。民衆の中にエルヴィンがいたことに、まったく気づいていなかった。

「実際にお前が王太子になってるのを見たらさ、またビビったよな」

「分かるよ。最初は自分でも驚いたから。いきなり王城に連れていかれて、出自を明かされて、次期国王になってくれって言われてさ。話についていけなかったよ」

「そっか。お前、自分でも知らずに育ったんだよな。お前がお袋さんの腹の中にいるときに親父さんは死んじまったって、いつも言ってたもんな」

「そうそう。まさかその父さんが生きてて、しかも国王陛下だったなんてね」

「それじゃあ子供の頃の俺は、国王陛下の息子を喧嘩《けんか》や遊びでぶん殴ってたことになんのか」

「あはは、そう考えると凄《すご》いね。一生の自慢話になるんじゃない？」

それから少しの間、スレインとエルヴィンはたわいもない昔話に興じる。

「――それでさ、スレイン。王太子の仕事って大変なのか？　何をするのか想像もつかねえけど」

「んー……大変じゃないとは、とても言えないかな」

「ははは！　そりゃあそうだよな」

首をかしげながら微苦笑したスレインを見て、エルヴィンは声を上げて笑った。

「仕事って言っても、僕は王族としての教育を何も受けずに王太子になった身だからね。まだ色々と勉強しながら少しずつ執務に慣れていってる感じかな。あと、身体も少しずつ鍛えたりして」

「なるほどなぁ。まあ、勉強とか執務？　の方はお前なら上手《うま》いことやれるんだろうな。お前、昔から頭良かったから……身体を鍛える方は苦労してそうだけど。喧嘩も弱かったし」

「悔しいけど、当たってるね」

図星を突かれて、スレインの苦笑が大きくなる。さすがに体力は多少ついたが、武器を握って戦うことに関しては一生活躍できそうもない凡才であることは変わらない。

「あとは……次期国王としての存在感というか、求心力かな、必要なのは。僕は平民として育ったし、見た目もこんな感じだから。人を惹《ひ》きつける国王になるためにもっと頑張らないと」

スレインが現状では未熟であるにもかかわらず、亡き国王フレードリクの息子だからという理由で献身的に支え、努力を見守ってくれるのは、王家に仕える法衣貴族や使用人、官僚や兵士たちだけ。領主貴族や臣民の心は、今後自らの実力で摑《つか》んでいかなければならない。

目下の悩みとしては、ジャガイモの実験的な栽培が成功した後に、あれを主食用の作物として王領の民にどうやって受け入れてもらうか。国王としてどのように栽培を奨励し、普及させていくべきか、妙案がなかなか思いつかずにいる。

民の信頼を得るには実績が必要で、ジャガイモの普及を成功させて実績とするには民の信頼が必要。なんとも歯がゆい状況に陥っている。

ジャガイモの普及計画は一応国家事業なので、一平民であるエルヴィンにそこまで詳しい話はできないが。

「そっか、そういうことも考えねえといけねえのか……まあ、大丈夫なんじゃねえの？　少なくとも俺から見たら、お前は親しみやすくていい王太子様に見えるよ。何せ元平民だからな。俺たちみたいな下々の人間の気持ちも分かってくれそうだ」

冗談めかして言ったエルヴィンのその言葉に――スレインは突破口を見出した気がした。

「……元平民の王太子、か」

確かにそれは、おそらく自分しか持ち得ない強みだ。平民の気持ちを理解できることを示せば、それだけでも民の信頼を得るひとつの実績となり得る。

今までセルゲイをはじめとした臣下たちの話を聞いて、スレインは自分もフレードリクを目標とし、王としての揺るぎない威厳を感じさせる存在にならなければならないと思っていた。

しかし、人を惹きつけるのは何も威厳だけではない。優しさや親しみやすさをもって支持を得るのも為政者のひとつの在り方だ。実際に、スレインがかつて読んだ書物にはそのような王や貴族の話も出てきたし、過去のハーゼンヴェリア王の一人――スレインの曾祖父《そうそふ》にあたる二代目国王も、どちらかというとそのような気質を持った人物だったと学んだ。

「エルヴィン、ありがとう。君のおかげで上手くいくかもしれない」

「んっ？　おう。よく分かんねえけど、上手くいくといいな」

エルヴィンとはまた何らかのかたちで再会することを約束し、母の友人でもあった彼の母によろしく伝えてくれるよう頼み、スレインは彼の家を出る。あまりここに長居もできない。

「それでは殿下、これより予定通り保養地に向かうということでよろしいでしょうか？」

「そうだね……ああ、二泊の予定だったけど、一泊だけして帰ろうかな。ちょっと試してみたいことができたから、早めに執務に復帰したい」

スレインが言うと、モニカは優しい表情で頷《うなず》いた。

「かしこまりました。それではそのように手配いたします」

＊＊＊

保養地で王族専用の温泉に浸かり、素朴だが上質な食事と酒を堪能し、いつもより長くぐっすりと眠る休暇を終えたスレインは、急ぎ王城へと帰った。

そして、新たな試みを始めた。

「お、王太子様……本物だ」

「すげえ、こんなに近くで王太子様を見るのなんて初めてだ」

「あはは、皆こんにちは」

今スレインがいるのは、王都の一角、都市内にいくつかある広場のひとつ。広場に立てられた小さな時計台の台座に腰かけ、臣民に囲まれていた。

さすがに、臣民たちもスレインに触れられるほどの距離にはいない。スレインの周囲はモニカとヴィクトル、近衛兵たちに固められている。それでも、臣民たちは普段王族に接するよりは格段に近い距離、スレインと僅《わず》か数メートルの位置にいる。

「そこの君。君は農民かな？」

　集まっている臣民の一人にスレインが声をかけると、その中年男性は驚いた表情を見せた。

「ど、どうして分かるんですかい？」

「足元が膝のあたりまで土で汚れているし、手にも土がついている。毎日真面目に農作業に励んでいる証拠だ……そっちの君は荷運び労働者かな？　荷運びの仕事でよく使う利き腕と肩の筋肉が盛り上がっているから」

　スレインが別の臣民に視線を向けて言うと、その臣民もやはり驚いた顔を見せる。

「あ、当たりでさ。すごいですね王太子様。見ただけで分かるなんて」

「あはは、これくらいは分かるよ。だって僕は、もともと君たちと同じ平民だったんだから」

　スレインは明るく笑ってみせた。

　家に籠って母の仕事の手伝いをしていることが多かったとはいえ、平民として十五年も生きれば、他の職業の者を見る機会も多かった。農民や荷運び労働者など、珍しくない仕事に就いている者であれば、その特徴は一目で分かる。

「すげえ、本人が言うってことは、やっぱり噂は本当だったんだな」

「ああ、王太子様は本当に元平民なんだ」

　集まっていた臣民たちはざわざわと話し始める。そんな彼らを、スレインは微笑ましく見守る。

「あの、王太子殿下」

「ん？　何かな？」

おそるおそるといった様子で声をかけてきた若い女性に、スレインは笑顔で返す。

「王太子殿下は最近、王都の中をよく回って私たちのような下々の人間とお話しされてると聞きましたが……どうしてそんなことを？」

「それは、僕が次期国王として君たちを大切に思っているからだよ」

スレインはできるだけ優しそうな表情を意識して言った。

「国は王族と貴族だけでは成り立たない。君たち臣民がいて、毎日勤勉に働き、税を納めて義務を果たしているから、このハーゼンヴェリア王国は安定しているんだ。僕は平民から王太子になったからこそ、この国に生きる君たちが頑張っていることを知っているつもりだよ」

集まった臣民たち一人ひとりの顔を見回して語ると、王太子から直々に頑張りを認められた彼らは、誇らしげな、あるいは照れたような表情を見せる。

「だからこそ、君たち臣民と触れ合って、君たちの話を聞きたいと思っている。この国の王になる者としてね。それで時々こうして、王都の中を回っているんだ。いずれ他の都市や村も回りたいと思っているけど、まずは王家の膝元であるこの王都の住民たちの声を聞きたい」

元平民で、平民に優しく、平民の気持ちを理解してくれる次期国王。そんな評価を今のうちから確立することができれば、ジャガイモの普及を目指す際に間違いなく効果を発揮する。

見知らぬ作物を見せられてその栽培を奨励されるとして、好印象を抱いている為政者から言われる方が、臣民たちも従おうと思ってくれるのは間違いない。

なのでスレインは、こうして王都に暮らす臣民たちとの交流を続けている。

最初、彼らの反応はいまいちだった。王太子という雲の上の存在、言ってしまえば得体の知れない存在がいきなり市街地に現れても、臣民たちは怖がって遠巻きに眺めるだけだった。

それでも、スレインは根気強く市街地を訪れ、自分から臣民たちに声をかけた。そうした試みを何度かくり返すうちに、「新しい王太子は平民にも優しく親しみやすい」という評判が少しずつ広まり、臣民たちは以前よりも近くまで集まってくるようになった。

スレインが話しかけるのに答えるだけでなく、今声をかけてきた女性のように、自分から話しかけてくる者もいる。臣民たちと確かに交流できていると、スレインは手応えを感じていた。

「それで皆、最近の生活はどうかな？　何か困っていることや、不安なことはある？」

尋ねられた臣民たちは顔を見合わせ、先ほどスレインと話した肉体労働者の男が口を開く。

「い、今は特にそんな……最近は凶作も魔物騒ぎもねえですし、税も長く変わってねえですから」

「ああ、でも、飯を食うのにはちょっと金がかかるなと思います」

続いて発言した農民の男が、皆の視線を集める。

「いいよ。大丈夫、怒らないからそのまま話を聞かせて」

注目されて委縮してしまった男にスレインが優しく声をかけると、男はまた話し始める。

「……麦は毎年豊作なんですが、粉を引く水車小屋やパン焼き窯の利用料は、昔より少し高えです。麦を金に換えるときは高く買われても、そういう出費で打ち消されて、結局変わらねえです」

「そういえば、パン屋で売ってるパンの値段、あたしが若い頃より少し上がったまま下がらないね」

「野菜や肉の値段も、昔よりちょっと高いよな。昔と全然変わらないのは塩くらいか？」

農民の男の発言をきっかけに、臣民たちは互いに話し始める。

やはり食事にかかる費用が高くなっているのか、とスレインは内心で思った。

王領の食料自給率が低下した分、不足する食料は領外から輸入されているが、その価格には輸送費が上乗せされる。その結果、王領全体でどうしても食料品の価格は少し上がる。

臣民たちの反応を見る限り深刻な問題にはなっていないようだが、食事は人間が生きる上で欠かせないものである以上、早く改善できるに越したことはない。

「皆、有用な意見を聞かせてくれてありがとう。感謝するよ」

「そんな、王太子様がお礼なんて」

「滅相もないです」

スレインが感謝を伝えると、臣民たちは揃《そろ》って恐縮した。

いかにスレインが優しさを見せても、限度を超えて馴《な》れ馴れしい態度をとる者はいない。

スレインの周囲はヴィクトルや近衛兵たちが囲んでおり、彼らは隙のない姿勢と鋭い視線で警戒を保っている。彼らが睨《にら》みを利かせる前で、罰しなければいけないような勘違いをする者は今のところ出ていない。

精強な近衛兵団に囲まれることで立場と身分を示しつつ、しかしスレイン個人は優しさや親しみやすさを見せる。意図的にこのような構図を作ることで、臣民との交流と、王太子としての格の顕示を両立している。

「――それじゃあ、僕はそろそろ王城に帰るよ。今日は楽しかった」

その後もしばらく臣民たちと語らったスレインは、そう言って今日の交流を切り上げる。次に王都へと出てくる日は告知されない。警備上の理由もあり、スレインがいつどこで臣民たちと交流するかは市井には知らされない。


馬車で王城に帰り、城館の中に入ると、そこで偶然セルゲイと鉢合わせする。

「……お帰りなさいませ、王太子殿下。本日も『臣民との交流』ですかな？」

分かりやすく渋い表情で尋ねてくるセルゲイに、スレインは苦笑を返した。

「うん。今日も臣民たちと色々話してきたよ。良い意見を聞けたし、特に問題も起きなかった」

王都に出て臣民たちと交流したいとスレインが最初に提案したとき、当然ながらセルゲイは難色を示した。

その理由は、スレインが気軽に民と接することで、次期国王としての権威性が崩れるのではないかという懸念。そして、スレインを王城の外へと頻繁に出すことによる、安全面の懸念。

なのでスレインは、セルゲイの懸念を払拭するために、近衛兵団による示威的な警護を付けることを自ら提案した。スレインが優しさと親しみやすさをもって臣民に接しても、完全武装の近衛兵団による厳しい警護体制が王家の権威と王太子の安全を守ると語った。

そして、自分は臣民たちの前で次期国王としての分別を間違えるような馬鹿ではないと、セルゲイを説得した。スレインが馬鹿ではないことは、これまでに証明されている。

さらに駄目押しとして、スレインは民に優しい国王として知られた第二代国王、すなわち自身の曽祖父の例を出し、平民上がりの自分は彼のような国王を目指したいと語った。

スレインが臣民を畏怖させるような国王にはおそらくなり得ないと理解している上に、偉大な前例を出されたセルゲイは、スレインの考えに理《り》を認めるしかなかった。

結果、セルゲイもスレインが臣民たちと交流することを許した。一度でもスレインの身に危険が及んだり、副官モニカや護衛のヴィクトルから見てスレインが臣民たちとの距離感を明らかに誤っていたりすれば、以後は交流を止《や》めるという条件付きで。

「ベーレンドルフ卿《きょう》、どうだ？」

「王太子殿下の仰《おっしゃ》る通り、警備面も殿下のお立ち回りも、共に問題はありませんでした」

セルゲイに確認されたヴィクトルが、そう即答する。

「……ならば結構。殿下、くれぐれもご無理はなさいませんよう」

心配というよりは警告に近い声色で言ったセルゲイに、スレインは苦笑したまま頷く。セルゲイも別に意地悪で言っているわけではなく、現実的な進言をするのが彼の役割であることは、スレインも理解している。

「分かってるよ。せっかく交流の効果も出てきてるから、今後も無理はしない」

王都ユーゼルハイムの人口はおよそ五千人。スレインが王都に出て臣民たちと交流したのはこれまで十回弱。一度の交流で十人よりやや多い臣民と直接言葉を交わしているので、これまでに百人ほどと交流できたことになる。

彼らが周囲の者にスレインの印象を語り広めてくれたので、スレインが民に優しい王太子であることは既にほとんどの王都住民に知られている。この事実はジャガイモの普及はもちろん、王家が今後行う様々な施策においてプラスに働くだろう。

そして、スレインの内面にも良い効果が表れている。

王太子としての立場から接する臣民たちは可愛い。自分を「王太子様」「王太子殿下」と呼びながら寄ってくる彼らは、老若男女問わず、慈愛を注ぐべき存在なのだと思えてくる。

亡き父が臣下の誰からも「良き国王だった」と言われるほどに、国王としての仕事に励んでいた理由が今なら理解できる。

国王とは国の父であり、すなわち臣民たちの父である。まだ十五歳の自分でさえ、次期国王という立場に半年以上もいると、そんな感覚がだんだんと芽生えてくる。

自分は少しでも、亡き父に近づけているだろうか。そう思いながら、スレインは執務室に戻った。

＊＊＊

九月の上旬。スレインの即位とそれに伴う戴冠式を、一か月と少しの後に控えた秋。

この日スレインは、王城の敷地の片隅にある農地を訪れていた。

王族の日頃口にする食材を栽培するため、そして新たな作物や農法を試すための場としても維持されているこの農地。その一角には現在、ジャガイモが栽培されている。

「報告通り、ハーゼンヴェリア王国の農地においてもジャガイモは順調な成長を見せております」

農務長官のワルターがそう説明しながら手で示す先には、ジャガイモの葉が青々と生い茂っていた。この葉の下、地面の中に、育ったジャガイモがごろごろと埋まっているのだという。

「この農地以外にも、王城内の適当な空き地の地面を掘り返しただけの場所でも問題なく育っております。いずれも生育にかかる期間や見込み収穫率などは、ベンヤミン商会長の説明通りのようです。収穫時期はおよそ一か月後。収穫後、人が食して問題ないことを確認すれば、来年より王都周辺での栽培に移れるでしょう」

「……うん。今のところ最良の結果だね」

定期的に報告は受けていたが、あらためてワルターの説明を受け、実際にジャガイモの育つ様を確認し、スレインは呟く。

おそらく大丈夫だろうとは思っていたが、実際に育てるまではどうなるか分からないのが農業。無事にハーゼンヴェリア王国でジャガイモが収穫を迎えそうだという事実に、スレインは心の底から安堵《あんど》していた。

栽培に成功したジャガイモを王都周辺でさらに栽培し、王国社会の主食のひとつに組み込むための準備も進んでいる。王都に暮らす臣民たちから好感を抱かれるための交流は今も順調に継続されており、彼らにジャガイモの件を聞いてもらうための下地はできている。

後は、よほど予想外の出来事でも起こらなければ大丈夫。王領の食料自給率改善という大きな功績の足がかりを早くも摑んだ有能な王太子として、来月の後半には戴冠を遂げて国王となる。名実ともにこの国の君主となる。

この王城に連れて来られ、ただひたすらに困惑していた頃とは違う。

未だ途上とはいえ、最初と比べれば見違えるほど成長できた。周囲の臣下たちにあらゆる判断を任せ、何もかもを助けられていた頃とは違い、自分の足で立ち、自分の頭で考え、自分の言葉で語ることも少しずつできている。

その臣下たちから向けられる目も変わった。頼りがいがある、と言ってもらえるかはまだ分からないが、少なくとも将来性のある若き主君としては見てもらえている。その手応えがある。

王城の使用人や、王国軍の兵士たち、そして臣民たちからも、親しみを持ってもらえている。きっと、自分の才覚で実現できる最上の状態をもって、戴冠式を迎えることができるだろう。

ジャガイモの栽培状況を見届けたスレインは、モニカと共に城館の執務室に戻る。

「殿下、この後の執務の前に、少しご休憩をなさいますか？　お茶をお淹れしましょうか？」

「そうだね。お願いしようかな」

「かしこまりました。すぐにご用意します」

いつも通り優しい笑顔を浮かべながら言ったモニカは、執務室に常に置かれているティーセットを使い、既にスレインにとって馴染《なじ》みとなったハーブ茶を淹れてくれた。

モニカと二人、のんびりとお茶休憩をしたスレインは、午後の机仕事に取りかかる。執務机に積まれているのは、王太子であるスレイン宛ての書簡の類《たぐい》だ。

その多くは、来月の戴冠式についてのもの。周辺諸国の代表者より、自身が、あるいは名代が出席する旨が記されている。

「これは……フロレンツ皇子からか」

束になった書簡の中には、国葬の後の社交でスレインに対して好意的に接してくれたガレド大帝国の第三皇子、フロレンツ・マイヒェルベック・ガレドからのものもあった。

スレインの戴冠式には、帝国において大陸西部との外交を担当するフロレンツ自身が出席してくれるという。さらに、出席の件だけでなく、彼個人からスレイン個人へ宛てた言葉もあった。

曰《いわ》く、国葬のとき以来、連絡もできずに申し訳ない。王太子としての慣れない生活や執務で大変なことも多いと思うが、上手くいかず辛《つら》いことはないか。自分が戴冠式出席のためにそちらを訪れた際は、ぜひ一緒に食事でもして話そう。若くして責任ある立場にいる者同士、気持ちを分かり合えることもあるだろうから。そう記されていた。

「……」

律儀な人だ、とスレインは思った。

国葬の際の会話は単なる社交辞令ということにしてもよかっただろうに。ガレド大帝国と比べれば泡沫《ほうまつ》もいいところであるハーゼンヴェリア王国の、次期国王とはいえ平民上がりの自分に、これほど細やかに接してくれるとは。

親切な善人なのか。あるいは少し変わり者のお人好しか。そんなことを思って微笑しながら、スレインは植物紙と、母の形見であるペンを手に取った。

親切な言葉に感謝する。あれから自分もそれなりに努力し、多少なりとも次期国王らしくなってきたように思う。臣下や臣民とも心を通わせ、万事は概《おおむ》ね順調。心配には及ばない。しかし、来月会った際はぜひ食事を共にしたい。互いに立場もある身だが、叶《かな》うのならば友人と呼べる関係になることができたら嬉しく思う。

そんなことを、スレインは綴《つづ》った。

「……モニカ。この書簡を最優先で出したい。手続きをお願いしていい？」

「かしこまりました、殿下。ただちに手配いたします」

モニカはスレインから紙を受け取り、それを手に執務室を出ていく。スレインが書いたフロレンツへの書簡は、これから内容に問題がないか王国宰相セルゲイに確認され、問題なければ羊皮紙の封筒に包まれて封蠟《ふうろう》をされ、ガレド大帝国へと運ばれることになる。

「……もう来月か」

執務室の窓から秋空を眺め、スレインは独り言《ご》ちた。

あっという間だったような気もするし、途方もなく長かった気もする。ルトワーレの家で暮らしていた日々は昨日のことのようでもあるし、もう何年も前だったようにも思える。

自分はもうすぐ王になるのだ。

覚悟を固めたようで、まだ実感が摑めないようで、スレインは不思議な心地を覚えていた。


それからおよそ二週間後。ガレド大帝国より国境を越えて、騎兵三百がハーゼンヴェリア王国の領土へ攻め込んできたと、緊急の報告が届いた。

六章　戦端と覚悟

CROWNED RUTILEQUARTZ

「モルガン、今からできるだけ早く、ハーゼンヴェリア王国への侵攻を開始してくれ。これは帝国第三皇子としての正式な命令だ」

九月の中旬。ガレド大帝国西部の皇帝家直轄領。その領都であり、帝国西部で最大の都市、アーベルハウゼン。

この地における皇帝家の居所たる宮殿。その謁見《えっけん》の間で、第三皇子フロレンツ・マイヒェルベック・ガレドは、帝国貴族モルガン・デュボワ伯爵と顔を合わせていた。

「……以前に皇子殿下より聞き及んだ話では、ハーゼンヴェリア王国への侵攻は年が明けてからのはずでしたが」

フロレンツより二回り以上も年上のモルガンは、刃傷の残る恐ろしげな顔に、疑問と少しの不満の色を浮かべて返す。

デュボワ伯爵領はガレド大帝国西部の一角を占める大領で、抱える人口は二十万を超える。その頂点に立つモルガンは、帝国西部において指折りの武人として名高い。

帝国西部で民や異民族、小貴族の反抗が起きた際には、第三皇子に声をかけられ、勇んで鎮圧に出ることで有名。それもあって世間からは「傭兵伯爵《ようへいはくしゃく》」などとあだ名されている。

「そうだったんだが、少し事情が変わったんだよ。ハーゼンヴェリア王国の次期国王、例の平民上がりの青年。彼がどうやら思いのほか成長が早いみたいなんだ。あちらの王領では民からの評判が良いみたいだし、先日届いたこの書簡にも、万事順調だなんて書いてある」

起立しているモルガンに対して、フロレンツは豪奢《ごうしゃ》な椅子に座ったまま、手に持った書簡をひらひらと振る。げんなりした表情で。

「このまま来年まで待っていたら、彼は国王としてそれなりに足場を固めてしまうかもしれない。彼がまだ正式な即位前で、まだまだ成長途上のうちに、一息にあの国を潰しておきたいんだよ。その方が楽そうだからな」

ガレド大帝国の宮廷社会において、フロレンツの評価は極めて低い。しかし一方で、皇帝の愛妾《あいしょう》の子であり、継承権争いからは遠いために、皇帝からはただ可愛がるための息子として扱われてきた。甘やかされ、溺愛されてきた。

だからこそフロレンツは、自分なりに父の愛に応えたいと考えた。自分ももう二十代半ばにもなったのだから、大人の皇族らしい活躍がしたいと。少しでも功績を示し、宮廷社会における自身の評価を覆したいと。

そうすることで、父に褒められ、もっと愛されたいと。そう考えた。

なので今から五年ほど前、帝国にとっては重要度の低い、サレスタキア大陸西部との外交担当という閑職を兄姉たちから体よく押し付けられたのを機に、フロレンツは策を練り始めた。

大陸西部に並ぶ虫のような小国の群れにも丁寧かつ穏やかに接し、弱腰の穏健派と思わせて油断させた。将としてモルガンを見出し、国内の小さな反抗の鎮圧に駆り出して彼の戦いへの欲求を満たしてやり、戦功を積ませてやり、手なずけた。

小国の群れを油断させ、モルガンという強い手駒を得て、あとは成果を挙げるだけ。その段階までようやくたどり着いた。そんなときにハーゼンヴェリア王家があのような様になったのは、まさに運命だった。あの国に侵攻しろと、神が自分に言っている。フロレンツは本気でそう思った。

この侵攻の計画に際して、皇帝である父からの許可も得ている。これまでとった策とこれからの計画を書簡に綴《つづ》って送ったら、「お前がそれほどの頑張り屋とは思わなかった。そこまで努力したのであれば、続きもやってみるといい」という返事をもらえた。親子の愛は偉大だ。

帝国にとっては大陸西部のような辺境よりも、東や北の仮想敵国の方が注視すべき存在。本命の世継ぎとして次期皇帝の座を争う二人の兄も、そちらでの国境紛争に夢中だ。皇帝家の誰もが見向きもしない大陸西部を相手に、ある程度好きなように動ける。今の状況はフロレンツにとって好機だった。

ハーゼンヴェリア王国へ侵攻し、かの国を占領し……その後のことは、今のところ特に深くは考えていない。

好き勝手に遊べる私領としてそのまま支配してもいいし、取れそうであればさらに近隣の小国まで侵攻の手を伸ばしてもいい。逆に、自分で統治するのが面倒臭いと感じたら、父から官僚を借りて実務を押しつけてもいい。

フロレンツにとって大切なのは、「自身の主導で、小国とはいえ国を一つ占領した」という成功体験。

それによる父からの称賛と、宮廷社会における評価の向上。それだけだった。

「それにモルガン。お前としても、できるだけ敵が弱いうちに打ち破った方が楽だろう？　いくら弱小国家とはいえ、結束を強められたらそれだけ叩《たた》き潰すのが面倒になる」

「確かに、殿下の仰《おっしゃ》る通りですが」

「な？　そうだろう？　そういうわけだから、今からできるだけ早くハーゼンヴェリア王国に侵攻してくれ。侵攻して、占領して、あの国の王族を断絶させてくれ。まあ王族と言っても、今の直系はあの平民上がりの青年一人だけなんだけどな。ははは」

「……かしこまりました。それではこのモルガン・デュボワ、これよりハーゼンヴェリア王国への侵攻準備を開始いたします」

「ああ、頑張ってくれ。この侵攻が成功した暁には、お前はガレド大帝国でも随一の武人として名を馳《は》せる。父からは褒美として私の使える歳費を増やしてもらうつもりだから、お前にもっと報奨金も出せるぞ」

フロレンツは望み通りの成功体験を得て、承認欲求を満たす。一方のモルガンは、国を一つ落とした将として、武人の名誉と、金を得る。戦いへの欲求も思う存分満たせる。互いに得をするこの関係が、フロレンツとモルガンの絆《きずな》だ。

「しかし、急な侵攻となりますので、そのやり方は当初とは違ったものになることをご理解いただきたく存じます」

そう切り出して、モルガンは今この場で新たに考えた侵攻計画を語る。

まずは、デュボワ伯爵領軍の中核を成す、精鋭の騎兵を三百ほど動員してハーゼンヴェリア王国を急襲する。騎兵の機動力と、ハーゼンヴェリア王国に対しては破格の数である三百という数をもって、かの国を荒らせるだけ荒らす。

伯爵領から国境へと連れてきた騎兵を、その翌日にはハーゼンヴェリア王国へと入れるのだ。敵は侵攻を察知することも叶《かな》わず、こちらの完全な奇襲を許すだろう。

その間に、ハーゼンヴェリア王国との国境に面した皇帝家直轄領の民から、急ぎ兵を徴集する。

今回の場合、兵の質は問わない。農民に粗末な武器を持たせた程度の雑兵でいい。その代わりにとにかく数を集める。目標は五千。それを、こちらもデュボワ伯爵領から連れてきた領軍の歩兵や、フロレンツの抱える帝国常備軍の兵士に指揮させる。

これでもハーゼンヴェリア王国が相手なら十分。騎兵が敵軍を討ち破り、歩兵が敵の領土を蹂躙《じゅうりん》する。財産を略奪し、民を襲う。一か月もあれば占領し終える。モルガンはそう語った。

「ふむ……戦争のことはよく分からないが、それでいいんじゃないか？　私は父から預かっている帝国常備軍を少し貸せばいいんだな？　何人くらい要る？」

「百人もお貸しいただければ十分と存じます。我が領からも同数の領軍歩兵を動員しますので。正規兵が二百人ほどいれば、徴集兵の指揮役としては十分でしょう」

「そうか、分かった。お前が言うならそうしよう」

フロレンツは武人としてのモルガンを信用している。騎兵の突撃と歩兵の大進撃の合わせ技を得意とする彼が、敗北するどころか苦戦するところさえ見たことがない。

これまで自分の仕事として、政治的な立ち回りや根回しは済ませた。あとの戦いはモルガンに全て任せて、自分はこのアーベルハウゼンの宮殿で勝利の報告を待つのみ。フロレンツは満足げな表情で、椅子の背にもたれた。

＊＊＊

二十二の小国が並ぶサレスタキア大陸西部と、ガレド大帝国の支配する大陸中部は、エルデシオ山脈という長大な山脈によって隔てられている。

山々は険しく、山登りに慣れた少人数が越えることでさえ大きな危険を伴う。ましてや大規模な軍勢が越えることは不可能だ。

しかし、この山脈の全ての箇所がそのような要害というわけではない。標高が浅い、あるいは山が僅《わず》かに途切れて谷のような地形になっている箇所がいくつか存在し、そうした箇所は大陸西部と中部を結ぶ交易路として活用されてきた。

そのうち最も通りやすい道が、大陸西部の中でも北東端に位置するハーゼンヴェリア王国の東にあった。

その場所の名はロイシュナー街道。山が途切れて谷になっている箇所の東西の長さは、およそ十五キロメートルと短い。徒歩でも半日で渡れる距離だ。

谷の西側、すなわちハーゼンヴェリア王国側には、出入国を管理する関所がある以外に人のいる場所はなく、幅十キロほどの範囲が帝国との緩衝地帯になっている。帝国を刺激しないためと、村を作って大規模に農業を行うには地勢がやや険しいという理由がある。

一方で東側には、谷に蓋をするように帝国の要塞が築かれ、強固な防衛線を成している。とはいえ両国は、ハーゼンヴェリア王国の建国以前より平和を保ってきたので、こちらも今はただの国境関所と化している。宿場代わりに商人の宿泊さえ許すほどだ。

しかし今、この要塞がおよそ百年ぶりに要塞として使われた。この要塞を前進基地として、モルガン自ら率いるデュボワ伯爵領軍の騎兵およそ三百が、ロイシュナー街道からハーゼンヴェリア王国へと侵入した。

帝国暦二八二年、ハーゼンヴェリア王国暦では七十七年、九月二十二日の明朝のことだった。

ロイシュナー街道の西側出口からハーゼンヴェリア王国の人里までの緩衝地帯を、三百の騎兵は短時間で走破。クロンヘイム伯爵領に入った。

それに僅かに先駆けて、第三皇子フロレンツからの使者が関所へ到達し、宣戦布告の書簡を警備兵に渡した。

布告の理由は、ハーゼンヴェリア王家がここ数年で軍備を増強し、帝国の平和を脅かしたため。たかだか百人の王国軍増強が帝国の平和を脅かすはずもなく、これは完全なる難癖だった。

交渉の余地はなし。王族と貴族は殺し、民と領土は帝国のものとする。この地域の平和を脅かしたハーゼンヴェリア王国への罰である。布告書にはそう記されていた。

この宣戦布告から、およそ二時間後――東の国境を守るクロンヘイム伯爵領、その当代領主であるエーベルハルト・クロンヘイム伯爵は、森に覆われた小高い丘の上から敵騎兵たちを見下ろしていた。

敵の騎兵三百は現在、クロンヘイム伯爵領の東端にある農村を占領していた。森に潜むエーベルハルトの位置からは、休憩する騎兵たちの他、連行されて村の教会へと押し込まれる農村の住民たちも見える。無秩序な略奪や暴行は行われていないようだが、抵抗したために殺されたのか、地面に倒れて動かない住民の姿もあった。

「……ガレド大帝国のクソどもが。大兵力を頼りに油断しきっているな」

内心に湧き起こる怒りの感情とは裏腹に、微笑を浮かべながらエーベルハルトは呟《つぶや》く。

建国以来の平穏を破った、帝国による奇襲的な侵攻。関所から報告されたこの緊急事態を前に、エーベルハルトはすぐに動いた。王領に向けて事態を報《しら》せる伝令を送り、それと並行して、帝国の侵攻軍を迎え撃つために全領軍兵士を領都トーリエに招集するよう命令を下した。

さらには、領民からの兵の徴集もただちに開始し、籠城の準備も始めさせた。

しかし、全てが騎兵で構成された敵の方が、圧倒的に動きは早い。おそらく一、二時間もあれば領都に到達されるので、それまでに門を閉じなければならなくなる。

敵の侵攻軍が騎兵のみというのはあり得ない。おそらく、すぐに後続の歩兵部隊がやって来るだろう。相手は超大国たる帝国。おそらく千単位の大軍が攻めてくる。

となると、領都の門を閉じる前に、最低限必要な籠城準備をしなければならない。

領都周辺の農村から食料を運び入れ、集結の間に合う領軍兵士をできるだけ多く領都内に収容し、領民のうち女性と子供は西に避難させ、成人の男は兵士と共に領都に籠《こも》らせる。そこまでしなければ、王国東部の防衛の要たる城塞都市として、領都は機能を果たせない。

領都トーリエが機能を果たせず、早々に陥落すれば、クロンヘイム伯爵領は終わりだ。それだけでなく、ハーゼンヴェリア王国そのものが、無防備なまま侵攻軍に蹂躙されるだろう。

そこまで考えたからこそ、エーベルハルトは今ここにいる。敵の進路を予想し、こちらは敵の目に入らない進路をとり、そうしてたどり着いた丘の上から敵を見下ろしている。間もなく休憩を終えるであろう敵騎兵を急襲し、混乱させ、被害を負わせ、進撃を遅らせるために。

稼ぐのは、ほんの数時間でいい。馬をできるだけ多く殺し、あるいは兵士を負傷させればそれでいい。移動の足である馬が減り、手当すべき負傷者が発生すれば、敵は戦闘の後処理と部隊再編のために出発を遅らせざるを得なくなる。

その少しの時間が、領都トーリエに最低限必要な籠城準備の猶予となる。

ただし、代償も大きい。自分たちはまず間違いなく生きては帰れない。

エーベルハルトが後ろを振り返ると、そこには二十人ほどの男たちが並んでいた。

「どうだお前たち。気が変わって命が惜しくなった者はいるか？　敵の前で尻込みするよりは、今のうちに辞退した方がいいぞ」

領主の問いかけに、男たちは笑い声を上げた。

「ご冗談を、伯爵閣下。今さら命を惜しむような奴はいません。そうだろうお前ら？」

「ああ、俺たちはもういつ死んでも惜しくない歳だ」

「あの騎兵ども、こっちが小国だと思って舐《な》め腐ってやがる。土地と家と家族のために時間を稼いで、ついでにあいつらに一泡吹かせられるなんて、死に方としちゃあ最高だ」

領軍の最古参、本来であれば今年の末に引退する予定だった騎士が煽《あお》ると、志願者たちは明るい声で答える。

ここにいる顔ぶれは、領内の馬に乗れる男のうち、この決死の時間稼ぎに志願した者たち。騎士や領軍兵士もいれば、ただの領民もいる。いずれも初老以上の者ばかりで、なかには孫がいるような歳の者もいる。生還の見込みはないため、まだ若い者の志願はエーベルハルトが却下した。

「ふっ、どいつもこいつも馬鹿者だな」

エーベルハルトは楽しげに言った。

クロンヘイム伯爵領がこの危機を乗り越えて存続するのであれば、騎士や兵士、領民に死を命じて領主が生き永らえたという事実を作るわけにはいかない。そんな理由から、そして貴族としての誇りから、エーベルハルトは自ら突撃の指揮をとる。

この玉砕の結果、領都トーリエが籠城を成功させれば、一定の兵力を蓄えた城塞都市を敵は無視することができない。そんなことをすればいつ後方を突かれるか分からないからだ。さらなる侵攻を成すために、敵はトーリエを攻略せざるを得なくなる。

たとえ五千や六千の軍勢に囲まれようと、平時の人口およそ二千の領都トーリエであれば一週間かそこらは持ちこたえられる。そうすれば敵の侵攻をその分遅らせることができ、すなわちハーゼンヴェリア王家に一週間の猶予を献上することができる。

ガレド大帝国の大兵力による侵攻を前に、一週間の時間稼ぎ。現状クロンヘイム伯爵家が単独で得られる成果としては、おそらく最上のものだ。

その後のことは、エーベルハルトが考えることではない。

家については、息子が継いでくれる。時代に名を刻むような傑物ではないかもしれないが、十分に優秀な息子だ。跡継ぎとして不足はない。

最終的な王国の運命は、あの平民上がりの王太子が決めること。帝国という強大な敵の軍勢を前に国を守れるか、そもそも戦いに臨む覚悟を決められるかさえ分からないが、エーベルハルトにどうにかできることではない。

自分はただ義務を果たすのみ。かつて敵だったクロンヘイム家の存続を許し、建国に際して伯爵位を与えた上で王国へ迎え入れてくれた、ハーゼンヴェリア王家への忠義を示すために。

「者共、馬に乗れ。武器をとれ」

号令をかけながら、エーベルハルトは自身の愛馬に乗った。その後ろに、騎乗した志願者たちが並ぶ。

森の端、敵から見えないぎりぎりまで前に出てから、エーベルハルトは空を見上げた。木々の隙間から覗く快晴を見た。

「……死に日和だな」

笑みを浮かべ、エーベルハルトは剣を抜く。

馬を走らせて森から飛び出すエーベルハルトに、二十人の男たちが続いた。

＊＊＊

「……もう一度、くり返せ」

九月二十三日の午後。王城の謁見の間。セルゲイが険しい表情で言った。

その横では、スレインが玉座の前で立ち尽くし、唖然《あぜん》とした表情で固まっている。スレインの傍らに立つモニカも、普段の落ち着いた穏やかな表情を保てず目を見開いている。

スレインを挟んでセルゲイの反対側では、将軍として王国軍を統括するジークハルト・フォーゲル伯爵が無言を保っていた。その表情こそ動いていないものの、放つ空気は重い。

「はっ、報告いたします。昨日の午前、ガレド大帝国がハーゼンヴェリア王国に宣戦を布告。時を同じくして騎兵およそ三百が、ロイシュナー街道を越えて緩衝地帯に侵入。さらに西進し、クロンヘイム伯爵領へと入り込みました。クロンヘイム伯爵家はただちに防衛準備を開始。これは私が伯爵領を発った時点での状況となります」

先ほどとまったく同じ報告を、伝令のクロンヘイム伯爵領軍兵士は言った。伯爵領より丸一日以上をかけて、馬を替えながら駆けてきた兵士だ。

「……分かった。ご苦労だった。下がってよい」

セルゲイがそう告げると、伝令の兵士は立ち上がって隙のない敬礼を示し、次の瞬間にはよほど疲れていたのか膝から崩れた。倒れそうになった彼を近衛兵が即座に支え、二人がかりで担いで謁見の間より運び出していった。

そして、室内をしばし沈黙が支配する。

「そんな、どうして」

スレインは沈黙を破り、呆《ほう》けた表情で呟く。その手に握られているのは、伝令の兵士が届けたフロレンツ・マイヒェルベック・ガレド第三皇子の名による宣戦布告書だ。

「こんな……こんなの、言いがかりだよ」

「仰る通りですな。理由は難癖も同然。敵の目的は外道も同然。おまけに宣戦布告の名義が皇帝ではなく皇子とは……ハーゼンヴェリア王国が小国だからと舐め腐っている。言語同断です」

震える手で宣戦布告書をあらためて広げたスレインの言葉に、ジークハルトが首肯する。

「もともと、帝国は我が国を……いや、大陸西部の小国全てを軽んじていました。今までかの国と穏やかな国交が保たれていたのは、かの国の都合に過ぎません」

眉間にしわを寄せたセルゲイが、苦々しく言った。

サレスタキア大陸西部の小国群は、大きな国でも人口は二十万に届かない。今は人死にの出る武力衝突こそ避けられているが、元々仲が良いとは言えない国同士も多く、とてもすぐに一致団結して帝国に立ち向かえる状況ではない。

なので、もし本気で帝国が大陸西部への侵攻を決意したら、今の小国群には成す術がない。

それでもこの百年ほど大陸西部と帝国との関係が比較的穏やかだったのは、帝国の東部や北部の事情が関係している。

帝国の東部と国境を接する国々が集まってひとつの大国となり、警戒すべき脅威となった。その大国と交流を持った北部国境の隣国が力を増し、こちらも帝国の脅威となった。

帝国はそれらの隣国との対立に注力し、大陸西部の小国群を放置した。手間をかけて侵攻や統治を行わなくとも、穏当に交易などを行っていれば多少なりとも利益が得られるからだ。

「帝国は未だに東や北の隣国と対立しているはずです。今まで放置していたサレスタキア大陸西部に、どうして今さら侵攻してきたのか理由は定かではありませんが、ともかく対処するしかありません。王太子殿下……殿下？」

セルゲイに呼びかけられても、スレインは反応できずにいた。まだ呆然《ぼうぜん》としていた。

先月送ってきてくれた、あの親しみの込められた書簡は、あの言葉は何だったのか。

スレインはフロレンツの柔和な笑みを思い出しながら、心の中で彼に問いかける。当然ながら答えは得られない。

どうしてだ。そんな嘆きを抱えて、果てしなく暗い思考の渦に飲まれそうになる。

「王太子殿下！」

突然大声で呼びかけられ、スレインは声の方、ジークハルトの方を向いた。

「これより王領各地の王国軍部隊をこの王都へと集結させ、それと並行して王領民より兵を徴集したく存じます。詳細な反撃の計画立案はひとまず後回しに、今は一刻も早く兵力を揃《そろ》えるために動き始めるべきときかと考えます。どうかご許可を」

「……許可する」

スレインはほとんど何も考えずに答えた。将軍であるジークハルトが言うのだ。この場においてはそれが最善の行動に決まっている。

「御意！」

ジークハルトは見事な敬礼を見せ、謁見の間を退室していった。

「セルゲイ。モニカ。これから……これから、どうなるの？」

スレインは青ざめた顔で二人を見る。

来月には名実ともに国王へと即位して、その後も努力の日々が続く。国をよく治めるために努力し、年月を重ね、歴史を作る。そんな日々が続く。

そう思っていた。そうなるに決まっていると、信じ切っていた。

サレスタキア大陸西部は平和を保ってきた。この地に並ぶ二十二の国は、たとえそれが惰性的で多少歪《いびつ》なものであったとしても、事実として平和を享受してきた。

ガレド大帝国とも、相手側の都合とはいえ百年も穏やかな関係だったのだ。穏健派として知られるフロレンツが大陸西部における皇帝家の代表を務めている以上、今の状態がこれからも続くはずだった。

それが突然、いとも簡単に崩れた。

「選択肢は二つ。戦うか、殿下が他国に亡命を試みるかです」

「……どっちが良い選択なの？」

スレインが問いかけを重ねると、セルゲイは表情を一層険しくした。

「戦う場合、戦力差が問題です。我が国は小国である上に、今から兵力を集めるとしても、とにかく時間がありません。対する敵は現段階でも騎兵が三百。これだけでも相当な脅威ですが、おそらくは更《さら》なる増援が来るものと思われます。いえ、既に増援が到着し、国内に侵入している可能性も高いでしょう……となると、会敵する際の兵力差は、どれほど少なくとも三倍以上になりましょうか。軍事に関する考察はフォーゲル伯爵の方が得意ですが」

三倍以上。二倍でもそうそう勝てないだろうに、優にそれ以上。スレインは愕然《がくぜん》とする。

「亡命の場合は、殿下のお立場が問題となります。治めるべき国を失った上に、失礼ながら元平民であらせられる殿下は、どうしても他国の王家から軽んじられるでしょう。また、敵の侵攻がハーゼンヴェリア王国のみで終わるとも限りません……いえ、今になって平穏を破り、大陸西部へ攻め入ってきたということは、周辺諸国にまで侵攻する可能性が高いと考えるべきでしょう。周辺諸国からすれば、自国が危険なときに、滅亡した他国から僅かな供を連れて逃げてきた無力な王太子を保護する余裕などありません」

「え、僅かな供を連れてって……法衣貴族の皆は？」

「ご冗談を。我々が貴族の責務を放置して逃げることはできません。領主貴族、法衣貴族共々、討ち死にするまで帝国に抵抗いたします。そうすることで殿下と民が他国へと逃げる時間を稼ぎます。殿下に同行するのは護衛の近衛兵が数人、使用人が数人、加えて副官のモニカ・アドラスヘルムくらいでしょう」

セルゲイはそこまで話し、黙った。彼の話がそれで終わりだと知り、スレインは愕然とした表情のまま口を開く。

「それだけ？　その二つしか選択肢はないの？」

「ありません。敵に立ち向かい、この国の次期国王として責務を果たすか。皆無に近いとはいえ、ごく僅かな王国再建の可能性に賭けて亡命を試みるか。二つに一つです……私から見ても絶望的な状況かと思いますが、私が気休めを申し上げても、残念ながら現実は変わりません」

「……」

スレインは泣きそうな顔で目を泳がせ、足元をふらつかせる。モニカが心配そうな表情でスレインの肩を支える。

「王太子殿下。いかがなさいますか」

「……待って。ちょっと、しばらく、考えさせて」

問いかけるセルゲイに答えると、スレインはふらつく足取りで謁見の間を去った。その後ろにモニカが続いた。

スレインは王城の敷地の中を、あてもなく歩いた。どこをどう歩いたのかも憶えていない。目の前の景色は見えていなかった。

頭の中にあるのは、困惑。混乱。絶望。

数倍の敵を前に絶望的な戦いに臨む。

臣下も民も捨て置いて、受け入れられる見込みの薄い亡命を試みる。

それだけしか選択肢がないだなんて。どうしろというのか。今までの努力を全てぶち壊しにされて、こんな残酷な選択を迫られてしまった。どうしてこんなことが起こりうるのか。

世界を、運命を呪いながら呆然と歩き続けたスレインは、いつの間にか城門の前にいた。そのことに気がついたのは、臣民たちから声をかけられたからだ。

「あっ、王太子様！」

「ガレド大帝国が攻めてきたって本当なんですか⁉」

「敵はいつ来るんですか？　この国はどうなっちゃうんですか？」

「教えてください、王太子殿下！」

おそらくは王領民から兵を集める準備が早くも始まったことで、彼らにも事情が知られ始めたのだろう。混乱した何十人もの臣民たちが、王城の前に集まっていた。

「……皆」

スレインが城門の方へ歩み寄ると、臣民たちはさらに詰め寄ってくる。彼らが敷地内へ入らないよう、城門を守る近衛兵たちが制止する。

「お、王太子殿下。俺たちはどうすれば……」

「私たちの家は、私の子供は、どうなるんですか？」

「怖いです、すごく不安です」

「助けてください、王太子様……」

集まった臣民たちは地面に崩れるように座り込み、不安げな表情で口々に言った。なかには泣き出す者もいる。

次から次に臣民が集まってきて、不安を、恐怖をスレインに訴え、庇護《ひご》を求めてくる。

「……」

その様を、スレインは呆然とした顔のまま眺める。

今まで幾度となく王都にくり出し、交流してきた臣民たち。語りかけ、彼らの話を聞き、触れ合ってきた。

老若男女問わず、皆に対して慈愛を感じた。

その彼らが、今スレインに縋《すが》っている。怯《おび》えている。この国の民である彼らは、この国に生きる彼らは、そうするしかないのだ。

そう思った瞬間――――スレインの中で、何かが切り替わった。

自分はこの国で最上位の人間。王太子で、次期国王だ。

だから、彼らを守る義務がある。

いや、彼らを守りたい。

彼らにはこの国しかないのだ。彼らにはこの自分しか、依るべき庇護者がいないのだ。

自分にしか、彼らを守れないのだ。

それが自分の、これから彼らの王になる者としての存在意義だ。

それこそが自分の生きる意味だ。

父から継いだ血に応え、母の愛に応え、臣下たちの期待に応えるためだけではない。何よりも民を、その命を、生活を、幸福を守るために自分は王になるのだ。

「……大丈夫だよ」

自分を見上げる臣民たちを見渡して、スレインは優しい笑顔を浮かべた。自分でも驚くほど、落ち着いた声が出た。

スレインは城門から一歩踏み出した。近衛兵が制止しようとしたのを手振りと視線で止め、群衆と化した臣民たちの中に入った。

「大丈夫。僕は君たちの王太子だ。これから君たちの王になる人間だ。この僕が君たちを必ず守ってみせる」

彼らに慈愛を注ぐように、彼らの顔や肩、彼らが伸ばす手に触れる。

「何も心配はいらない。ただ、僕を信じてほしい。僕に協力してほしい。僕と共に戦ってくれる者は、僕についてきてほしい。僕が……この国を勝利に導く」

スレインは後ろを振り返った。

目が合ったのはモニカだ。スレインの顔を見たモニカは、呆然として固まっていた。

急に態度を変えて、実現できるかも分からない勝利の約束を吐いた自分に呆《あき》れているのだろうか。

そんなことを思いながら、スレインは苦笑する。

「戻ろう。戦いの用意をしないと」

スレインがモニカを連れて謁見の間に戻ったときには、まだセルゲイがそこにいた。

兵の招集の指示を出し終えたらしいジークハルトも、さらには近衛兵団長ヴィクトルも、外務長官エレーナも、筆頭王宮魔導士ブランカも集まり、重臣たちによる今後の対応の話し合いがなし崩し的に始まっているようだった。

「皆様、王太子殿下がお戻りになりました」

話し合いに集中していた五人は、モニカがそう言ったことでスレインが戻ったことに気づく。

彼らは一度目を見合わせ、代表してセルゲイが進み出ながら口を開く。

「……王太子殿下。困惑されている御心中はお察しいたします。ですが、ご決断――」

「戦おう」

セルゲイが言い終わるより早く、スレインははっきりと言った。

セルゲイは目を見開いて、無言をもって応える。他の臣下たちも同じ反応だった。

数秒の間を置いて、セルゲイの口が動く。

「殿下。畏れながら、今何と？」

「戦おう。帝国と。そして勝とう。ハーゼンヴェリア王国を――我が国を守ろう」

その言葉を聞いた自分の耳が信じられないとでも思ったのか、セルゲイは他の四人の方を振り返った。四人も一様に驚愕《きょうがく》の表情を浮かべている。

その中で次に口を開いたのは、ジークハルトだった。

「……畏れながら殿下。これほど強大な敵との戦争となれば、唯一の王族であり、次期国王である殿下ご自身にも総大将として戦場に出ていただくことになります。しかし、正直に申し上げて状況は絶望的です。もちろん我々はこの国と殿下の御為に最後の一兵まで全力で戦いますが、勝利はおろか、戦場で殿下のお命をお守りできる保証もございません。亡命の道を選べば――」

「構わない」

スレインは落ち着いた声で、微笑さえ浮かべながら答える。

「僕は父の跡を継ぐと決めた。この国を守ると決めた。僕は王太子だ。この国の王になる人間だ……敵を退けられなければこの国は消える。名前も、歴史も、文化も、そして民の平穏な生活も全て奪われる。それなら僕も、いや僕こそが、命を賭して戦場に出るべきだ。僕の命はこの国の運命と共にあるべきだ」

別人のようになって語るスレインを見たジークハルトは、笑った。

「よくぞ仰ってくださいました。王太子殿下。我が主君よ。私も共に、全力をもって戦います」

「私も近衛兵団長として、殿下のお傍《そば》で身命を賭して戦います」

「当然、私も戦いますよ、殿下」

ジークハルトに続いて、ヴィクトルが珍しく力のこもった声で、ブランカが勝気な笑みを浮かべながら、それぞれ決意を口にする。

「私も外務長官として、これよりできる限りの力を尽くします」

さらに、エレーナも笑みを見せながら言った。

「……殿下。戦いを決意していただけたことは、王国宰相としても誠に喜ばしく思います。ですが現実的に考えて、我が国が帝国に勝利できる可能性はごく僅か。まともにぶつかり合えば万に一つも勝てないでしょう」

現実を見据えた発言をするのが宰相の務め。セルゲイの言葉は、スレインに鋭く刺さる。

「そうだね、君の言う通りだ。だから勝つ方法を考える。これから」

スレインはセルゲイに答え、ジークハルトの方を振り返る。

「ジークハルト。決戦までの時間と、それまでに揃えられる戦力の予想を教えてほしい。将軍としての君の見解を聞きたい」

問われたジークハルトは、既に考えをまとめていたのか、すぐに口を開く。

「決戦までの時間は、せいぜい数日でしょう。敵の数と侵攻の速さを考えると、奇襲を受けたクロンヘイム伯爵領は、おそらく領都トーリエへの籠城準備もろくに叶わず、既にまともな抵抗力を失っているものかと。今後、敵は兵力を増しながらさらに西進してくるでしょう……王都に籠城するか、会戦で決着をつけるか、我々に残された道は二つに一つ。しかし今回の場合、籠城を選ぶのは自殺行為と言えます」

籠城とは、援軍がやって来る望みがあるからこそ選ぶ意義のある手段。今スレインたちが王都ユーゼルハイムに立て籠っても、援軍は永遠に来ない。

周辺諸国はおそらく、ハーゼンヴェリア王国が磨《す》り潰されていく時間を猶予としながら、それぞれの国境で守りを固めるだろう。大陸西部の同胞の危機に、諸王が軍を率いて助太刀してくれる……などという劇的な展開は期待できない。

帝国の国力は凄《すさ》まじい。その気になれば万を超える大軍を送り込み、維持できる。王都に立て籠って何か月粘ろうと、継戦能力が尽きて先に倒れるのはハーゼンヴェリア王国になるだろう。

それよりは、敵兵の数がせいぜい数千程度のうちに、こちらも打って出て決戦に持ち込む方がまだ望みがある。ジークハルトはそう語った。

「となると、敵が王都に到達する前にこちらも東進し、会戦に臨むことになりますが、そのためには明日にも王都を発たなければなりません」

ジークハルトはそこで言葉を切り、苦い笑みを浮かべる。

「しかし、そうなると民からの兵の徴集はおろか、王領各地に駐屯する王国軍の集結さえ満足にできないでしょう。おそらく我が方の兵力は千にも届きません。そのほとんどが歩兵、それも素人同然の徴集兵です。陣形を組むことさえまともにできません」

「……なるほど。厳しい状況だね」

聞けば聞くほどに絶望的だ。強がりの笑みを浮かべるスレインの額に、汗が一筋流れた。

そのとき。

「――伝令！　伝令です！　王太子殿下！」

近衛兵が叫びながら謁見の間に飛び込んでくる。戦時の伝令は、王の私室以外では入室許可を求める必要はない。

近衛兵の後ろに、さらに二人の近衛兵と、彼らに肩を貸された息も絶え絶えの兵士が続く。その装備はクロンヘイム伯爵領軍のものだった。

「く、クロンヘイム伯爵閣下より、殿下に書簡を……」

床に降ろされた兵士はそう言って懐から書簡を取り出し、スレインに向けて手を伸ばす。スレインが急いで書簡を受け取ったのを見届けた瞬間、兵士は気を失って倒れた。一体どれほど急いで来たのか。

運び出されていく兵士を見送って、スレインは書簡を開いた。

「……王国暦七十七年、九月二十二日、正午。敵は既にクロンヘイム伯爵領の東端にある農村を襲撃し、占領。これよりさらに侵攻し、我が領を、延《ひ》いては王国各地を蹂躙するものと思われる。それを遅らせるには領都トーリエを絶対防衛拠点とし、籠城戦に臨むのが唯一の手段。これより我は少数の決死隊を率いて敵を急襲し、領都籠城のための時間を稼ぐ。我が命をもって、忠誠を誓うハーゼンヴェリア王家に猶予を献上する……ハーゼンヴェリア王国に栄光あれ。クロンヘイム伯爵エーベルハルト」

詩的に綴る貴族の文ではなく、簡潔に綴る武人の文。その書簡をスレインが読み終えると、室内を重い沈黙が支配する。

「エーベルハルト・クロンヘイム。彼の忠節と献身を忘れない。決して無駄にはしない」

スレインは泣くでもなく、悲しげな顔をするでもなく、言った。今は戦時。犠牲になった者を悼むのは全てが終わってからだ。

「ジークハルト」

「はっ」

「クロンヘイム伯爵の決死の策で時間が稼げて、伯爵領の領都トーリエが無事に籠城戦に臨んだとして、状況はどう変わる？」

「……伯爵領の領都トーリエは人口およそ二千人。領都周辺から領軍兵士や領民も集まったとすると、西に避難した女や子供を差し引いても千数百人が残っているでしょう。それに、エーベルハルト殿から指揮を引き継いだであろう彼の嫡男は優秀です。敵が増援と合流し、仮に数千人規模になっていたとしても、一週間は持ちこたえられます。兵と民の士気を保つことができれば」

ジークハルトの説明を聞いたスレインはしばし考え、また口を開く。

「トーリエが籠城に成功したかどうか、最短でいつ確認できる？」

「確認だけなら本日中にも」

そう言って、ジークハルトが視線をブランカに向けた。それを受けてブランカが進み出る。

「フォーゲル閣下より指示を受けて、私の使役するヴェロニカを東へ飛ばしました。鷹《たか》の彼女なら、今日中に王都とトーリエを往復できます。鷹の知能では細かな戦況までは理解できませんが、トーリエの門が閉じられて、中に大勢の人間が立て籠っているかどうかくらいは彼女にも判断できます。籠城戦の指揮官から、最新の現状報告を書簡で受け取ることもできます」

「それと並行して斥候を送り、籠城戦の詳しい状況も随時調べさせます。勝手ながら、最初の斥候は既に出発させています」

「そうか、二人ともありがとう……それじゃあ、ジークハルト。トーリエが無事に籠城戦に移行できていたとして、僕たちが王都を発つまでの猶予はどれくらいある？」

ジークハルトは顎に手を当てて考える。

「……軍勢が動くとなると、王都からトーリエまでは急いで三日。そう考えると、明日より三日ほどを準備に使えるでしょう。十分とはとても言えませんが、明日発つよりは遥《はる》かにましです」

皆無だった時間的猶予を、三日も確保できた。それだけあればより多くの兵を集めることができ、進軍のための準備にも時間を使える。

「分かった。それじゃあジークハルト。引き続き戦いの準備を頼む。それと、トーリエが籠城戦の士気を保てるように何か手を打てる？」

「それなら、偵察に続いてブランカの鷹を使えます」

「明日にもまたヴェロニカをトーリエまで飛ばして、王太子殿下からの書簡を届けさせます。一週間持ちこたえれば援軍が来ると知らされれば、トーリエに立て籠もった者たちの士気はかなり上がるはずですよ」

「いい案だね。そうしよう……他に打てる手はあるかな？」

スレインが尋ねると、エレーナが進み出る。

「殿下よりお許しをいただければ、周辺諸国……といっても時間がないので国境を接する数か国に限られますが、事情を伝えて援軍を求めてみます。端から見れば我が国の勝利は絶望的なので、応えてもらえる可能性は低いでしょうが、外交的に打てる唯一の手かと思います」

「分かった。それで頼む。細かいことは外務長官である君に一任する」

「御意」

エレーナは文官としての所作で、静かに礼をした。

「あとは……セルゲイ。どうかな、ひとまずこんなところで」

各々の話を聞いて許諾を出すだけとはいえ、王太子として自ら堂々と戦いに向けた采配を振るうスレインを見て呆気《あっけ》に取られていたセルゲイは、声をかけられたことで表情を引き締める。

「……私から見ても、問題ないかと存じます」

「よかった、ありがとう。僕には細かいことが分からないから、全体の統括は王国宰相である君に頼んでいいかな？」

「お任せを。それが私の務めにございます」

「よろしく。それじゃあ各自、ひとまずは現段階でできることをしながら、トーリエの状況が分かるのを待とう」

臣下たちを見回して、スレインは言った。


その日の夕刻には、クロンヘイム伯爵領から戻ってきた鷹のヴェロニカによって、伯爵領都トーリエが無事に籠城戦に入っていることが確認された。敵軍は騎兵に加え、増援の歩兵が既に到着し始めていることも。

また、ヴェロニカがトーリエの指揮官から預かり、王都へと持ち帰った書簡によって、敵の指揮官がガレド大帝国貴族のデュボワ伯爵であることが確認された。帝国旗に加え、伯爵家の旗が掲げられていたという。

「モルガン・デュボワ伯爵。ガレド大帝国の西部では名の知れた武人ですな。その勇ましさと戦功は大陸西部にも聞こえています」

再び会議室に集った重臣たちのうち、ジークハルトが腕を組みながら語る。

「デュボワ伯爵領軍は、優れた騎兵を多く有していることで有名です。自慢の騎兵部隊をもって敵の陣形を打ち破り、続く歩兵部隊で一気に殲滅《せんめつ》する……という戦法で、帝国内の幾多の反乱や紛争を制してきたのだとか」

「トーリエが籠城に成功したのは不幸中の幸いでした。デュボワ伯爵の指揮する軍勢が相手となれば、然るべき準備を整えた籠城戦以外ではとても持ちこたえられない。準備を整える間もなく急襲されていては、一週間にわたってトーリエを守り抜ける見込みは立たなかったでしょう」

ジークハルトに続いてヴィクトルが、彼にしては珍しく険しい表情で言った。

籠城戦は、都市の門を閉めればすぐに始められるというわけではない。周辺に散っている兵士を帰還させ、付近の農村から食料や民を収容し、女性や子供はできるだけ遠くに避難させ、その上で門を閉じて戦闘準備を行わなければならない。

エーベルハルトの決死の攻撃による時間稼ぎがなければ、最低限必要な籠城準備をする間もなく敵がトーリエに到達し、簡単に陥落させられていた可能性もあるという。

「とはいえ、敵将が戦慣れした武人であることは凶報ですな」

「ああ、違いない。数倍の戦力差でデュボワ伯爵に勝つのは容易ではないだろう」

ヴィクトルに同意を示すジークハルトの表現は、それでもまだ控えめな方だった。実際は、容易ではないどころではない。ほとんど絶望的な戦いと言っていい。

「さて、どう戦ったものか……」

「クロンヘイム伯爵領は丘陵が多くあります。領都トーリエの周囲にも。その中のどこか適当な一か所、丘の上に布陣して戦うというのは？　こちらが高台をとれば、デュボワ伯爵の得意とする、騎乗突撃から始まる戦法の威力を削《そ》ぐことができましょう」

渋い表情で腕を組んだジークハルトに、ヴィクトルがそう進言する。

「……現状とり得る策としてはそれが最善か。だが、たとえ丘の上に布陣したとしても、その有利だけでは数倍もの戦力差は覆し難いな。数は脅威だ。絶え間なく攻め続けられれば、先に力尽きるのはやはりこちらの方だろう。ただ丘の上に布陣するだけでなく、そこに野戦陣地でも構築すればまた変わるだろうが……」

「それも難しいでしょうな。こちらが領都トーリエ近郊に到着すれば、敵もすぐにトーリエ攻略を中断して態勢を立て直し、対峙《たいじ》してくるでしょう。小回りの利くこちらが先に布陣する場所を決められるとしても、のんびりと野戦陣地を構築する隙まで敵が与えてくれるとは思えません」

ヴィクトルとジークハルト、それぞれの発案が、互いの指摘によって却下となる。

「トーリエが陥落する前にこっちが到着できるなら、クロンヘイム伯爵家の残存兵力とあたしたちで敵を挟み撃ちにするって手はどうです？」

「……いや、それも難しいだろう。私たちがたどり着く頃には、領都トーリエの兵士たちは相当に疲弊しているはずだ。籠城ならともかく、野外での機動戦に耐え得る兵力がそう多く残っているとは期待しない方がいい。少数の残存兵力など、敵が別動隊をトーリエの前に張り付けてしまえばそれで身動きがとれなくなる」

ブランカが案を出すが、それもジークハルトによって即座に駄目出しを受ける。

そこで、武官たちの発言が止まる。議論が行き詰まり、誰もが険しい表情で、あるいは暗い顔で黙り込む。

そんな中でスレインは、表情を変えるのではなく、顎に手を当てて思考を巡らせていた。

「……ひとつ、策を思いついた……かもしれない」

しばらく思案した末にスレインが言うと、全員の注目が集まる。

「殿下、是非お聞かせ願えますか？」

スレインの聡明《そうめい》さは、今では臣下の全員が認めている。ジークハルトが期待を込めて尋ねると、スレインは微苦笑を浮かべた。

「僕は戦場に出たこともない身だからね。素人の馬鹿げた思いつきに過ぎないかもしれないけど……まず、敵将デュボワ伯爵が得意とするのは、騎乗突撃の後に歩兵が続く戦法なんだよね？」

「はっ。その通りです」

「僕たちとの戦いでも、デュボワ伯爵はその戦法を使ってくると思う？」

「……あくまで私見となりますが、その可能性が非常に高いのではないかと。デュボワ伯爵の戦法は単純なものですが、だからこそ強い。突撃する騎兵が精鋭揃いとなれば尚更です。彼我の戦力差が圧倒的である以上、デュボワ伯爵も奇策を用いず確実に勝てる手を選ぶでしょう。ベーレンドルフ卿《きょう》、お前はどう思う？」

ジークハルトに話を振られ、ヴィクトルも首肯して口を開く。

「私もフォーゲル閣下と同意見です。敵はこちらを少数の弱兵と思っているはず。自分がデュボワ伯爵の立場であれば、効果的かつ得意な戦法を使います……ただし、我々に高台をとられたとなればその限りではありませんが。丘を駆け上がるとなれば、騎乗突撃の効果は半減しますので」

「ということは、こちらが丘の麓に布陣して、敵に丘の上を譲れば、デュボワ伯爵がその戦法をとる確率は高まる？」

その問いかけに、ジークハルトとヴィクトルは虚を突かれた表情になった。

「確かに、そうなりましょう。丘の上をとったとなれば、デュボワ伯爵はまず間違いなく、その戦法を選びます……が、陛下。あえて敵に丘の上をとらせるのですか？」

片眉を小さく上げながら問いかけてくるジークハルトに、スレインは苦笑交じりに頷《うなず》く。

「僕の策に実現の見込みがあって、実行すると決まったらね。それで、もう一つ確認したいんだけど……水魔法を使える人間を今からできるだけ多く集めたら、何人くらい揃えられる？」

スレインの言葉を聞いた臣下たちは顔を見合わせ、代表してジークハルトが発言する。

「……畏れながら殿下。水魔法は地勢に関係なく飲み水を供給できるなどの利点がございますが、戦いで役に立つものでは……」

魔法の種類は幅広い。一口に魔法使いと言っても、戦場で活躍できる者ばかりではない。むしろ、魔法は戦いには向かないものの方が多い。

現に、ハーゼンヴェリア王家に仕える王宮魔導士を見ても、直接的に戦闘に有用な類《たぐい》の魔法を使えるのは五人程度。水魔法使いはその中に含まれない。

使い手によっては樽《たる》をいくつも満たせるほど大量の水を生み出せる水魔法は、術者が隊商や軍隊に同行して飲み水の補給問題を解消したり、都市部で火災に対応したりといった活用はできるが、直接の戦闘で効果を発揮する場面は極めて限られる。

「うん。普通ならそうだよね。僕もモニカとの勉強でそう習った。水魔法は戦闘の役に立たないのが一般常識。だからこそ、敵も戦場に水魔法使いが出てくるなんて考えもしないと思う。そこで少し考えたんだけど――」

スレインが語った策を聞いて、セルゲイがしばし黙り込んで考え、ジークハルトとヴィクトルの方を向く。

「私は戦術にはあまり明るくない。フォーゲル卿、ベーレンドルフ卿、どうだ？　実現できるものなのか？」

「……このような戦術は試したことがなく、私の知る限りこの地の戦史上で同じような戦術がとられた事例もないので断言はできませんが、おそらく上手《うま》くいくのではないかと考えます」

「私もフォーゲル閣下と同意見です。奇策とはいえ、特に複雑なことをするわけではありません。十分に殿下の狙い通りの効果を生み出せるのではないかと」

軍人としての二人の見解を受けて、セルゲイは難しい表情を見せる。

「であれば、その策の実行を目指すとして……王宮魔導士には優秀な水魔法の使い手が二人おります。また、クロンヘイム伯爵家もそれなりの水魔法の使い手を抱えているはず。他にも、東への進軍の途中で東部領主貴族の抱える魔法使いを拾えば、それだけで合計五、六人になるでしょう」

「王家や貴族家に仕えるくらいの水魔法使いなら、一人でそこらの凡庸な水魔法使い数人分の実力を持ってます。心強い戦力になりますね」

セルゲイに続いて、ブランカが言った。

「そして……魔法を使える人間がおよそ三十人に一人。水魔法の使い手はその十人に一人ほど。単純計算では、王領以東の民の中に百人以上いることになります。とはいえ時間も少ないので、その全員を見つけて戦場に連れ出すことは難しいでしょう。半数程度は集めたとして……王家や貴族家に仕える水魔法使いと合わせて、五十人といったところでしょうか」

「ジークハルト。それだけ人数がいれば、策を実行するのに足りるかな？」

「はっ。数としては十分でしょう」

セルゲイの推測を聞いてスレインが尋ねると、ジークハルトは頷いた。

「しかし殿下、集めた水魔法使いの大半は軍属ではなく、おそらく戦場に立った経験もない平民です。殿下の策を実行するとなれば、魔法使いたちは危険に晒《さら》されます。土壇場で怖気づいて逃げようとする者、恐怖で力を発揮できない者が出るでしょう」

「そうだね、セルゲイ。君の言う通りだ……だから、目に見えて魅力的な褒美を用意する」

スレインは静かに笑みを浮かべる。

「戦いの際、魔法を行使した数によって金貨で報酬を支払う。ほとんどの者が一発で精いっぱいだろうけど、それでも金貨一枚、一万スローナをもらえるようにする。そして、勝利に貢献をした証として王家から感状を送られる。平民が魔法一発で受け取る褒美としては破格だ」

水魔法使いはそれなりに数が多いわりに活躍の場が限られるので、魔法使いという肩書のわりにはあまり裕福でない者も多い。

そんな彼らにとって一万スローナは小さくない額。さらに王家の感状があれば、魔法使いとして今後仕事をする上で大きな箔《はく》になる。危険を伴う仕事からも逃げなかった魔法使いとして信用を得られるのに加え、国を救った英雄として一生の自慢にもなる。

これだけの褒美があれば、凡庸な魔法使いにとっては今後の人生を大きく好転させるきっかけになり得る。集められた水魔法使いの多くが、勇気を振り絞って役目を果たすだろう。

「……報酬の総額が金貨百枚以下であれば、王国を救うための出費としては安いものでしょう。王家からの感状についても、悪用されないよう文面に気をつければ問題はありません。殿下のご発案の通りでよろしいかと」

財務や内政の統括を行うセルゲイの許しを得たことで、水魔法使いに力を発揮させるための褒美が決定する。

「よし、それじゃあ明日にも王家の名前で布告を出して、水魔法使いを集めよう」

切り札となる策と、それを実行するために行う準備が決まり、会議は終了。

そして翌日より、決戦に向けた準備が本格的に始まった。

七章　決戦

CROWNED RUTILEQUARTZ

いざ戦いに向けた準備が始まると、進行していく全てが、初めて戦いに臨むスレインにとっては新鮮な光景として映った。

まず行われるのは、兵の招集。

軍勢の基幹となるのは王国軍。三個大隊、総勢三百人のうち百人は王領の各地に散って駐屯し、百人は南の国境地帯を守る任務に就いているが、それもほとんどが招集される。

最低限の防衛力として南の国境に貼りつける三十人ほどを残し、各部隊は緊急招集を受けて王都ユーゼルハイムへと急ぐ。

また、王家直轄の近衛兵団も、王城の警備に最低限の十人を残し、残る四十人は出撃の準備を進める。王国軍が王家の剣なら、近衛兵団は王家の盾。彼らは戦場で、スレインの周囲を守る本陣直衛かつ、いざというときに動かす予備軍となる。

そして、臣民からの兵の徴集も進む。

王領の人口はおよそ二万人。そのうち女や子供、老人、病気などで戦いに臨めない者を除いた徴集対象者は六千人ほど。しかし、その全てを動員することは不可能だ。

王国軍と近衛兵団からできる限りの人員を徴集作業に回しても、そこまで大規模に兵を集めるだけの労力はない。それだけの兵を食わせ、移動させ、野営させる金もない。徴集する前に、隣国から敵が攻めてくると聞いて遠くへ逃げようとする者、森や山に隠れる者もいる。

おまけに今回はとにかく時間がない。王国軍や近衛兵団は自分たちの出撃準備もあるので、王都で兵を募って自主的に集まるに任せるしかない。徴集兵というより、徴募兵と呼ぶのが正しい。

王領の各地から王都へと戻る王国軍兵士たちに、道中の都市や村で兵を募ってくるよう指示も出されているが、そもそも兵士たち自身も大急ぎで帰ってくる以上、徴募兵を連れてくる余裕もほとんどない。

よって、見込める兵力は対象者の一割以下。五百人も集まればひとまず上々と考えられている。

王領より西側の領主貴族の多くは、一週間で準備を整えて王国東端までたどり着くのは物理的にほぼ不可能なので、今回は戦力として頭数に入っていない。

王都を出た後は東進しながら王国東部の領主貴族たちと合流することになるが、各領地の人口は子爵領で二千人程度、男爵領なら五百人以下というところもある。彼らも時間がない中で戦いの準備をする以上、全ての領地を合わせても動員数は数百人と見られている。

また、時間がないために集められるのは少数だが、金で雇われた傭兵《ようへい》も戦力に加わる。

そして、残るは今この時も籠城を続けている、クロンヘイム伯爵領の戦力。一週間も戦えば相当に疲弊しているはずであり、せいぜい百人も決戦に加われれば上出来と考えられている。

全ての戦力を合わせても、おそらく千五百人にも届かない。これでも、人口五万人のハーゼンヴェリア王国が数日で整えられる戦力としては相当に頑張った方だ。

また、今回はスレインの策を実行するために、水魔法使いも五十人を目標に集められる。水魔法使いの招集を優先して労力を割いていることも、徴募兵の数が少なくなる要因の一つだった。

こうして動員兵力が決まったところで、これだけの軍勢を動かすための物資の準備も進められていく。

主となるのは、兵士たちの食料と馬の飼料。その他にも、現地調達の不足を補うために薪なども ある程度用意される。徴募兵に配る武器なども王城の倉庫から引っ張り出される。

飲み水に関しては進路上の川などを利用するか、従軍させる水魔法使いたちに頼るので、用意する必要はない。

王家と言えど千数百人の軍勢を動かすための物資を一瞬で準備することはできないので、特に食料や飼料に関しては、御用商人ベンヤミンをはじめとした商人たちの力も借りることになる。

また、行軍の進路上で物資の迅速な現地調達も叶《かな》うように、王国軍の士官や王家に仕える文官が先行して、道中の都市や村で事前交渉も行う。

「エリクセン商会はこうした食料集積にも慣れており、その他の各商会にも顔が利くため、行軍中の食料や飼料についても出発までに十分な量が揃《そろ》うそうです。後から輸送する分や、現地調達する分と合わせれば、兵士たちを飢えさせる心配はないでしょう」

戦いの準備を始めて三日。明日には王都を発つという日の午後。王城の執務室で、スレインはセルゲイからそう現状報告を受けていた。

「また、王都の徴募兵が想定よりも多く揃いそうです。兵の募集を始めて間もない段階から、自主的に戦いに臨もうとする者が次々に集まっているらしく……口々に、王太子殿下のもとでならば命懸けで戦うと言っているそうです。殿下のこれまでの施策が功を奏した結果でしょうな」

「あはは、それは嬉《うれ》しい話だね」

良い報《しら》せを受け、セルゲイから珍しく褒められたこともあり、スレインは笑った。

セルゲイが顔に疲労を滲《にじ》ませている一方で、スレインは元気そのもの。この三日間、慌ただしく準備が進む中でも、スレイン自身は大してやるべきことがないためだ。

兵の招集はジークハルトやヴィクトルが問題なく進めており、物資輸送の準備や全体の統括はセルゲイが適切に采配を振っている。彼らの能力があれば、スレインに出る幕はない。

なので、今のスレインはむしろ普段よりも暇を持て余している。臣下たちからは行軍や野営に向けて体力を蓄えてくれと言われ、普段より早く寝て遅く起きている。

適材適所の結果とはいえ、若い自分が楽をして、老人であるセルゲイに激務を強いていることを少し申し訳なく思いつつ、スレインは話を続ける。

「トーリエの様子は？」

「ブランカの鷹《たか》に引き続き偵察をさせていますが、危なげなく防衛を成しているようです。この調子であれば我々の到着まで持ちこたえるでしょう」

「そう、よかった」

努めて落ち着いた声で答えながら、スレインは内心で安堵《あんど》した。この計画はトーリエが一週間持ちこたえる前提で考えられている。もし陥落すれば、王国社会の被害はさらに甚大になる。

「水魔法使いの招集も順調です。やはり、布告された報酬が魅力的だったようですな。後は……特に報告すべき事項はございません」

「万事順調か。三日でここまで準備できたのも臣下の皆、特に全体を的確に統括してくれたセルゲイ、君のおかげだよ。ありがとう」

「……恐縮に存じます」

スレインが率直な感謝を伝えると、セルゲイは疲れを窺《うかが》わせる声で答える。

「明日の朝、進軍が始まってからは将軍であるフォーゲル卿《きょう》に全ての実務権限を委ねることとなります。なので、私が務められるのはここまでです……あと十年若ければ、私も戦場までお供できたのですが」

「大丈夫だよ。君はこの三日間、ほとんど不眠不休で働いてくれたんだ。老体に鞭打《むちう》ってね。だから、戦いは僕たちみたいな若い者に任せてよ」

冗談めかして言ったスレインに、しかしセルゲイは笑わず、真剣な顔になった。

「王太子殿下」

そして、冗談めいた言葉への返答としては不自然なほど真剣な声色で言った。

「……お願い申し上げます。どうか生きてご帰還ください」

それはセルゲイらしくない言葉だった。

彼は王国宰相として、スレインに現実的な進言や諫言《かんげん》しかしてこなかった。その彼がこんな、ただ自分の願いを、叶うという絶対の保証もない願いを口にするなど、彼らしくなかった。

しかし、これは紛れもなく彼の言葉だ。彼らしくないこの言葉こそが、おそらくは彼の心からの願いなのだろう。そう考え、スレインは微笑を浮かべる。

「大丈夫。僕はこの国の王になる人間だ。勝って、国を守って、生きて帰ってくる。そしてこの先も王として国を守り続けるよ」


会議室を出たスレインは、モニカを伴って城館を出た。

王城の敷地内では、出発を明日に控え準備が急ぎ進められている。

まだ馬の繋《つな》がれていない荷馬車が並べられ、そこへ食料をはじめとした物資が積まれる。

別の場所では、兵としての招集に応じた王都の住民たちに備品の槍《やり》や剣が配られ、おそらくは行軍時の部隊分けがなされている。

「あっ、王太子様」

粗末な槍を持ち、王国軍兵士に言われるがままに列を作っていた徴募兵の一人が、スレインを見て言った。

それをきっかけに、スレインが来ていることに気づいた王国軍兵士や近衛兵たちは慌ててその場で敬礼し、荷馬車に物資を運んでいた商人たちは深々と礼をし、徴募兵たちは近くの者同士でざわざわと話し始める。

「邪魔をしてすまない。そのまま準備を続けて」

暇つぶしがてら様子を見に来て、ついでに皆に労《ねぎら》いの言葉でもかけられたらと思っていたスレインは、僅《わず》かな時間とはいえ準備を中断させてしまったことを慌てて詫《わ》びる。

スレインの言葉を受けて兵士たちは即座に仕事に戻り、それに倣って商人や徴募兵たちも、間もなく準備を再開する。スレインは安堵しつつ、適当に兵士たちを労ったり、協力してくれる商人たちや徴募に応じてくれた臣民たちに感謝を伝えたりしながら城内を回る。

旗頭であるスレインには、今はこれくらいしか貢献できることはない。

一通り声をかけ終わり、ふと城門の方を見ると、ちょうど荷馬車に乗って入城してきた若い商人と目が合った。スレインの幼馴染《おさななじみ》、エルヴィンだった。

スレインを見たエルヴィンは少し驚いた表情になると、荷馬車を止めて御者台を降り、数歩進み出て片膝をつく。

「王太子殿下」

「……君は確か、ハウトスミット商会の子息だったね」

今は大勢の目がある場所。エルヴィンは平民の一商人としての態度をとり、スレインも臣民に接する王太子としての態度を示す。

「はい。この度は王家御用商会のエリクセン商会より声をかけていただき、酒保商人として物資補給に参加いたします。微力ながらこうして王家のお役に立てますこと、王国商人として大きな喜びにございます」

私人としてのエルヴィンは陽気な青年だが、商人としての彼はそれなりに経験を積んだ一人前。落ち着いた受け答えを聞いて、スレインは小さく笑みを浮かべる。

戦争において補給を担う酒保商人となるには、王家あるいはその御用商会への伝手《つて》がいる。参加することさえできれば、軍隊という巨大な消費者を相手に必要物資からちょっとした嗜好品《しこうひん》まであらゆるものを売る酒保の仕事は、商人にとっては良い商売となる。

今回スレインは、小都市の中小商会でしかないエルヴィンの実家ハウトスミット商会が酒保に加われるように、御用商人ベンヤミンに口添えをしていた。王太子となった自分が、今もなお友人でいてくれる幼馴染への礼として行える、小さな贔屓《ひいき》だ。

もちろん、エルヴィンが酒保を務めるに値する真面目な商人だと信じていることもある。

「君のような献身的な商人の力を借りられることは、王家としても心強い。よろしく頼むよ」

「私などには勿体《もったい》ないお言葉です」

エルヴィンはそう答えて立ち上がり、スレインに一礼して荷馬車に戻る。

そして荷馬車を進め、スレインとすれ違う最後の一瞬だけ、周囲には気づかれない程度の笑みを見せた。

「……行こうか、モニカ」

「はい、殿下」

スレインは機嫌よく歩きながら城館に戻り、モニカが笑顔でその後に続いた。

＊＊＊

ハーゼンヴェリア王国暦七十七年。九月二十七日の早朝。王家の軍勢は王都を発ち、進軍を開始した。

とはいえ、全軍が一斉に出発するわけではない。軍隊は数が多くなればなるほど行軍が遅くなるため、小さな部隊に分かれて順次王都を発つ。

まずは最も足の遅い徴募兵たち。彼ら数十人ごとに王国軍の小隊を付けて、まだ空が薄暗いうちから次々に東へと送り出す。これらの部隊は物資輸送などは担わず、ただ会戦に間に合うよう進むのが使命となる。

その後に、残りの王国軍が小隊あるいは中隊規模で順次出発する。彼らは王家が独力で集めた分の物資輸送も担っている。

将軍であるジークハルトも、先行した各部隊を集結地点で指揮するために、これらの中の一隊と共に発つ。

また、各貴族領の部隊や、王領の中でも王都からやや遠い位置にいた王国軍と徴募兵は、王都に集結することなくクロンヘイム伯爵領を目指し、途中で本隊と合流することになる。

ばらばらに発った各部隊の集結地点はクロンヘイム伯爵領の西、アルヴェーン子爵領という貴族領に定められている。

最後に王都を発つのは、王太子スレインを擁する部隊。

スレインとモニカ、そしてヴィクトル率いる近衛兵団、王宮魔導士、医師や聖職者、雇い集めた水魔法使い。さらにはエリクセン商会をはじめとした酒保商人の輸送隊と、その護衛の傭兵も同行する。総数は二百人近い。

「長い移動になるけど、よろしくね、フリージア」

スレインが首を撫《な》でてやると、前王太子から受け継がれた愛馬は気持ちよさげに鼻を鳴らしながら顔をすり寄せてきた。鼻先で頬をこすられ、スレインはくすぐったさを感じながら笑う。

「お待たせしました、殿下」

そこへ、自身の愛馬である栗毛《くりげ》の雌馬を連れたモニカがやって来た。

「先ほどベーレンドルフ閣下より、全員の出発準備が整ったと報告がありました。いつでも発てますが、ご準備はよろしいですか？」

「うん、僕は大丈夫だよ」

スレインはそう言って、フリージアに乗る。背が低いために多少手間取るものの、今は一人で馬に乗り降りすることができるようになっている。

スレインの横ではモニカが素早く騎乗し、スレインを先導するために前に出る。彼女の後に続いて進むと、城門の前に集合したヴィクトルたちが待っていた。


臣民たちの盛大な見送りを受けながら王都を発ったスレインたちの部隊は、クロンヘイム伯爵領へと続く街道を東に進んでいた。

先頭を近衛兵団の一小隊が守り、すぐ後ろに王宮魔導士たちを乗せた馬車が続く。その後ろにスレインとモニカ、ヴィクトル、そして三人を囲む近衛兵団の一小隊が並ぶ。

さらに後ろに、残りの近衛兵団兵士、医師と聖職者を乗せた馬車、水魔法使いを乗せた馬車、物資を乗せた馬車などが続き、エリクセン商会の荷馬車と護衛の傭兵が最後尾を務める。

筆頭王宮魔導士のブランカは、王宮魔導士の馬車とスレインたちの間に位置を取り、ツノヒグマのアックスに騎乗して進んでいた。彼女の肩に止まる鷹のヴェロニカが時おり部隊の上空を旋回し、さらには少し先へと飛んでいき、偵察を行う。

これらの隊列の先頭から最後尾まで、実に数十メートル。その中央、最も安全な位置でスレインは――フリージアの背に揺られながら、ぼうっとしていた。

馬の最大の利点は、ただ道に沿って進むだけなら、乗り手が指示を出さずとも自分で考えて歩いてくれること。クロンヘイム伯爵領までの街道は幅も広く、よく整備されているので、隊列は詰まることもなく一定のペースで進み続ける。スレインがフリージアに何か指示する必要はない。

精鋭の近衛兵団と長距離移動に慣れた酒保商人によって構成される部隊は足が速い方だが、それでも「人が歩くにしてはやや速い」という程度。

最上級の馬具を用いているスレインは他の者と比べて疲労の度合いも少なく、景色を眺める余裕さえあった。

「何ていうか、意外と……」

「牧歌的、に感じますか？」

思っていたことを言い当てられたスレインが少し驚いて振り向くと、傍らに付いているモニカがくすっと笑う。

「私は騎士見習いのときに国境の小競り合いに参加したことがありますが、戦場に赴くまでの行軍は意外とこんなものです」

「奇襲のための急ぎの進軍や、敵に追われながらの退却でもない限り、これが一般的な行軍です。無理に急いだところで脱落者が増え、戦場にたどり着いた頃には疲労が溜《た》まり、結果的に本番の戦闘で不利になるだけ。こうして淡々と、着実に進むのが最も賢いやり方です」

「……そうか。まあ、そうだよね」

モニカとは反対側を守るヴィクトルも会話に加わり、彼らの話を聞いたスレインは呟《つぶや》く。

勇んで王都を発っても、いざ戦うまではまだまだ時間がある。集結地点に到着するのは明後日の昼頃の予定。そこからトーリエに到着するのは夕刻だ。

敵はおそらく陣形を崩しながらトーリエを攻めている最中で、こちらは到着したばかり。時間的にも状況的にも当日はお互い会戦に臨めないので、決戦はさらにその翌日――つまり三日後。両軍があらためて陣形を整えてからとなる。なので、今から気を張り続けていては持たない。

戦争とはそういうもの、戦うより移動する方が長いものだとスレインも知識としては学んでいたが、いざ実際に臨むとやはり少し不思議な感覚がした。

「なので、今はまだあまり気を張らず、いっそ気楽に進みましょう、殿下」

「あはは、分かった。そうしよう……それにしても、しっかり騎乗の訓練を積んでおいてよかったよ。もし今日まで馬に乗れないままだったら大変だった」

平和が当たり前となって久しい時代。平民上がりの王太子であるスレインがまず憶えるべきは知識教養や政務であり、武芸や騎乗の優先順位は必ずしも高くない。そんな考えのもと、本来はスレインの即位後になってから、そうした訓練が本格的に施されるはずだった。

しかし、スレインは自主的な努力としてこれらの訓練に取り組み、最低限を身につけた。そうしていなければ、こうして馬に乗ることもままならなかった。

「こうしてフリージアに乗れてるのも、モニカとヴィクトルが指導してくれたおかげだね」

「殿下のご努力があったからこその結果です」

「モニカの言う通りでしょう。何事においても言えることですが、騎乗の技術を身につける上でも最後に頼れるのは己の才と努力のみ。我々はあくまでお力添えをしたに過ぎません」

その後も、スレインはモニカとヴィクトルと雑談を交わしながら馬を進める。

よく晴れた秋空の下、清々しい空気の中、牧歌的な行軍は続く。

王太子スレインを擁する部隊が王都を発ったのは正午前だったので、一度休憩を挟んで六時間ほど進むと、この日は行軍を終えることになる。

時間に余裕がある場面であれば、道中の都市や村などできりよく停止して宿泊するが、今回は急ぎの行軍。時間いっぱいまで進んだ末に、平原の真ん中でそのまま野営をする。

「皆、さすがに手際がいいね」

「近衛兵団も王宮魔導士も行軍や野営の訓練は積んでいますし、酒保を務めるような商人たちは野宿にも慣れています。野営やその片づけの手際がいいことも、彼らがこの最後の部隊に選ばれた理由です」

次々に天幕が立てられ、焚《た》き火が用意され、野営地の一角では夕食作りなども進められていく様をスレインが感心しながら見ていると、その横でモニカが解説してくれた。

と、そこへ近づく大きな影があった。後ろから差す夕陽が急に暗くなった気がしてスレインが振り向くと、巨体で夕陽を遮っていたのは御用商人ベンヤミンだった。

「王太子殿下、行軍お疲れさまでございました」

「ありがとう、ベンヤミン……どうしたの？」

例のごとくねっとりした笑みを浮かべ、揉《も》み手をしながら声をかけてきたベンヤミンは、傍《はた》から見ると何か悪巧みをしているように誤解しかねない。

「大した御用ではございません。ただ、殿下は今回が初めての行軍だと聞き及んでおります。さぞお疲れになったかと思いまして、何かお持ちできればと……蜂蜜を入れた柑橘《かんきつ》の果実水などはすぐにご用意できますが、いかがでしょうか？」

どうやらベンヤミンは、御用商人として純粋な気遣いから声をかけてくれたらしかった。

スレインは身構えてしまったことを心の中でベンヤミンに詫びつつ、モニカに視線を送る。蜂蜜入りの果実水はありがたいが、自分だけそんな贅沢《ぜいたく》をしていいのか判断がつかない。

スレインの内心を察してくれたらしいモニカは、優しく微笑んだ。

「問題ないかと思います。殿下はこの国で最上位のお方。果実水をとる程度であれば、貴きお立場にふさわしいお振る舞いかと。何より、殿下はお元気であり続けることも重要なお役目です。お疲れをとるためにも、甘いものをとるのはよろしいのではないでしょうか」

「……それじゃあ、もらおうかな」

「かしこまりました。すぐにご用意いたします」

ベンヤミンは揉み手をしながら恭《うやうや》しく頭を下げ、立ち去ろうとする。

「あっ、ベンヤミン。ハウトスミット商会のエルヴィンの様子はどうかな？」

スレインとエルヴィンが幼馴染であることは、エルヴィンの酒保商人への参加を口添えした際にベンヤミンにも伝えてある。スレインが呼び止めて尋ねると、ベンヤミンは王太子の小さな公私混同を気にした様子もなく、笑顔を見せた。

「非常によく働いてくれています。私の目から見ても、彼は若く有能な商人ではないかと思います……今回のようなきっかけさえあれば、ハウトスミット商会を大きく発展させていける人材だったのではないかと」

「そうか。それはよかった」

スレインは安堵の笑みを浮かべた。

エルヴィンは次期国王の幼馴染という立場を得た。せっかくならその幸運を活かして、商人として大成してほしい。

しかし、それにはエルヴィン自身の実力も要る。エルヴィンも、周囲に分不相応と見られながら、次期国王の幼馴染というだけで重用されるのは居心地が悪いだろうし、何より彼の商人としての誇りが許さないだろう。

エルヴィンならば大丈夫と思ってはいたが、彼が上手《うま》くやっているらしいと分かって、スレインも友人として嬉しかった。

天幕の設営などが一段落した頃には、夕陽は地平線の向こうに大きく傾いていた。

そんな中で、野営地では夕食が始まっていた。

軍隊の野営では、食事は交代で行われる。最初に食事をとる兵士や魔法使いたちが、器を手に焚き火を囲む一方で、スレインもモニカと共に小さな焚き火を囲んでいた。

干し肉と適当な野菜を火にかけた大味なスープと、保存が利くように硬く焼かれたパン。兵士や魔法使いたちがとる食事と同じものを、スレインも口にする。皆との連帯を示すために。

そしてスレインの食事にだけ、一品多く——今夜は小ぶりな林檎《りんご》がひとつ付く。大将として、次期国王として皆とは別格の存在であることを示すために。

そのままでは歯が立たないパンを、スープに浸して齧《かじ》りながら、スレインは周囲を見回す。食事の順番がまだの者たちは、見張りや馬の世話など、各々の仕事を今このときも行っている。

そして野営地の一角では、今回の作戦の要となる水魔法使いたちが、訓練に臨んでいた。

「放て!」

訓練を監督する将官の合図と同時に、横一列に並んだ水魔法使いたちの突き出す手の先が光を放ち、次の瞬間には、誰もいない平原の方へ向けて水の塊が撃ち出される。

水魔法使いの多くは、歩く水袋として桶《おけ》や樽《たる》などにそのまま水を出したり、火災の鎮火などに従事して放射状に水を出したりするかたちで魔法を行使するのが一般的。

この訓練はそんな彼らを、ある程度遠くまで水の塊を撃ち出すという、普段あまり行わないかたちでの魔法行使にできるだけ慣れされるためのものだ。

現在の魔道具技術では、このように大量の水を一度に生成し、打ち出す水魔法は再現できない。そのことも、人間の水魔法使いである彼らが雇われた理由のひとつだった。

「彼らの訓練も順調なようですね、殿下」

スレインが訓練の様子に視線を向けていたからか、モニカがそう声をかけてくる。

「そうだね。戦いの勝敗を、王国の運命を決めるのは彼らだ。この調子ならきっと大丈夫だね」

スレインは落ち着いた微笑みを浮かべて頷《うなず》く。

奇策とは、やってみるまで上手くいくか分からないからこそ奇策と呼ぶ。今回スレインが試みる作戦も、いくつもの不確定要素を抱えている。絶対の成功の保証などあるはずもない。

それでもスレインは、皆に勝利を誓った。皆がスレインの策に命を懸けている。スレインだけは何があっても、不安や恐怖を絶対に見せてはいけない。落ち着きを保ち、自信をその顔に浮かべていなくてはならない。


食事を終えると、他にやることがない者は順次、休む準備に入る。

近衛兵や、酒保商人の護衛の傭兵は、交代制の見張りを最初に務める者たちが配置につく。それ以外の者は雑務を終えた者から順に、睡眠をとるために天幕に入る。王宮魔導士や、雇われた水魔法使いたちは、魔力を万全の状態に保つために全員すぐに休む。

スレインも初めての行軍で溜まった疲れを癒《いや》すために、早めに王太子用の天幕に入る。

お湯で髪を洗って身体《からだ》を拭き、着替えを済ませ、組み立て式の簡易ベッドに座ったスレインは——隣でモニカが寝袋を広げる様を眺めていた。

「……モニカも一緒の天幕で寝るんだね」

「副官として殿下のご用命をすぐにお聞きできるようお傍《そば》に待機し、万が一の場合は身を挺《てい》して殿下をお守りするのが私の役目ですので」

そう答えながら寝袋を敷き終えたモニカは、顔を上げてスレインを見る。

「……申し訳ございません。私が一緒ではご不快でしたか?」

小さく首をかしげながら心配そうに尋ねるモニカを間近で見て、スレインは固まった。

戦いの場には、意外と女性も多くいる。魔法使いや医師、聖職者、酒保商人などは、男女に能力差がないためだ。また、貴族家当主が女性の場合もある。そのように戦いの場に立つ女性たちを警護するために、少数ながら女性の兵士もいる。

今回のように大規模な野営の際は、女性たちのために専用の天幕が用意され、女性たちはそこで着替えなどを行う。モニカも就寝の準備をする前に、その天幕で洗髪や洗身を済ませている。

彼女の髪はまだ少し濡《ぬ》れて艶があり、お湯で洗った顔は僅かに上気している。緊急時はすぐに動けるよう、寝る時も軍装ではあるが、それでも上着は脱いでいつもより薄着になっている。

髪を綺麗《きれい》に整え、薄く化粧をして、隙無くきっちりと軍装に身を包んでいるモニカしか見たことのないスレインにとって、いつもより私的で少しだけ無防備な今の彼女の姿は――彼女が女性であることを、いつも以上に意識させた。

シャツのボタンの一番上を開けたモニカの胸元。そして、軍装の上着を着てないので目立つ、女性らしい身体のライン。そこについ視線を向けてしまい、慌てて逸《そ》らす。

「いや、そんなことないよ。ごめん」

今は王国の命運を左右する戦いに向けて進軍している最中。こんなときに自分は何を考えているのか。気まずさと罪悪感を覚えながら、スレインは答えた。

さっさと寝てしまおう。そう思ったスレインが簡易ベッドに横たわって毛布を被ると、その枕元にモニカが顔を寄せてきた。

「殿下。本日が初めての行軍でしたが、ご体調はいかがですか？　お身体で痛むところなどは？」

「……だ、大丈夫。どこも問題ないよ」

戦争に臨む覚悟はできたくせに、二人きりの天幕の中でいつもより薄着のモニカに距離を詰められただけで、これほど動揺してしまうとは。我ながら情けない。そんなことを思いながら、スレインの答える声は少し上ずった。

天幕の中が薄暗く、顔が真っ赤になっているのを気づかれずに済むのが幸いだった。

「それはよかったです……それでは、おやすみなさいませ」

「うん。おやすみ」

優しい声で言ったモニカに答え、スレインは目を閉じる。

緊張で眠れないかと思ったが、行軍初日の疲れは意外と身体に溜まっていたようで、間もなく眠りにつくことができた。

すうすうと寝息を立てるスレインの、その寝顔をモニカが間近でじっと見つめていたことを、当然スレインは知らない。

＊＊＊

モルガン・デュボワ伯爵率いるガレド大帝国の侵攻軍は、ハーゼンヴェリア王国の東端、クロンヘイム伯爵領の領都トーリエの攻略を続けていた。

先行してハーゼンヴェリア王国に攻め入った騎兵三百に、伯爵領から呼び寄せた援軍としてさらに騎兵二百、そして帝国民からの徴集兵を中心とした歩兵が五千弱。ある程度の数が集まるごとにハーゼンヴェリア王国へと侵入させた各部隊が合流し、今は総勢五千強の大軍を成している。

それだけの兵力をもって攻撃を続けても、トーリエ陥落はまだ叶っていない。

クロンヘイム伯爵領は、百余年前の統一国家時代からガレド大帝国との国境を守っていた地。その領都ともなれば、小ぶりながら城塞都市としての完成度は高く、一度籠城されてしまえばいかに五千を超える大軍で攻めても簡単には落とせない。

トーリエ防衛を担う敵の指揮官が有能であり、モルガンの率いる兵の多くが素人の徴集兵であることも、この膠着《こうちゃく》した戦況に影響している。

「デュボワ伯爵閣下。西を偵察していた斥候より報告です。ハーゼンヴェリア王家の旗を掲げた敵軍およそ千五百が、アルヴェーン子爵領よりクロンヘイム伯爵領に進行。数時間後にはここへ到達するものと思われます」

膠着した攻城戦の様子を無表情で眺めていたモルガンのもとに、側近格の一人である騎士が告げに来る。

「……そうか。本当に来たのか」

報告を聞いたモルガンは、不敵な笑みを浮かべた。

今のところ、ハーゼンヴェリア王国への侵攻は予定通りに進んでいない。

本当は侵攻から数日でクロンヘイム伯爵領を無力化し、今頃は王都ユーゼルハイム近郊まで迫っているはずだった。そうして敵将であるハーゼンヴェリアの王太子が動く間もないうちに完全勝利を摑《つか》むはずが、その逆に、戦いの準備を整えた王太子の軍勢の方がこちらへ来てしまった。

そんな状況を、しかしモルガンは楽しんでいる。

モルガンは戦いを生きがいと考えているが、今まで経験した戦いは帝国東部や北部での軍役か、帝国西部での反乱鎮圧のみ。軍役では帝国西部貴族であることを理由に、戦功を挙げる機会のほとんどない役回りを押しつけられ、反乱鎮圧では小規模な軍勢を一方的に粉砕するばかりで、はっきり言って物足りなかった。

そのような味気のない戦いではなく、手に汗握る戦いに臨むことを、モルガンは悲願としてきた。

そして今、そんな待ち望んだ戦いの中にいる。今回もやはり大した手応えもなくハーゼンヴェリア王国を落とせてしまうのかと思ったが、その予想は裏切られた。

国境の領地を守る敵の貴族は、領都籠城の準備時間を稼ぐために小勢を率いて自ら玉砕するという見事な散り様を見せた。

その貴族と同じ旗を掲げる息子は、多勢を前に粘り強く領都を守り抜いている。

平民上がりの王太子は戦う度胸もなく逃げ去るかもしれないと考えていたが、自ら軍勢を率いてここまでやって来た。千五百という兵数は、ハーゼンヴェリア王国の人口やこちらの宣戦布告からの日数を考えると、予想以上に多い。よく集めたと言える。

一筋縄ではいかない。これぞ真の戦争だ。モルガンは心から喜びを覚えていた。

「閣下、いかがいたしましょう。陣形を整え、敵を迎え撃ちますか?」

「いや。連日の攻城戦でこちらの兵も疲れている。ここは一旦退いて態勢を立て直すとしよう……そして明日、会戦によって勝利する。全力をもって叩《たた》き潰してやる。それこそが、臆することなく戦いに来た王太子への敬意だ」

三日間の行軍を無事に終えたスレインたちは、先行していた各部隊を集結させていたジークハルトと無事に合流した。

そこで編成を済ませ、隊列を整え、集結地点であるアルヴェーン子爵領から戦場であるクロンヘイム伯爵領へとその日のうちに進軍。

夕方前には、領都トーリエを視認できる距離まで迫った。

「……五千の敵か。こうして直に見ると凄《すご》い迫力だね」

「私も軍人となって二十年以上になりますが、これほど大規模な軍勢を目にしたのは初めてです。何とも、衝撃的ですな」

スレインの呟きに、ジークハルトが頷く。

ガレド大帝国からの侵攻軍がおよそ五千であることは、斥候によって確認されていた。しかし、報告で数字だけを聞くのと、その大軍を実際に目の当たりにするのでは印象は大違いだった。

人口数万からせいぜい十数万の小国が並び立つサレスタキア大陸西部では、比較的規模の大きな小競り合いでも、動員兵力は敵味方合わせて数百。少ないときは数十人規模と、少し派手で怪我人の多い喧嘩《けんか》程度のものでしかない。

ハーゼンヴェリア王国が歴史上で経験した最も大きな戦いも、七十年ほど前に隣国と国境線を争った際の、両軍合わせて千人程度のもの。死者は両軍合わせて百人に満たなかったという。

それらと比べれば、五千の敵というのはまさに空前絶後。自国の総人口の一割に匹敵する大軍勢を前にして、衝撃を受けない者はいない。

とはいえ、スレインたちが感じたのは驚きだけ。焦りは未だ覚えていない。

「あの様子だと、撤退までもう少しかかりそうだね」

「大軍というのは得てして動きが鈍いものですからな。こちらも千五百が整列して行軍を開始するまでに半時間ほどかかりました。敵がこちらの接近を察知して五千もの人数を退かせるまで、一時間では足りないでしょう」

スレインたちの側も、ガレド大帝国の侵攻軍も、互いに斥候を送り合っている。敵がこちらの接近を察知して、軍をトーリエから一旦退かせようとしていることは、こちらも斥候によって察知していた。今日ここで戦いにならないことは、事前に把握されていた。

攻城戦によって兵が疲弊し、会戦に臨める隊列も整えていないために敵は一旦退こうとしているが、スレインたちは行軍を止めてそれを静観している。会戦に臨める隊列を整えていないのはスレインたちも同じだ。こちらの兵も歩き続けて疲れている。

ようやく準備を整えた敵が一旦退いていったのは、日が沈み始めてから。それを見届けた上でスレインたちはトーリエへと軍を進めた。

王家の旗を掲げた千五百の軍勢の接近。それを受けて、トーリエの門がおよそ一週間ぶりに開けられる。

ところどころ損壊し、上ろうとしたのであろう敵兵の血がこびりついた城壁の中央。未だ形を保っている頑丈そうな門が開き、中から現れたのは騎乗した若者だった。

「クロンヘイム伯爵の嫡男……いえ、既に当代クロンヘイム伯爵となった、リヒャルト殿ですな」

現れた若者が、玉砕したエーベルハルトの息子であることを、ジークハルトが語る。

ジークハルトとヴィクトル、モニカを引き連れて門の前までスレインが進み出ると、それを認めた若者――リヒャルトは、下馬してそのまま片膝をつく。

彼の着用する金属鎧《よろい》はところどころ汚れ、血もついている。彼の髪も土や泥、血で汚れている。

この一週間、彼らが激戦をくり広げていたことが分かる。

「王太子殿下。亡き父に代わって指揮をとっておりました、クロンヘイム伯爵リヒャルトにございます……敵の王国領土侵入を許し、無様にも防戦一方となったこと、国境を守る伯爵としてお詫びのしようもございません」

「クロンヘイム伯爵。どうか顔を上げてほしい」

スレインが呼びかけると、リヒャルトは膝をついた姿勢のまま顔を上げた。

矢か槍でも掠《かす》ったのか、左の頬にはまだ生々しい傷が走っている。その表情は硬く、その目は不安定な感情を覗《のぞ》かせていた。

賢くはあるが威厳に欠ける王太子。少し前までのスレインのそんな評価は、あくまで王城内や、王都周辺でのもの。領主貴族家の嫡男だった彼が、スレインの聡明《そうめい》さを、ましてや今のスレインの覚悟を知るはずもない。

この平民上がりの王太子をどう見ればいいのか。信じていいのか。頼っていいのか。リヒャルトの顔からはそんな迷いが見てとれた。

だからこそ、彼に少しでも安心感を与えるために、スレインは微笑む。

「詫びる必要なんてない。予兆もなくガレド大帝国が侵攻してくるなんて、王家も考えていなかった。その前提で国家運営を考えていた。これは王家の責任でもある……今はただ、礼を言わせてほしい。クロンヘイム伯爵家の膝元を戦場として、敵を食い止めてくれたことへの礼を」

スレインの言動が、何より落ち着き払った態度が意外だったのか、リヒャルトは目を丸くする。

「帝国が恐るべき大軍をもって侵攻してきたにもかかわらず、ハーゼンヴェリア王国はその侵攻をクロンヘイム伯爵領で、一週間にわたって食い止めることができた。これは紛れもなくクロンヘイム伯爵家の功績だ。次期国王として、伯爵家の奮闘に心から感謝する。そして約束する」

スレインは膝が汚れることも厭《いと》わずその場にしゃがみ、リヒャルトと視線を合わせる。

「ここからは僕たちが帝国と戦う。戦って勝利する。君たちの奮闘を……君の父君が命をもって示した忠誠と献身を、決して無駄にはしない。だから安心してほしい。そして、もし余力があれば僕に貸してほしい」

勝利する。スレインが自信に満ちた表情でそう口にしたことに驚愕《きょうがく》していたリヒャルトは、しかしすぐに表情を引き締める。

「はっ。最後まで共に戦わせていただきます、殿下」

＊＊＊

同日の深夜。完全に日が沈み、大地が深い闇に包まれた頃。

トーリエ近郊の丘の麓近くに、十ほどの人影があった。

その正体は、ハーゼンヴェリア王国軍の精鋭が数人と、その護衛対象である王宮魔導士の土魔法使いが二人。そして、指揮をとる将軍ジークハルト。

彼らがここにいることを敵の斥候に気づかれないようにするため、周辺には見張りの班がいくつも散開している。

「将軍閣下、完了しました」

王宮魔導士の報告を受け、ジークハルトは彼らが土魔法を行使した一帯に歩み寄る。

そして、自身のくるぶしほどの丈しかない草むらをかき分けて地面に手を伸ばし、土が柔らかくほぐされていることを確認する。

「……ふむ、良いだろう。十分だ」

土魔法は、土や砂や石を動かす、あるいは新たに生み出すことのできる魔法。しかし、その行使に要する魔力集中の時間は数十秒から一分以上と、火魔法や風魔法と比べて長いため、戦いの只中《ただなか》において活躍することは少ない。

しかし、労働者を何人も雇って丸一日かかる土木作業や開墾作業を、数十分もあれば一人でこなしてしまうその能力は破格のものであり、戦闘の場以外では様々な場面で重宝される。特に一国の王宮魔導士格ともなれば、百人力とまではいかずとも、一人で数十人分の働きをこなせる人材として厚遇される。

そんな王宮魔導士の土魔法使いたちは、この一帯の地面を掘り返すでもなく、その表面の薄い層を「ほぐす」という作業を行った。長い時間をかけて自然と固まった地面を、ただ解きほぐした。上の草むらを荒らさないよう。一見すると何も変化が起こっていないように見えるよう。

「よし、撤収するぞ。後は明日に備えて休むだけだ」

その命令を受け、将軍自らが率いる秘密の小部隊は、素早く野営地に帰還する。

＊＊＊

ハーゼンヴェリア王国暦七十七年。九月三十日。早朝。

スレイン率いるハーゼンヴェリア王国の軍勢は、トーリエの前に置かれた野営地で朝の支度を整えていた。

王国軍、近衛兵団、王宮魔導士、王領の徴募兵、王国東部の各貴族領より合流した兵、傭兵、そして水魔法使い。そこへリヒャルト率いる、負傷や疲労が比較的軽いクロンヘイム伯爵領の兵力が百余人加わり、総勢は千六百人ほどまで増えた。これでもまだ、敵の三分の一にも満たない。

「ですが、士気は旺盛です。皆が土地や家、家族を守るという決意を滲ませています。皆が勝利を信じています……これも殿下が常に自信を示し、皆を鼓舞してきたからこそでしょう」

兵士たちの状況を、ジークハルトはそのように報告する。

「そうか……何よりだね」

スレインは努めて穏やかに笑う。

いよいよ戦いの日。今日の勝敗でハーゼンヴェリア王国の運命が決まる。

心の中にあるのは少しの高揚と、少しの緊張。スレインにとってはこれが初陣だ。大将としての初陣が、これほど重大な戦いになる者は、大陸の歴史を見てもそうはいないだろう。

兵を励ますというより、むしろ彼らから元気をもらいたいと思い、スレインは護衛にモニカとヴィクトルを伴って朝の野営地の中を歩く。

「あっ、王太子様！」

「王太子殿下、おはようございます！」

スレインに気づいた徴募兵たちが、明るく声をかけてくる。支給品である粗末な槍や剣を手にした彼らの中には、これまで王都でスレインが言葉を交わしたことのある者も見かけられた。

「皆おはよう。今日はよろしく頼むよ」

「任せてください！」

「王太子様が大将をやってくれるんだから、俺たちも気合が入りますよ！」

ごく一部の将兵と当事者の水魔法使いたちを除いて、スレインが用いる奇策の具体的な内容を知る者はいない。徴募兵たちに至っては、スレインに策があることさえ知らない。

それでも彼らはスレインを慕い、信じてくれている。その事実がスレインの覚悟をより固めてくれた。

「王太子殿下！」

徴募兵たちだけでなく、王国軍兵士からも声がかかる。スレインが王国軍の訓練に参加した際にも陽気さを見せてくれた、第一大隊第三中隊の隊長、騎士グレゴリーだ。

「おはよう、グレゴリー」

「おお、名前を憶えていただき光栄です！　今日は殿下の御前で勇ましく戦い、大戦果を挙げてご覧に入れます！　その暁にはどうか、私を次期大隊長に――」

「グレゴリー！　貴様は馬鹿か！　俺やフォーゲル将軍閣下を飛び越えて、いきなり王太子殿下にお願いするなど言語同断だ！　降格するぞ！」

「いってえ⁉︎」

調子に乗ったグレゴリーの頬を容赦なくぶん殴ったのは、王国軍の副将軍で、第一大隊長を兼務するイェスタフ・ルーストレーム子爵だった。相変わらずのグレゴリーに兵士たちが声を上げて笑い、釣られてスレインも笑った。

その後もスレインは野営地を回り、近衛兵団や、ブランカをはじめとした王宮魔導士たち、リヒャルトをはじめとした東部領主貴族たちと言葉を交わしていく。

皆のもとをあらかた回り、天幕に戻ろうとしていると、酒保商人たちの様子が目に入った。

これから会戦の場に赴くスレインたちとは違い、商人たちはこの野営地で待機する。そう聞いていたが、何故かベンヤミン他数人は革製の胴鎧を着込み、移動の準備をしている。

「これはこれは王太子殿下。おはようございます」

「おはよう、ベンヤミン……君も来るの？」

こちらに気づいたベンヤミンに挨拶を返しながら、スレインは尋ねる。

「はい。殿下が敵に勝利された直後より、戦利品の管理や医療品の補充など、商人の仕事はございます故。すぐに御用聞きを務められるよう、戦場までお供いたします」

「……危険じゃないの？　特に今回みたいな戦場は」

敵はこちらの三倍以上。スレインは勝つつもりでいるが、どうなるかは戦うまで分からない。

もしハーゼンヴェリア王国の軍勢が破れ、敵の大軍に飲み込まれれば、ベンヤミンたちも命の保証はない。乱戦の場では戦闘員と非戦闘員の区別などつかない。

スレインが心配に思って尋ねると、ベンヤミンはねっとりとした笑みを浮かべた。

「畏れながら殿下。商人は信用が命でございます。エリクセン商会は、御用商会として利益や運命をハーゼンヴェリア王家と共にする。その覚悟を示し、殿下よりご信用いただくためであれば、私自身の命など安いものです」

その言葉を聞いたスレインは驚きに片眉を上げ、そして相好を崩す。

「ありがとう。君の覚悟を後悔はさせないよ」

ベンヤミンは恭しいお辞儀でスレインの言葉に答えた。彼が法衣貴族たちから、そして亡き父から御用商人として大きな信頼を置かれてきた理由が、ようやく真に分かった気がした。

それからほどなくして、千六百人の軍勢は準備を整える。

間もなく移動が始まろうという段になったそのとき――単騎で野営地へと近づく者がいた。

野営地に入る前に近衛兵たちによって制止させられたのは、外務長官エレーナの部下としてハーゼンヴェリア王家に仕える騎士だった。

「エステルグレーン閣下より、王太子殿下にご報告です！」

そう叫ぶ騎士が近くに寄るのをスレインが許可すると、歩み寄ってきた騎士は片膝をつく。

「ご報告します！　ハーゼンヴェリア王家の名で周辺諸国に援軍を求めたところ、イグナトフ王国がこれに呼応しました！　オスヴァルド・イグナトフ国王が自ら騎兵五十を率い、間もなくここへ到着します！」

イグナトフ王国より援軍が駆けつける。その報告を受けたスレインたちは出発を少し遅らせ、間もなくオスヴァルド率いる騎兵五十と合流した。

合流後、イグナトフ王国軍の案内役として随行していたエレーナが、指揮官であるオスヴァルドをスレインのもとまで連れてくる。

「オスヴァルド・イグナトフ国王陛下！」

「……」

スレインが喜色満面で出迎えると、オスヴァルドは不機嫌そうな顔を向けてくる。

「こうして共に戦っていただけますこと、心より感謝します。何とお礼を申し上げればいいか……」

「……勘違いするなよ。別に貴殿のことが好きで助けに来てやったわけではない」

満面の笑みのまま言葉を続けるスレインに、しかしオスヴァルドは苦虫を噛《か》み潰したような表情で答えた。

「もしガレド大帝国がハーゼンヴェリア王国を支配下に置けば、次は我がイグナトフ王国が侵略者たる帝国と国境を接することになる。そのような危機に晒されるより、ハーゼンヴェリア王国が無事なうちに助力した方がいい。それだけだ。あくまで我が国の利益を考えただけだ……それに、帝国には前から腹が立っていた。叩きのめしてやるのに、今回は好都合だ」

ハーゼンヴェリア王国と同じく、イグナトフ王国もエルデシオ山脈によってガレド大帝国と国土が隔てられている。しかし、イグナトフ王国国境沿いの山脈にも何箇所か山の浅い部分があるそうで、時おりそこを越えて、盗賊崩れの帝国民が少数、略奪に入ってくるという。

イグナトフ王家は略奪による損害について帝国へとたびたび抗議していたが、国力差がありすぎるために抗議はまともに聞き入れられなかった。なのでイグナトフ王国において、帝国への印象はかなり悪い。大陸西部の社会情勢に関する勉強でスレインもそう学んでいた。

「他にも周辺の数か国に援軍を求めましたが、軍の編成と出発が間に合わないため、あるいは勝てる見込みのないハーゼンヴェリア王国に助力することはできないという理由で断られました。今頃は私たちが帝国に敗れた場合に備え、我が国との国境を死守するつもりで防衛準備を進めているのでしょう……求めに応じてくださったのは、オスヴァルド国王陛下のみです」

「ふんっ、急に助けてくれなどと言われ、我が国とて迷惑したのだ。言っておくが、この騎兵五十は我が国の兵力のほんの一部。時間さえあれば、もっと多くの兵を連れてくることができた」

エレーナが説明する横で、オスヴァルドはスレインから顔を逸らして不満げに鼻を鳴らす。

「ですが、我が軍にとって騎兵五十の援軍は大きな戦力です。陛下のお力をお借りすることで、我が国の勝利はさらに決定的なものとなります。あらためて感謝を」

そんなオスヴァルドの態度に、スレインは苦笑しながら答える。

スレインは自身の策を成功させる自信はあったが、その後に確かな勝利を摑むには、こちら側の打撃力がやや心許ないと思っていた。

ハーゼンヴェリア王国の軍勢千六百のうち、騎兵は百騎にも満たない。そこからスレインを守る直衛や、歩兵の指揮をとる士官を除けば、部隊としてまとまった運用が叶うのは六十騎ほど。

それがオスヴァルドの引き連れてきた援軍のおかげで、倍近くになった。百を超える騎兵は、投入するタイミングが適切であれば、決定的な打撃力となり得る。

「ちっ、呑気《のんき》に笑いおって……エステルグレーン卿から聞いたが、何やら策があるらしいな。これは貴殿の戦だ。我々は貴殿の望み通りに使われてやる。我々を有効に使わなければ許さんぞ。貴国に勝てる見込みがないようであれば、我々はすぐに手を引くからな。そのつもりでいろ」

吐き捨てるように言ってこの場を去ろうとしたオスヴァルドは、途中で立ち止まる。

「……正直に言うと、貴殿は戦わずに他国にでも逃げると思っていた。最初に会った国葬の場で、貴殿を卑しい平民上がりと呼んだことは取り消そう」

スレインの反応を確認することなく、オスヴァルドは自軍の方へ戻っていった。

オスヴァルドの思わぬ言葉に、その後ろ姿を見送りながらスレインは目を丸くする。そして、次第にその頬が緩む。少々締まりのない、にんまりとした笑顔を浮かべながらスレインがふと横を見ると、目の合ったモニカが無言で微笑み返してくれた。

「殿下。確実に敵より早く布陣するために、そろそろ出発しなければ」

ジークハルトの進言を受けたスレインは、表情を引き締めて頷く。

「……そうだね。行こう」


同日の正午前。スレインを大将とし、イグナトフ王国より援軍を迎えたハーゼンヴェリア王国の軍勢千六百五十は、クロンヘイム伯爵領の領都トーリエからやや東にある平原へと布陣した。

最前列を東に向け、最後方となる西側には本陣が置かれる。大将スレインと副官モニカ、参謀として将軍ジークハルト、そして近衛兵団長ヴィクトル率いる直衛の近衛兵四十。さらに随行するベンヤミン他数人の商人が、この本陣にいる。

そのすぐ前方には、主力となる歩兵。そして最前衛の左右に、王国軍兵士や貴族領軍兵士、徴募兵の狩人などをかき集めた小規模な弓兵隊。戦闘職の王宮魔導士と、各貴族領の抱える魔法使いを集結させた部隊。さらに、奇策の決め手となる水魔法使いの集団。総勢でおよそ千五百。

また、歩兵の右翼側には騎兵およそ百十が配置されている。この騎兵部隊が、最後に勝敗を分ける存在となる。

本陣と主力前衛の兵士は整然と並び、徴募兵を主体とした主力後衛の歩兵と、突撃を敢行する予定の騎兵は雑然と並ぶ。その周囲を、アルトゥール司教が馬に乗って回っていた。

「――神は我らの父、そして我らの母。神は全てを見ておられる。これは大地と神の子を守る正義の戦い。神は我らと共にある。神は我らの父、そして我らの母。神は全てを――」

祈りの聖句を何度もくり返しながら、杖《つえ》の形をした聖具を掲げ、この国におけるエインシオン教の最上位聖職者であるアルトゥール司教が直々に、兵士たちに神の加護を授けていく。

これだけで、戦いを前にやや浮き足立っていた兵士たち、特に戦い慣れていない徴募兵たちが目に見えて落ち着いていく。

サレスタキア大陸西部において、教会の力は小さい。それでも自身の命がかかっている場となれば、神頼みは心理的に大きな効果を発揮する。人は皆、縋《すが》れるものには縋りたがる。

「王太子殿下。これで、戦いに臨む者たちに神の加護が授けられました」

「ありがとう、アルトゥール司教……君も戦場に留まるんだね」

祈りを終え、戦場から退避することなくそのまま本陣の一員に加わったアルトゥール司教にスレインが言うと、司教は穏やかに笑った。

「戦いに臨む神の子たちには、神の言葉を語る者が必要です。これもまた、神に仕える者としての務めにございます」

「……そうか。この軍の大将として感謝するよ」

「恐縮にございます、殿下」

司教と言葉を交わし終えてスレインが前に向き直ると、ちょうど本陣に筆頭王宮魔導士ブランカが歩いて近づいてくるところだった。彼女の腕には鷹のヴェロニカが乗っている。

「殿下。ヴェロニカに上空を見回らせましたけど、敵の布陣は見えてる分だけで間違いありませんよ。正面に騎兵、その後ろに歩兵。それだけです。その他の部隊は見当たりません」

人間の斥候も周辺偵察に出ているが、それ以上に上空から全てを俯瞰《ふかん》できる鷹のヴェロニカの存在は大きい。この辺りは丘と平原ばかりで、近くには伏兵を置ける森などもない。鷹であるヴェロニカの眼で見て見つからないのであれば、敵に別動隊はいない。

前方に騎兵。後方に歩兵。敵将デュボワ伯爵が得意とする戦法を用いようとしているのは、もはや間違いない。

「分かった、報告ありがとう。助かったよ」

「お礼には及びませんよ。それじゃあ」

ブランカは本陣を離れ、騎兵たちの方——自身の使役するツノヒグマのアックスが待つ方へと歩いていった。

「……」

スレインは視線を正面に戻し、丘の上に布陣する敵を見据える。

こちらの三倍の敵軍は、対峙《たいじ》するとやはり凄まじい迫力があった。しかし、それを直視しても不思議と恐怖は感じなかった。

スレインの真横に進み出て、馬を並べる者がいた。スレインが隣を向くと、そこにいたのはモニカだ。

「王太子殿下。私たちは殿下と共にあります」

「……うん」

微笑むモニカに、スレインも微笑みを返して頷く。

共にある。スレインが王太子になった日から、誰よりも長く傍にいて支えてくれたモニカが言うからこそ、その言葉には揺るぎない説得力があった。

そうだ。自分には仕えてくれる臣下が、付き従ってくれる兵が、慕ってくれる民がいる。自分と共に戦うと決めてくれた領主貴族たちや友邦の王がいる。

自分は王太子だ。次期国王だ。次期国王としてここまで来たのだ。敵の前まで来たのだ。来ることができたのだ。後は戦うのみだ。

「殿下。兵士たちに殿下のお言葉を賜りたく存じます」

ジークハルトに言われて、スレインはゆっくりと頷く。

「分かった。拡声の魔道具を」

広い場所で大勢に声を届ける際に用いられる、風魔法による拡声の魔道具。それが近衛兵から馬上のスレインに手渡される。

それを確認した上で、ジークハルトが陣に向けて声を張る。

「傾注！　王太子スレイン・ハーゼンヴェリア殿下のお言葉である！　しかと聞け！」

拡声の魔道具を使う必要もなくジークハルトが兵士たちの注目をスレインに向けさせたところで、スレインは一度深く呼吸して、拡声の魔道具を口元にあてた。

そして、口を開く。

「兵士諸君。君たちはこのハーゼンヴェリア王国を守るために、今日この場所に立ってくれている。そのことに心から感謝する。共に戦ってほしいという僕の呼びかけに、君たちは応えてくれた。これから僕は、財産や家族を守りたいという君たちの望みに必ず応える……そのために、この戦いで君たちに求めることはただひとつ」

そこで言葉を切り、そしてまた語る。

「どうか、逃げないでほしい。見ての通り、敵はこちらよりも多い。あの大軍が迫ってくる様はきっと恐怖を生むだろう。だが、逃げないでほしい。勇気を振り絞り、その場に留まってほしい。ただそれだけでいい。逃げなければ必ず勝てる。そう約束する……勝利を掴み、国を守ろう」

最後の言葉は高らかに、努めて明るい声色で言って、スレインは演説を締める。

それに呼応して、兵士たちは拳を突き上げ、雄叫びを上げた。強敵を前に、しかし士気は最高潮に達している。

スレインはルチルクォーツの首飾りにそっと触れた。

自分たちは勝利する。不思議と、そんな確信めいた気持ちを抱いていた。


ハーゼンヴェリア王国の軍勢が布陣を終えた一方で、モルガン率いるガレド大帝国の侵攻軍も、もう間もなく布陣を終えようとしていた。

精鋭らしき護衛に囲まれながら陣形最奥の本陣に構えるハーゼンヴェリア王太子とは違い、モルガンは自ら陣形の最先頭に立っている。最先頭から敵陣を眺め――ため息を吐《つ》いた。

「本気であの布陣のまま戦うのか。敵は馬鹿揃《ぞろ》いか？」

敵の布陣は、モルガンには理解しがたいものだった。

中央に歩兵を並べ、その最前衛の左右に弓兵や魔法使いを配置しているのはいい。ごく標準的な布陣と言えるだろう。

その右翼側に騎兵をまとめて置いているのも、理解できる。どこかのタイミングで騎兵突撃を仕掛けるにしても、百騎程度であれば分散して両翼に配置するより片側にまとめた方が、破壊力は高まる。

ここまでは分かる。しかし何故、丘の麓に布陣しているのか。

この辺りのように起伏のある地形では、当然ながら丘の上に布陣した方が有利となる。突撃を仕掛けるにしても、矢や魔法を飛ばすにしても、より高い位置から攻撃した方が重力の助けを受けて威力を高められる。戦いにおいては常識だ。

敵の方が小勢で行軍が速いので、こちらに先んじて有利な位置に陣取ることができたはず。それなのに、わざわざ丘の麓を選び、こちらに見下ろされて布陣している意味が分からない。

敵将である王太子が戦の素人なのは、平民上がりなので当然。軍人から見ればあり得ない間違いをすることもあるだろう。しかし、敵方にも武門の貴族がいて、助言役として王太子の傍に付いているはず。それでどうしてこうなる。

何か政治的な事情でもあって、敵方の武門の貴族は進言ひとつ聞き入れてもらえないほど立場が弱いのか。あるいは、本当に敵は兵から将に至るまで底抜けの馬鹿揃いなのか。まともな戦争を数十年も経験していないと、一国の軍とはこれほど愚かな集団に成り果てるものなのか。

「閣下、敵はふざけているのでしょうか?」

「分からん。理解に苦しむが……まあいい。敵の愚かさをこちらが考慮してやる必要はない。最後の最後で期待外れなのは残念だが、叩き潰してやるのは変わらない」

自分と同じく呆《あき》れた表情を浮かべている部下に、モルガンはそう返した。

こちらは丘の上に布陣し、モルガン率いる騎兵五百が前に出て、その後ろに歩兵五千弱が控えている。

戦術は極めて単純。モルガン率いる騎兵五百が突撃して敵の陣形を破壊し、続く歩兵が全ての敵を飲み込む。それだけだ。

敵は総勢で千五百と少し。それもほとんどが歩兵で、その大半が平民に粗末な武器を持たせただけの弱兵だ。騎兵が五百で突撃すればどんな小細工も通用しない。確実に敵の陣形を破壊し、蹂躙《じゅうりん》することができる。

そうなったら、敵は烏合《うごう》の衆。そこに歩兵でとどめを刺す。こちらの歩兵も大半が農民から徴集した弱兵だが、数が五千弱もいれば関係ない。抵抗力を失った敵に襲いかかるだけでいいのだ。たとえ徴集兵だろうと、勇んで丘を駆け下るだろう。

徴集兵がもたつくせいで多少時間のかかった布陣も、間もなく終わる。全軍が配置につく。

それを確認したモルガンは、先頭から兵士たちを見渡した。

「いいか貴様ら、よく聞け！」

小規模とはいえ数多の戦場で勝ち抜いてきたモルガンの、その誇りに裏打ちされた声が、全軍に向けて響く。拡声の魔道具もなしに、自信に満ちた声が空気を揺らす。

「目の前にいるハーゼンヴェリア王国の軍勢！　数も少なく、質も低い弱兵！　あれがこの小国の持ち得る力の全てだ！　あの奥にいる大将は、この国で唯一の王族！　あの弱軍を撃破し、大将首をとれば、我々の進撃を邪魔する者はもういない！」

モルガンの自信が、兵士たちにも伝わっていく。強き武人であるというモルガンの自負が、自分たちは強き将に導かれているという兵士たちの自負へと繋がる。

「あれを打ち破れば、我らに敵はいない！　思う存分蹂躙しろ！　手当たり次第に奪え！　犯せ！　攫《さら》え！　あの先に待っているのは宝だ！　貴様らのものだ！　好きなだけ掴み取れ！」

そう吠《ほ》えたモルガンに呼応して、兵士たちが獣のように吠える。

戦争は勝てば多くのものが手に入る。経験をもってそれを知っているからこそ、デュボワ伯爵領軍や帝国常備軍の兵士は強い。徴集兵たちも戦いの素人ながら、平民のままでは手に入らない富を手に入れようと士気を上げている。

地勢でも数でも敵よりはるかに有利で、士気も未だ高い。敗《ま》けるはずがない。

モルガンは前に向き直り、剣を構える。この熱量が冷めぬうちに戦いを始めるべきだと、高揚した頭の中に残してある冷えた理性で判断する。

「我がデュボワ伯爵家が誇る騎兵部隊よ！　剣を構えろ！　我に続け！」

モルガンは叫び、馬の手綱を振り、駆け出す。それが開戦の合図だった。

モルガンの後ろに五百の騎兵が続く。丘の麓の敵目がけて駆け出す。

こちらが動き出したのに合わせて、敵側にも動きがあった。

敵の主力である歩兵部隊の中から、五十人ほどが突出してきて、横一列に並ぶ。武器どころか盾さえ持っていない、手ぶらの集団だ。

「……ちっ」

モルガンは突撃の勢いを緩めることなく舌打ちをした。

何も持たされずに、突撃する騎兵の前に立たされる集団。おそらくはこちらの突撃の勢いを殺すための捨て駒、肉の壁か。

兵を、民を最初から肉の壁として使う。モルガンはそのような戦術は好まない。

おまけに、敵の考えの甘さにも反吐《へど》が出る。下り坂で勢いに乗った騎兵五百の突撃を、武器も持たない五十人の一列で止められるわけがない。紙切れで刃を止めようとするようなものだ。

スレイン・ハーゼンヴェリア王太子。戦いに出てくるだけの度胸はあったが、所詮は平民上がりの馬鹿な小僧か。こんな小僧に、歴戦の武人たる自分が敗けるはずがない。

モルガンが勝利を確信したその瞬間——ただの捨て駒と思われた五十人が、こちらに向かって手を突き出した。


スレインたちが布陣を終えて少し経った頃、ガレド大帝国の侵攻軍も布陣を終えたようで、敵兵が一斉に声を張った。五千を超える人間が一斉に吠える様は、さすがに凄まじい迫力があった。

そして、敵陣の前列に並んだ騎兵およそ五百が、一斉に動き出す。驚くべきことに敵将デュボワ伯爵は自ら最先頭に立っているらしく、一際立派な金属鎧を身に纏《まと》った一騎に続いて、騎兵の群れが丘を駆け下ってくる。

騎乗突撃によってこちらの陣形を打ち砕き、それに続く歩兵がこちらを飲み込む。デュボワ伯爵の最も得意とする戦法であり、単純だからこそ大きな破壊力を持った恐るべき戦法であり——対峙するこちらにとって狙い通りの、最も都合の良い戦法だった。

「殿下」

ジークハルトの呼びかけに、スレインは無言で頷いた。

「水魔法使いは前に出ろ！」

スレインの首肯を受けてジークハルトが指示を出し、今回の策の要となる水魔法使い五十人が陣形の最前列に並ぶ。

そして、策を実行するべき時を待つ。

今この瞬間も、敵の騎兵五百はこちらの陣形を一気に打ち破ろうと、少しずつ速度を上げながら迫ってくる。五百の馬が大地を蹴る音が、まるで地響きのようにこちらまで伝わってくる。

敵が丘の上から迫ってくるせいで、その様は全ての兵からよく見える。王国軍兵士をはじめとした正規軍人たちは身じろぎもせずに敵を見据えているが、元が素人の平民である徴募兵たちはさすがに怯《ひる》み、僅かに後ずさる。

「逃げるな！　勇気を振り絞れ！」

そんな徴募兵たちに向かって叫んだのは、騎士グレゴリーだった。中隊長として部隊指揮の能力がある彼は右翼側の騎兵部隊には加わらず、士官の一人として歩兵の指揮を務めている。

「ここは俺たちの生まれた国だ！　俺たちの国から、どうして俺たちが逃げる必要がある⁉　逃げ去るべきは敵の方だ！　そうだろう！」

騎乗して徴募兵たちの横を行き来しながら、グレゴリーは叫ぶ。普段の陽気な雰囲気は微塵《みじん》も感じさせず、手練《てだ》れの武人として覇気を纏っている。

覇気に満ちたその言葉が、徴募兵たちの士気を支える。他の場所でも、徴募兵の指揮を担う騎士たちがそれぞれ鼓舞の言葉を放っていた。

一方で陣形の最前列では、水魔法使い五十人と、その指揮を務める王国軍副将軍イェスタフ・ルーストレーム子爵が敵を見据えている。

「よし、用意！」

敵がある程度接近してきたのを確認し、イェスタフが片手を掲げて声を張る。それに従って、水魔法使いたちは利き手を前方に突き出し、魔力集中を始める。速い者では二秒未満、遅い者でも十秒はかからずに魔力を手の先に集中させる。

それでも、イェスタフはすぐには次の指示を出さない。敵の接近を待つ。

イェスタフは王家に仕える法衣貴族の中でも随一の武闘派として知られ、隣国との小競り合いや魔物討伐、盗賊討伐などで王国軍が出動する際には、その最先頭に立って戦ってきた。三十代半ばと武門の貴族家当主の中では最も若いが、自ら剣を振るって戦った回数はジークハルトやヴィクトルにも引けをとらない。

そのイェスタフは今、新たな主君であるスレインの策を実行するため、この危険な役割を務めている。自ら志願し、今までのように最先頭に立っている。

たとえ平民上がりの王太子だろうと、スレイン・ハーゼンヴェリアは努力を重ね、そして覚悟を見せた。勝算のある策も示した。なればこそ、彼は真の主君である。その命令に従い、その策に自らの命をかけ、どのような結果が訪れようと本望。そう考えながら。

五百もの騎兵が地を鳴らして迫ってくる光景。自分がしくじれば戦いに負け、国が滅びるという重圧。それらから来る恐ろしいほどの緊張にも心を圧《お》し潰されることなく、イェスタフは敵を睨《にら》み続け――そして、掲げていた手を下ろす。

「放てぇ！」

その瞬間。水魔法使いたちの突き出した手の先で、青い光が瞬いた。


敵陣の最前列に並んだ五十人が片手を突き出してきた時点で、モルガンは彼らが魔法使いであると気づいた。そして、不可解に思った。

魔法使いの中には確かに戦いで大きな力を発揮できる者もいるが、その数は非常に少ない。まずもって戦いに向いた魔法の才を持っていなければならず、さらにその上で魔力量や熟練度が卓越していなければならない。

人口から考えれば、戦いに向いている上に実力も高い魔法使いは、ハーゼンヴェリア王国全体を見てもせいぜい十数人。その全員がこの戦場にいるとも思えない。

また、そもそも魔法攻撃は動きの遅い歩兵の群れにはよく効くが、全身鎧を着て疾走する騎兵への効果は限定的。仮にあの五十人全員が手練れの魔法使いだったとしても、五百の騎兵は止められない。敵もそれは分かっているはず。

モルガンの率いる騎兵五百は、下り坂で勢いに乗っている。速度を上げながら、誰にも止められない突破力を、あらゆるものを打ち砕く破壊力を分厚く纏っている。この力を前に、敵は一体何をしようというのか。

そう思った次の瞬間、五十人の手の先が魔法発動の光を放った。青い光、すなわち水魔法だ。一斉に放たれた五十の水の塊。なかには腕が良いのか、続けてもう一、二発放った者もいる。しかし、そんな水の塊など、放物線を描くように放ってもせいぜい二十メートル程度しか飛ばない。突撃を続けるモルガンたちの遥《はる》か前で地面に落ちる。

そして、魔法を放ち終えた五十人の水魔法使いたちは一斉に逃げ去っていく。左右に分かれ、敵主力の歩兵たちの側面を通って後ろへ下がっていく。

何がしたかったのだ、とモルガンは訝《いぶか》しむ。戦いでは役に立たない水魔法を、届くはずもない距離から放ち、慌てて逃げ去る。意味不明だ。ただ二十メートルほど前の地面を濡らしただけ――

「っ⁉」

モルガンは敵の意図に気づいた。

騎兵五百による、丘を下っての突撃。この世に打ち破れないものはないと思わせるほどの破壊力を秘めた突撃。

それはもはや、誰にも止められない。誰にも――突撃するモルガンたち自身にも。

そんな突撃の進路上に、水魔法を放つ。五十人の魔法使いが放った水はそれなりの量になる。その水は地面を濡らし、染み込み、地面が吸いきれなかった分は地表に残り、その一帯はひどく滑りやすくなる。

一度水を撒《ま》いただけでは、地面が滑りやすくなるのは短時間だけだろう。しかし、一時の罠《わな》としてはそれで十分だ。

加えて、もし昨夜のうちにでも、敵が土魔法か何かで地面に細工していたとしたら。罠の効果はより高まる。見た目には分からないが、敵がそうしていてもおかしくない。自分ならそうする。

下り坂に突如として発生した、極端に滑りやすい一帯。そんなところへ騎馬の集団が全速力で突入したらどうなるかは明らかだ。

「くそっ！　まずい！」

モルガンは悪態を吐くが、今さらどうしようもない。

最前列を走る騎兵たちには、進路上で起こった変化が見えている。モルガンと同じく敵の狙いに気づいた者もいるだろう。しかし、もはや停止も進路変更もできない。ここまで速度が上がれば真っすぐ突き進むしかない。少しでも速度を落とせば後続の騎兵たちと衝突してしまう。

その後続の騎兵たちは、進路上の状況が変化したことに気づいてもいないだろう。顔の全面を覆う兜《かぶと》を身につけ、密集隊形をとれば、見えるのは仲間の背中だけだ。

目の前に罠があると分かっていて、しかしモルガンたちは全速力でそこを目がけて突き進む。最先頭を駆けるモルガンの愛馬が、濡れた地面に前足を踏み入れ――

次の瞬間、足を滑らせた馬は前のめりに転び、モルガンはまるで投石機で撃ち出されたように吹っ飛ぶ。凄まじい勢いで地面が眼前に迫ってきて、衝撃と共に意識を失った。

気絶していたのはおそらく数瞬。モルガンが地面の上で意識を取り戻すと、兜は外れて転がり、剣は折れ、鎧の至るところが破損していた。息を吸うと胸が痛み、全身は鈍く痺《しび》れていた。

そして後ろを向くと、そこには地獄絵図が広がっていた。

前列の騎兵たちは、モルガンと同じように足を滑らせた馬から投げ出されたのだろう。濡れた地面の上に倒れ伏し、まったく動かない者も多い。

そして後続の騎兵たちは、いきなり揃って転んだ目の前の味方に躓《つまず》き、あるいはやはり濡れた地面に馬の足を取られ、前のめりに飛ぶ。

騎兵たちが倒れ、積み重なったところに、さらに後続の騎兵たちが次々に激突する。騎兵たちは馬から投げ出されて地面に叩きつけられ、あるいは落馬したところを後続の仲間に踏み潰される。その連鎖は止まらない。速度が上がりすぎて誰も馬を止めることができない。

下り坂で勢いに乗った、五百もの騎兵の突撃。全てを破壊する力を持っていた、デュボワ伯爵家の誇る騎兵部隊は、その破壊力故に自壊していく。

「……くっ」

モルガンは立ち上がろうとして、激しい痛みに襲われる。痛みを感じた方を見ると、左足が折れて骨が飛び出していた。もはや動くこともできない。今この瞬間にも後方では騎兵と馬が次々に崩れて互いを潰し合い、その破壊の塊が斜面を滑りながらモルガンまで迫りくる。

モルガンは前方を、敵陣の最奥を見据える。

こんな歪《いびつ》で奇妙な策を、武人が考えたとは思えない。敵将である王太子の傍によほど悪知恵の働く者がいたか、あるいは王太子自身が悪知恵の持ち主か、そのどちらかだろう。

後者であれば驚くべきこと。前者だとしても、このような奇策を受け入れた王太子の度量と覚悟は驚嘆に値する。

武人としての力を見せることさえ叶わなかったが、敵将に恨みはない。戦場には正義も悪も存在せず、ただ勝利と敗北があるのみ。

自分はしくじり、敵将は一枚上手だった。それだけの話だ。

「……見事だ、ハーゼンヴェリア王」

笑みを浮かべて呟いた直後。絡み合いながら後ろから突っ込んできた数頭の馬に、モルガンは圧し潰された。

「大成功ですな。殿下のご想定通りです」

敵騎兵の先頭が濡れた地面に足を滑らせて倒れ、それに後続の騎兵が巻き込まれながら突撃陣形を崩壊させていく様を見て、ジークハルトが言った。

迫りくる敵騎兵が自滅によって無力化していく光景を前に、兵士たちからは興奮と喜びに満ちた声が上がる。

その歓声を聞きながら、スレインは無言で笑みを作ってジークハルトに頷いた。今はまだ、敵の騎兵部隊を無力化させた喜びよりも、思いつきによる奇策が上手く決まったことへの安堵の方が大きかった。

平民だった頃、母の仕事を手伝いながら読んだ歴史書。その中に、雨で地面が濡れていたために馬が泥濘《ぬかるみ》に足をとられ、丘を駆け下っての騎乗突撃に失敗した軍勢の記述があった。それを思い出し、人為的に再現できないかと考えた結果、スレインはこの策を導き出した。

母と暮らした少年期の、記憶の一欠片《かけら》が、今こうしてスレインたちを救った。

「殿下、次の段階に移りましょう」

「分かった。それじゃあ、弓兵と魔法使いは攻撃。その後、歩兵の前衛は前に」

スレインの命令をジークハルトが大声で復唱し、さらに士官たちが声を張って伝達する。その命令を受けて、ハーゼンヴェリア王国の軍勢が本格的に攻勢を開始する。

まず攻撃を放ったのは、総勢およそ百人ほどの弓兵と魔法使い。ぶつかり合い、絡まり合って潰れた敵の騎兵部隊に向けて、矢や魔法攻撃を放つ。

百近い矢と、数発の火の玉が放物線を描きながら飛び、それを風魔法による追い風が後押しする。未だ混乱の只中にある敵の騎兵たちは、降り注ぐ攻撃に無防備に晒《さら》される。

一方的な攻撃がさらに二度行われた後に、主力である歩兵のうち前側にいるおよそ三分の一が、自ら先頭に立つイェスタフの指揮のもとで前進する。

彼らは歩兵の中でも、王国軍兵士、貴族領軍兵士、傭兵、さらには王国軍や貴族領軍にいた経験のある徴募兵など、戦い慣れた者たち。肝の据わった前衛は恐れることなく前進し、敵騎兵に襲いかかった。

まだ生きている敵騎兵も多いが、そのほとんどは怪我を負っている。骨折や気絶で動けない者の方が、立って動ける者より多い。組織立った抵抗も叶わず、一人ずつ、あるいは数人ずつこちらの歩兵に囲まれる。

なかには殺されるまで抵抗する者もいるが、多くは勝ち目がないと見て降伏する。あるいは抵抗を試みるも、多勢に無勢で殴り倒されて武器を奪われ、取り押さえられる。

陣形の最後方にいて、運良く落馬せずに済んでいた少数の敵騎兵も、歩兵に肉薄されて大した抵抗もできず、一人また一人と馬から引きずり降ろされていく。

こうして捕らえられた敵騎兵は貴重な戦利品となる。騎士の身代金は高い。突撃した前衛の歩兵たちはそれをわきまえているからこそ、なるべく加減して攻撃し、敵騎兵を生け捕っていく。

この一方的な捕獲劇の中で、しかし敵にも根性のある者がいた。突撃陣形の最後方で無事だった敵騎兵のうち十数騎が、こちらの歩兵の包囲を強行突破して飛び出してきた。

十数騎はそのまま、こちらの陣形の左翼側に回ってスレインたちのいる本陣に迫ろうとする。

陣形の左翼側にいた弓兵や魔法使いが攻撃を仕掛けるが、とても全騎撃破とはいかない。敵騎兵は数を減らしながらも、九騎がスレインたちの側面に到達する。

「近衛兵団！　王太子殿下をお守りしろ！」

「「「はっ！」」」

ヴィクトルが鋭く声を張り、それに近衛兵たちが応える。

四十人の近衛兵のうち、十人が敵騎兵に向けてクロスボウを構えた。

クロスボウは高価で、作りが複雑なために維持管理の手間が多く、弓よりも有効射程が短く、おまけに連射性能が極めて低い。しかし、人力では引けないほど硬い弦から高初速で放たれる金属製の矢は、金属鎧を着た騎士でさえも仕留める威力を持つ。

「クロスボウ隊、各自の判断で撃て！」

ヴィクトルの指示を受けて、クロスボウを構える近衛兵たちはそれぞれが狙いを定めたタイミングで引き金を引く。

さすがに高速で動く目標に全弾命中とはいかず、命中角度が悪かったために鎧に弾《はじ》かれた矢もあったが、それでも敵騎兵は四騎まで減った。

モニカとジークハルトがスレインを庇《かば》うように馬を移動させ、近衛兵たちも敵の接近に備えて陣形を調整する。

「騎兵部隊、迎撃するぞ！」

迫ってくる四騎に、近衛兵のうちヴィクトルを含む騎兵十騎が向かう。

先頭を駆けるヴィクトルは、敵の一騎に接近し——構えていた剣を投げつけた。

武器を投げるという予想外の行動を受けて、敵騎兵は咄嗟《とっさ》に顔の前に自身の剣を構え、投げつけられた剣を弾く。

しかし、そうして視界を塞《ふさ》いだ数秒が致命的な隙となった。ヴィクトルに続いて敵騎兵に迫った近衛兵が、全身鎧の弱点である脇の下に剣を突き刺す。

敵騎兵は血を噴き出しながら崩れ落ちる。残る三騎にも近衛兵が多対一で対応し、巧みな連携で瞬く間に仕留め、あるいは捕らえていく。

十秒ほどで、迫ってきた敵騎兵は全員が戦闘不能となった。

「片づきましたな」

「……さすがは精鋭の近衛兵団だね」

それを確認したスレインたちは前を向いた。先ほどのような抵抗を見せる敵騎兵は、もはやいなかった。

残るは五千弱の敵歩兵。途中までは騎兵五百の後ろに続いて前進していた歩兵たちは、しかし目の前で騎兵が全滅していく様を見て、その足を止めていた。

事前の偵察からも分かっていたが、敵歩兵のほとんどは農民などから徴集された兵士。おそらくはできるだけ早く数を揃えるために質は考えられておらず、なかには農具を武器として握っている者もいる始末。

そんな徴集兵でも、騎兵の突撃が成功した後であれば、圧倒的に有利な状況で勢いに任せて果敢に戦う戦力となっただろう。しかし今の状況は違う。

ハーゼンヴェリア王国の軍勢を打ち破るはずだった騎兵五百は全滅した。大将であるデュボワ伯爵は、斜面を滑り落ちる馬と騎士の塊に巻き込まれて姿を消した。

そうなると、徴集兵たちは当然混乱する。本陣のスレインたちから見ても、徴集兵たちは明らかに動揺していた。聞いていた話と違う、と誰もが思っていることだろう。

五千弱もの数がいればさすがに全員が徴集兵ではなく、小部隊ごとの指揮をとる正規軍人もいるはずだが、どうやらその正規軍人たちも予想外の展開を前に狼狽《うろた》えているようだった。

「敵歩兵はもはや烏合の衆です。殿下、今こそ好機かと」

「分かった。騎兵部隊は突撃を」

スレインの指示をまたジークハルトが大声で復唱し、それが陣形右翼側の騎兵部隊まで伝達される。およそ百十の騎兵が、前進を開始する。

この騎兵部隊の指揮は、援軍の将であるオスヴァルド・イグナトフ国王に任せてある。彼が優れた騎士であるという理由の他に、立場上はスレインよりも目上である彼に、客将としてそれなりの権限を預け、面子を保ってもらう意味もある。

「ようやく出番だ！　者共、我に続け！」

そう叫んだオスヴァルドは大柄な愛馬を駆り、その後ろにイグナトフ王国軍とハーゼンヴェリア王国軍、そして各貴族領の騎士が続く。

その前進に合わせて、筆頭王宮魔導士のブランカはツノヒグマのアックスを送り出す。

「いいか、馬たちについていって狩りをするんだ。馬に乗ってない奴が敵だから、好きなだけ襲っていい。あたしが笛を鳴らしたら狩りを止《や》めて、それ以上は誰も襲わずにすぐ戻って来るんだよ。ほら、行きな！」

ブランカが横腹を叩くと、アックスは弾かれたように駆け出す。騎兵たちと並走しながら、敵歩兵に迫っていく。

百十の騎兵と一頭のツノヒグマの突撃。その先頭で、オスヴァルドは空に手を掲げた。

「神よ！　我に力を！」

オスヴァルドは一国の王であり、勇ましい騎士であり、優れた風魔法の使い手でもある。

馬を操りながら魔力集中を行うという極めて難しい技を、これまでの努力に裏打ちされた技量をもって難なく成し遂げる。オスヴァルドの手の先が緑の光を放ち、風が生まれる。

突撃するオスヴァルドたちの後ろから、強い追い風が吹く。上り坂という地形の不利をこの追い風がある程度解消し、百十騎と一匹は十分な速度をもって敵に向かう。

一方で、それを迎え撃つべき侵攻軍の歩兵たちはますます混乱を極める。

「おい、まずい、敵の騎兵が来ちまう！」

「どうすりゃいいんだ！　騎兵と真正面から戦わされるなんて聞いてないぞ！」

「いかん！　列を作れ！　武器を構えて敵の突撃を防ぐんだ！」

「馬鹿言え！　あんな大勢の騎兵、こんな武器で止められるわけがねえ！」

「そうだ、無理だ！　逃げよう！」

歩兵の大半は徴集兵。ただ突撃して得物を振り回すだけならともかく、陣形を組んで騎乗突撃を受け止めるなどという器用な真似はできない。そんな運用が想定された部隊ではない。

連携も、互いの信頼も何もなく、それ以前にもはや士気を保つことができていない。

僅かに残っている指揮役の騎兵や、二百人いる正規軍歩兵がなんとか迎撃態勢を整えさせようと命令を飛ばすが、徴集兵は誰も従おうとしない。自分が生き残ることだけを考え、端の方にいる者たちは勝手に逃げ出し始める。

五千近い徴集兵が今日まで秩序を保っていたのは、強き将たるモルガンがいて、確実な勝利とその先の輝かしい未来を語っていたからこそ。状況が大きく変わった今、徴集兵たちはただ数が多いだけの烏合の衆と化している。

「逃げろ！　早く逃げろ！」

「馬鹿、こっちじゃない！　あっちに逃げるんだよ！」

「うわっ！　こんなところで武器を下に降ろすな！　刺さるだろ！」

「戦え！　お前たち戦うんだ！　数ではまだこちらが……」

「うるせえ！　だったらお前が勝手に戦えよ！」

「止めろ！　押すな！　息ができない！」

無力な歩兵たちに、百十の騎兵と一頭のツノヒグマが突き進む。

敵歩兵部隊の中には少数ながら弓兵や魔法使いも配置されていたようで、散発的に矢と炎が飛んでくる。

しかし、密集した歩兵ならともかく、突撃する重武装の騎兵に矢や炎が当たってもそうそう撃破には至らない。おまけにオスヴァルドのくり出す追い風は、敵から見れば向かい風。敵の攻撃の威力は大きく下がる。

数人が軽傷を負ったのみで、騎兵部隊は一騎も欠けることなくそのまま突撃する。

馬の体重は四百から五百キログラム。完全武装の騎兵が乗ればさらに百キログラムほど重量が増す。それが百十騎、密集して迫ってくる。建物が突っ込んでくるようなものだ。素人同然の徴集兵たちには為《な》す術《すべ》もない。

また、ツノヒグマは普通なら見かけただけで死を覚悟するほどの魔物。それが突っ込んでくる様も、徴集兵たちの恐怖をさらに煽《あお》る。

「死んじまう！　早く逃げろ！」

「おい！　どけ！　どけよ！　逃げ道を開けろよっ！」

「くそ！　陣形を！　並んで槍衾《やりぶすま》を……」

「うわあああっ！　来るなあっ！　来——」

恐慌状態に陥って泣き叫ぶ徴集兵と、なんとか態勢を立て直そうと声を張るも依然無力な正規軍歩兵の群れに、オスヴァルドを先頭にした騎兵部隊が突入する。

数が五千近くいようと関係ない。騎乗突撃の前に、鎧すら満足に装備していない人間の身体はあまりにも脆《もろ》く、まるでナイフでバターを切るように歩兵の群れが裂かれていく。

圧倒的な重量を誇る馬の一蹴りが人間の頭を陶器のように容易《たやす》く割り、馬上から振るわれた剣や槍の一撃が人間の身体を斬り裂く。

そこから少し離れたところでは、アックスが猛威を振るっていた。ツノヒグマの巨体からくり出される破壊力は尋常でなく、前足の一振りで人間の半身が千切り取られて血と臓腑《ぞうふ》が宙を舞い、顎の一嚙みで人間の頭は熟れた果実のように潰れる。

なかには反撃を試みる者もいるが、ツノヒグマの硬く分厚い毛皮に生半可な刃物は通らない。農具や剣の一振りはアックスにダメージを与えることなく弾かれ、中途半端な体勢からくり出される槍の突きも、せいぜい毛皮と脂肪の表面に傷をつける程度に終わる。

ツノヒグマに人間がまともに対処するには、数十人が間合いの長い武器を構えて囲み、適切な角度で一気に突き込む必要がある。それを知っている正規軍歩兵たちは周囲の徴集兵に隊列を組ませようとするが、徴集兵たちは誰も話を聞いていない。我先に逃げようとする徴集兵たちがごった返す中で、他の正規軍歩兵と合流することさえ叶わない。

結果、練度の高い正規軍歩兵たちも単独では何の力も発揮できず、身動きもろくにとれない中でアックスに瞬殺される。

騎兵部隊やアックスの攻撃に晒されていない徴集兵たちも、混乱を極めていることは変わらない。陣形の中央にいる者からは周囲の状況などろくに見えず、自分たちが攻撃に晒されていることには気づいていても、敵がどこから攻撃してきているのかは分からない。

敵は右から来ている。いや左から、いや正面から来ている。いや後ろを突かれている。周囲の者が叫ぶ声に惑わされ、それぞれがてんでばらばらの方向に逃げようとする。

混乱の最中で転んで踏み殺されたり、誰かが不用意に降ろした武器で誤って刺し殺されたり、大勢に押されて圧死したりと、戦闘以外の原因で死ぬ者も続出する。徴集兵の混乱に巻き込まれた正規軍歩兵は、もはや態勢立て直しの指示を叫ぶことも叶わず、やはり死んでいく。

徴集兵も正規軍歩兵も、全員が烏合の衆と化した中で、指揮役に残っていた僅かな騎兵たちは果敢にも単騎で騎兵部隊に挑み、あっけなく撃破される。あるいは、どう見ても立て直しが利かないと察し、混乱する歩兵たちに先んじて東の国境へと逃走する。

誰も指揮をとらない中、騎兵部隊とツノヒグマ、そして混乱と恐怖に襲われて、五千弱の敵歩兵は完全崩壊した。

櫛《くし》の歯が欠けたように端の方から逃げ出していた敵歩兵たちは、仲間同士で潰し合う中央の混乱がようやくほどけ、その全体が壊走を始める。

「……勝ちましたな。殿下、とどめと行きましょう」

「そうだね。残る歩兵も前進。追撃を始めよう」

スレインの最後の指示をジークハルトがやはり復唱し、それを士官たちがまた伝達。後衛の指揮をとるリヒャルト・クロンヘイム伯爵に統率されて、待機していた残りの歩兵が前進する。

その一方で、ブランカがアックスを呼び戻すための笛を鳴らす音が聞こえた。魔物であるアックスは戦場の只中で歩兵の敵味方を判別できないので、この段階に入ると戦力にはならない。

追撃に出た歩兵は左右に分かれ、未だ敵騎兵の捕獲劇がくり広げられている正面を避けて、壊走する敵歩兵の群れを追う。

徴集兵や徴募兵は、劣勢になると途端に士気を失って弱兵と化すが、勝っているときは強い。勝利を目前にしたハーゼンヴェリア王国側の素人兵士たちは、天を突き破らんばかりの士気の高さで突き進む。鬨《とき》の声を上げながら丘を駆け上がり、壊走する敵歩兵の最後尾に襲いかかる。

その後は戦いとも呼べない、ほとんど一方的な追撃戦がくり広げられた。真後ろからは歩兵に、側面からは騎兵に攻撃されながら、敵歩兵は這《ほ》う這《ほ》うの体でエルデシオ山脈の方、ガレド大帝国へと逃げ去っていった。

王国暦七十七年。九月三十日。正午前。ハーゼンヴェリア王国の軍勢は、ガレド大帝国の侵攻軍に勝利した。

＊＊＊

三倍を超える侵略者の軍勢に見事大勝した、その日の午後。ハーゼンヴェリア王国の軍勢は、戦いの後処理に追われていた。

作業の大半を占めるのは、およそ千人に及ぶ敵歩兵の死体の片づけ。そして、死者とほぼ同数に及ぶ敵の捕虜の管理。

季節は秋とはいえ、大量の死体を放置することはできない。徴募兵のみならず、クロンヘイム伯爵領の領都トーリエの住民たちも動員して大きな穴が掘られ、そこで火が熾《おこ》され、死体が投げ込まれていく。死者の魂がこの世に取り残されて呪いを生むことがないよう、常に数人の聖職者が付いて祈りを捧《ささ》げる。

負傷している捕虜のうち助かる見込みのない者には、長く苦しまずに済むよう、情けの一撃が加えられる。それ以外の者には簡単な手当てが施され、逃走防止のために数人ずつ足を縄で結ばれていく。帝国が金を払って引き取らなければ、彼らの運命は奴隷化。ハーゼンヴェリア王国には奴隷制度がないため、制度のある他国に売り払われる。

そうした扱いを受けるのは、徴集兵から正規軍歩兵まで。騎士以上の身分の者は雑兵とは分けられ、一人ずつ名前を控えられた上で個別に管理される。負傷者はできる限りの治療を施され、手足は拘束されるものの、寒さをしのげる天幕や汚れていない毛布などを用意される。

ほとんどの場合、騎士や貴族はその家族から多額の身代金が支払われ、敵国に返還される。彼らは言わば歩く戦利品。できるだけ生きていてもらわなければ困る存在だ。

将軍ジークハルトと外務長官エレーナの指揮のもと、捕虜にした騎士と貴族の管理が一段落した後。初めての戦場に気疲れして天幕で休んでいたスレインは、二人から現状の報告を受ける。

「捕らえた敵騎兵は全員が騎士身分で、なかには貴族家の人間もいるようです。投降者と負傷者を合わせた総数が三百二十八人。そのうち領主貴族や傭兵が捕縛した者を除いた、王家の取り分が二百八十一人でした……相当な額の身代金が期待できますね」

「相場だと一人頭が最低でも五万スローナ、爵位持ちなら二十万スローナは下らないとして……合計で二千万スローナは超えるかな。あはは、もの凄い大金だね」

捕虜の返還交渉の準備を担当するエレーナの言葉に、スレインは思わず苦笑する。

敵の生き残りが国境まで逃げ帰ってから間もなく、交渉のための使者が単騎でやって来た。使者はガレド大帝国ではなくデュボワ伯爵家の代表としてやって来たようで、伯爵領軍の抱える騎士や、伯爵家に従属してこの戦いに参加した下級貴族などの返還を望む旨を伝えてきた。

使者は捕虜の返還と引き換えに常識的な額の身代金を支払うと明言し、伯爵家の親戚など一刻も早く帰らせたい何人かの重要人物を即時引き取るために、ある程度の現金まで用意していた。

戦争は勝てば儲《もう》かる。とはいえ、一度の戦いで数百人もの騎士と貴族を生け捕りにするというのは、大陸の歴史を見てもなかなか例のない大戦果だ。

「それに加えて、捕虜から奪った武器や鎧などの売却金も入りますからね。ベンヤミン商会長から後ほど見積もりの報告があると思いますが、そちらも最低でも一千万スローナは期待できるかと思います」

「そうか、戦利品だけでもそんなに……大きな被害を受けたクロンヘイム伯爵家に十分な支援をした上で、国境の防衛力を強化する資金まで用立てられそうだね。よかった」

微笑を浮かべながらエレーナが語るのを聞いて、スレインは安堵する。

合計で三千万スローナを超える資金があれば、前当主を失った上に領内を手ひどく荒らされたクロンヘイム伯爵家への見舞い金、復興支援のための資材や人手の手配、国境に一定の兵力を常駐させるための費用を差し引いてもお釣りがくる。

「それと、もう一つご報告が。デュボワ伯爵家の使者に確認したところ、侵攻軍が拉致したクロンヘイム伯爵領民は、およそ三百人いるとのことです。リヒャルト・クロンヘイム伯爵に領内の状況を確認してもらえば後々真偽は分かりますが、おそらく使者も嘘《うそ》はついていないでしょう……こちらが捕虜にした騎士一人につき、三十人の割合で交換したいとのことでした」

領都トーリエ以東にいて、西への避難や領都への退避が間に合わなかったクロンヘイム伯爵領民の中には、奴隷化するためにガレド大帝国へと連れ去られた者もいる。小国であるハーゼンヴェリア王国にとって、三百人の民は絶対に見捨てられない存在だった。

「騎士一人と領民三十人……妥当な割合なのかな？」

「領民には労働力として価値の低い子供や老人も含まれますので、むしろこちらにとって割の良い条件かと思います」

「……分かった。それならこっちも文句はない。領民との交換には、王家で獲得した捕虜を差し出そう」

「よろしいのですか？　クロンヘイム伯爵領の領民なので、クロンヘイム伯爵家に対価を出させるのが一般的な対応となりますが」

少し驚いた様子のエレーナに、スレインは頷く。

「今回、クロンヘイム伯爵家には多大な苦労をさせたからね。騎士の捕虜十人程度と引き換えに王家の慈悲深さや器量の大きさを見せられるのなら、安いものだよ」

「なるほど、かしこまりました。では、クロンヘイム卿にそう伝えておきましょう」

スレインの意図を聞いたエレーナは、微笑に戻って答えた。

そこで、ジークハルトが報告役を代わる。

「私からはまず、敵将デュボワ伯爵の遺体についてです。敵の馬と騎兵が重なり合った死体の山の中から、遺体は無事に発見いたしました。原型は留めていませんでしたが、伯爵の側近だったという捕虜に確認させたところ、鎧は伯爵のもので間違いないとのこと。伯爵の遺体は個別で火葬し、遺灰を骨壺《こつつぼ》に収めました」

「そうか、分かった。遺灰は捕虜返還に合わせてデュボワ伯爵家に返せばいいのかな？」

「はっ。それが一般的な対応となります」

生きている捕虜の返還は身代金との引き換えとなるが、遺体や遺灰は戦後処理が終わった後、無償で返還するのが常識。刃を交えた者同士の礼儀とされている。

今回はスレインもその礼儀に倣う。そうしなければ逆の立場になったときにどんな扱いをされるか分からない上に、敵将の遺灰を粗雑に扱った蛮人だという噂《うわさ》が広まれば、周辺諸国との今後の外交にも支障が出る。

おまけに敵将デュボワ伯爵は、自軍に突撃を仕掛けて玉砕したエーベルハルトたちの遺体を、攻城戦の開始前に領都トーリエに返還している。その後はクロンヘイム伯爵家が当主を火葬する時間をとれるようにと、三時間ほど攻勢開始を待ったという。

戦争の最中としては律義すぎるほどの振る舞いで、礼を示されたことは事実。デュボワ伯爵の遺灰を丁重に返すのは、王国貴族の遺体を丁重に扱ってもらった借りを返すことにも繋がる。

「それじゃあ、それで手配を頼むよ」

「かしこまりました」

「敵側の使者にもそのように伝えておきます」

スレインの判断に、ジークハルトとエレーナはそれぞれ答えた。

「そしてもう一点、我が軍の損害についてもご報告を……まず、友軍であるイグナトフ王国軍はほぼ無傷です。軽傷者が数人のみ。さすがは軍事強国の精鋭と言うべきでしょう。次に、ハーゼンヴェリア王国の兵ですが、重傷を負った者はおよそ四十人。そして死者は二十一人でした」

「……死者、二十一人」

呆《ほう》けた表情でくり返したスレインに、ジークハルトは頷く。

「はっ。王国軍兵士が八人、各貴族領からの兵士が六人、傭兵が一人、徴募兵が六人です。敵が強大であったことを考えると、驚くほどに小さな損害で済んだと言えるでしょう」

損害。死者二十一人。全軍のおよそ八十分の一。こちらの三倍の敵と戦ったことを考えれば、確かに驚くほどに小さな損害だ。

しかし、損害は出た。当たり前だ。敵味方合わせて七千に迫る人間が激突した戦争だ。いくら完璧に近い勝利を掴んだとはいえ、こちらの死者が皆無なわけがない。

それは理解していた。理解できていないはずがなかった。それでもこうして聞かされると、衝撃を受けずにはいられなかった。

今になって考えれば、戦いが終わってからのこの数時間、そのことに思い至らなかったのが異常だ。もしかしたら、無意識のうちに考えることを拒否していたのかもしれない。

「こちらの死者は、身元を確認するために敵兵の死体とは別で安置してあります。後ほど個別に火葬し、遺灰はそれぞれの縁者に渡す予定です……遺体をご覧になりますか？」

スレインの内心の動揺を察したらしいジークハルトは、表情を変えずにそう言った。


大きな天幕の中に、戦死者たちの遺体は丁寧に並べられ、アルトゥール司教によって祈りが捧げられていた。

通常、大規模な戦争では、味方の死者であろうとまとめて火葬される。これほど細やかな扱いがなされているのは、こちらの損害が極めて少なかったからこそ。ジークハルトからそのように説明を受けながら、スレインは死者たちと対面する。

天幕に入った瞬間、むせ返るほど濃い血の臭いが、死の臭いが、スレインを包む。

並んだ遺体はどれも酷《ひど》く傷ついていた。戦って死んだのだから当然だ。

ここに来るまでにも、同じくらいに傷ついた敵歩兵の死体や、それ以上に酷く損壊した敵騎兵の死体が運ばれていく様を見た。

しかし、それらの死体と、ここに並ぶ遺体には、決定的な違いがある。ここに並ぶ彼らはスレインが指揮した。彼らはスレインの命令に従って戦った。そして死んだ。

スレインは死者たち一人ひとりの顔を見る。

その中に、よく憶えている顔があった。

「……グレゴリー」

陽気な中隊長は、スレインの命令に従って戦った忠実な騎士は、死んでいた。顔の右半分が叩き割られ、潰れていた。

「近くで見ていた兵士の話によると、追撃の際、まだ若い徴募兵が敵兵の反撃を受けて斬られそうになったのを庇い、刃を食らったそうです。騎士らしい立派な最期だったと言えるでしょう」

「……」

スレインはジークハルトに答えず、呆然《ぼうぜん》とした表情でグレゴリーを見下ろす。

立派な最期。誇り高き犠牲。国を守って散った英雄。どう言葉を飾っても、その裏には凄惨な死がある。皮膚が破れ、血まみれになり、肉をむき出しにして物言わぬ死体となるのだ。

勝利へと繋がる玉砕を果たしたエーベルハルト・クロンヘイム伯爵もそうだ。スレインが「忠節と献身を忘れない」などと尤《もっと》もらしい言葉で称えた彼も、血を流し、痛みを感じ、もしかしたら断末魔の叫びさえ上げながら死んだのだ。そんな残酷な瞬間が確かにあったのだ。

その事実を、見知った者の遺体を前にしてようやく、本当の意味で心の底から思い知った。

「殿下。臣としての分を越えた振る舞いとなるかもしれませんが、進言のお許しを」

「……いいよ。聞かせて」

ジークハルトの申し出に、スレインは呆然としたまま答えた。

「では、畏れながら申し上げます……スレイン・ハーゼンヴェリア王太子殿下。臣下や兵や民を慈しみ、深く愛そうとなさる殿下のご意向は、為政者のひとつの在り方として、素晴らしいものかと存じます。ですが殿下。臣下とは、兵とは、民とは、死んでいくものです」

グレゴリーを見下ろしながら、スレインはジークハルトの言葉を受け止める。

「戦いで、災害で、病で、人間は死んでいきます。その事実を踏まえた上で、できる限り多くの者に幸福を与え、国全体に安寧や発展をもたらすのが為政者の役目ではないかと、私個人は考えます。我が主君であり友であったフレードリク殿も、そのように考えていたことでしょう……殿下におかれましても、そのようにお考えになった上で国をお治めすることが、最も悔いの小さい道ではないかと、一臣下として愚考します」

ジークハルトの進言には、否定しようのない正論と、スレインの内心を察して言葉を選ぶ気遣いが両立されていた。

最も悔いの小さい道。彼の言う通り、それを探し選ぶのが最善だ。為政者には、悔いのまったくない道などおそらく存在しない。

「君の言う通りだ、ジークハルト。分かってる……理解はしてる。だけど、今は少しだけ時間がほしい」

「もちろんです、殿下。戦後処理は私とエステルグレーン卿が中心となって進めておきますので、今はどうか御心を休める時間をお取りください」

「……ありがとう」


モニカを伴って自分の天幕に戻ったスレインは、天幕の入り口をモニカが閉めた瞬間に、その場に膝をついた。

分かっている。理解はしている。それでも、死んだ彼らの顔が、グレゴリーの半分潰れた顔が脳裏から離れない。

「……っ！」

気を緩めた瞬間にこみ上げてきた動揺によって、血の気が引き、身体が震え、息が荒くなる。

どれほど優れた王でも、庇護下《ひごか》にいる全ての者を救うことなどできない。そんな選択肢は最初からなかった。限られた選択肢の中から、最善と考えたものを選ぶことしかできなかった。

だから自分は、ガレド大帝国の侵攻軍と戦う道を選んだ。その結果、死者が出た。彼らはスレインの選択によって死んだ。予想していなかったはずがない。自分は犠牲が出ることを理解した上でこの道を選んだのだ。

理解していた結果を前に、今更になって衝撃を受けてどうする。動揺してどうする。勝利の高揚感に包まれて、出ると分かっていた犠牲の存在を無意識に頭から追い出していたなどと、そんな甘ったれた言い訳は、たとえ内心だけであってもしてはならない。

どうあがいても犠牲が出ると分かった上で選択をするのが王だ。自分はこれからも幾度となく選択をするのだ。その先に犠牲が生まれると分かった上で選択をするのだ。

これも王になるために乗り越えるべき壁だ。

受け入れろ。受け入れろ。受け入れろ。

必死に呼吸を整えようと、震えを抑えようとしながら、スレインは自分に言い聞かせる。

爪が食い込んで血が滲むほど強く握りしめたスレインのその手を――そっと、優しく包んだのはモニカの手だった。

「……殿下」

囁《ささや》くように呼びかけられたスレインが振り返ると、モニカに抱き締められる。

「私は殿下をずっとお傍で見てきました。殿下がこの国のために、この国に生きる者のために懸命に努力を重ねて、悩みながら歩んでこられたことを、私は誰よりも知っているつもりです……これからも、殿下の歩みを誰よりも近くで見ていくつもりです。誰よりもお傍で殿下をお支えしたいと思っています……なのでどうか、」

モニカは声を震わせながら、より一層強くスレインを抱き締める。

「どうか、殿下の苦しみを一緒に抱えさせてください。私などでは大した支えにはなれないかもしれません。ですが、どうか、殿下の苦しみの僅かな一片だけでも一緒に背負わせてください。少しでも殿下のお気持ちを楽にできるのであれば、私は何でもいたします……それが私の、この世で唯一の望みです」

そう言って、モニカはスレインと目を合わせる。

吐息が届くほど近い距離でスレインが見たモニカの目は潤み、その顔には憐憫《れんびん》と情愛と決意が混ざり合ったような、複雑で熱い感情が浮かんでいた。

縋りたい。一人で抱えるにはあまりにも重い。目の前の彼女に縋りたい。彼女になら安心して縋れる。自分が王太子になった日から今日まで、最も近くで常に支えてくれた、その献身をもって絶対の忠誠を示してくれた彼女になら。

「……モニカ」

そう思いながらスレインが彼女の名を呼ぶ声は、ひどく弱々しく、幼いものになった。

「あぁ、殿下……」

モニカは感極まった声でスレインを呼び、片手をスレインの頬に添え、もう片方の手では尚も強くスレインを抱く。

顔を寄せてきたモニカと、スレインは口づけを交わした。

＊＊＊

戦場の死体の片づけや敵味方の負傷者の収容。徴集兵から貴族まで、身分や立場ごとに分類した捕虜の管理。その捕虜の扱いに関する敵側の使者との交渉。そして、未だ正式な停戦には至ってい

ない帝国との国境の防衛強化。

それら戦後処理が一段落するまでには、さらに数日を要した。

捕虜の扱いについては、敵側の使者の返答が迅速かつ簡潔だったため、想定よりも時間がかからずに決まった。

まず、最終的に八百十七人に及んだ徴集兵の捕虜たち。デュボワ伯爵家の使者に数日遅れてやって来たフロレンツ・マイヒェルベック・ガレド第三皇子の使者は、この捕虜たちの無償返還という、あり得ない要求を突きつけてきた。

当然、ハーゼンヴェリア王家はこれを拒否。捕虜返還の交渉は決裂し、徴集兵の捕虜たちは憐《あわ》れにも異国で奴隷に落とされることが決まった。

一方でデュボワ伯爵家の使者は、貴族や騎士の捕虜は全員がデュボワ伯爵領にとって大切な人間であるため、全員分の常識的な額の身代金を支払うと書面で確約をくれた。領軍の正規歩兵についても、身内から身代金の支払いが約束された者については引き取る旨を伝えてきた。

当主が死んで伯爵家の混乱が予想される現在、その親戚や重臣にあたる要人はとにかく一日でも早く帰らせたいらしく、そうした捕虜についてはハーゼンヴェリア王家の割高な言い値を即時支払って、そのまま引き取っていった。

この伯爵家の使者や、捕虜とした伯爵領軍の要人の話から、帝国による今回の侵攻の事情もある程度見えてきた。

侵攻の首謀者は、宣戦布告書の名義人であったフロレンツ。彼の野心と承認欲求を満たすための侵攻に、彼を甘やかしている皇帝が許可を出し、戦好きのデュボワ伯爵——当代当主モルガンが領軍を率いて侵攻の実務指揮を担った。

しかし、そのモルガンは戦死し、伯爵領軍は基幹戦力である騎兵部隊から二百人近くの死者と、その同数以上の負傷者を出した。領軍歩兵も数十人が死亡あるいは負傷した。

伯爵領軍の残る戦力は、広大な領内の治安維持と、帝国貴族の義務である東方や北方への出兵に充てなければならない。おまけに次の当主であるモルガンの嫡子は、父親のような戦好きではない。伯爵家はフロレンツとの関係を一旦清算し、この戦争からは手を引くという。

そのフロレンツは、もともと帝国の宮廷社会での力が強くない。派閥と呼べるほどの派閥も持っておらず、モルガン以外には大侵攻の指揮官にできるような手駒もいない。皇族の中では負け組である皇子の、出だしから躓いた侵略戦争に、今から乗ろうとする帝国貴族はいない。

また、フロレンツはおそらく自由に使える歳費も少ないようで、だからこそ千人近い徴集兵の捕虜返還も求めてこなかった。フロレンツが再び平民から兵を徴集しようとしても、彼にはそれを指揮運用する手段もなければ、維持する資金もない。

現在フロレンツが動かせるのは、千人程度の常備軍一個軍団のみ。これはあくまでも、フロレンツが今の立場を得るとともに皇帝から預かった、帝国西端の皇帝直轄領の治安維持要員だ。そのまま丸ごと戦争に使えるわけではない。

皇帝が大規模な援助をフロレンツに行う可能性も、限りなく低いだろうと帝国人たちは語った。いかに強大な帝国と言えど、国を挙げて東と北と西の三正面作戦を行うほどの余裕はない。皇帝がフロレンツを放任することはあっても、助力することはさすがに考え難いと。

これらの事情から、少なくとも当面は、帝国の大規模な再侵攻を心配する必要はなくなった。

ハーゼンヴェリア王国の防衛計画としては、これまで緩衝地帯としていた地域をひとまず王家直轄で管理することとし、エルデシオ山脈の切れ目となっている谷の西端、ロイシュナー街道のこちら側の入り口に防衛線を築くこととなる。

王国軍を百、クロンヘイム伯爵領をはじめとした東部の各貴族領の領軍兵士を合計で百、王領と東部の各貴族領からかき集めた徴集兵を合計で三百。とりあえずはこの五百の兵力を張り付けて国境を睨み、野戦陣地を築く。

隘路《あいろ》であるロイシュナー街道の入り口に防衛線を敷けば、帝国は大軍を展開して攻めることができないので、数の不利を補える。もしもこちらの予想が外れてフロレンツが近いうちに再侵攻を試みても、相手がよほどの大軍でなければ、かなりの長期間にわたって守り抜ける。

「ひとまずの防衛指揮官は、このイェスタフに任せようと考えております。彼であれば何も問題はないでしょう」

将軍であるジークハルトは、スレインへの報告の場でそう語った。

「分かった、ジークハルトが言うならそうしよう。イェスタフ、この国の守りは君にかかっている。頼りにしているよ」

「はっ！　お任せください、王太子殿下」

鋭い敬礼を見せたイェスタフ・ルーストレーム子爵は、今回の戦争で、要となる水魔法使いたちの指揮という大役を見事務めた。その後も前衛の指揮官として先頭に立ち、果敢に戦った。

平時はジークハルトの陰に隠れてあまり目立たなかったが、能力も度胸も兼ね備えた優秀な軍人であることは疑いようもない。

「それともう一点、ご報告がございます。オスヴァルド・イグナトフ国王陛下が、国境防衛について殿下に提案したいことがあると仰《おっしゃ》っておられました」

「提案？　一体どんな……せっかくだから、今この場にイグナトフ陛下をお呼びして聞こうか」

スレインは天幕内に控えていた近衛兵に命じて、オスヴァルドを呼びに行かせる。

間もなくやって来たオスヴァルドは、無表情のままスレインを見据えた。

「スレイン・ハーゼンヴェリア王太子。フォーゲル卿には先に伝えたが、我がイグナトフ王国より貴国に一つ提案がある」

オスヴァルドの提案。それは、イグナトフ王国の兵を友軍としてハーゼンヴェリア王国の防衛線に駐留させることだった。

イグナトフ王国軍を基幹に、貴族の手勢なども併せたおよそ百人。そのうち半数は騎兵とする。

騎兵の少ないハーゼンヴェリア王国としては非常に心強い話だった。

「我が国としても、帝国の軍勢が再び隣国になだれ込んでくるような事態は防ぎたいからな。その程度の兵力を貸すのは構わない……後は、貴殿が私の提案を受け入れるかどうかだ。異国の兵を国内に駐留させるというのは簡単な決断ではないと思うが――」

「願ってもないお話です。ハーゼンヴェリア王家は陛下のご提案を喜んで受け入れます」

笑顔で即答したスレインを前に、オスヴァルドは一瞬固まった。

「……それでいいのか？　我が国が貴国に牙をむく可能性を少しでも考えないのか？」

「論理的に考えて、今そのようなことをしてもイグナトフ王国に利益はないと理解しています。陛下が理性的なお方であることも。そして畏れながら、私は陛下とは既に戦友であると、共に国を並べて帝国の暴挙に立ち向かう友であると信じています」

スレインの言葉を聞いたオスヴァルドは、苦い表情になる。

「私の勘違いでしたでしょうか？　もし馴《な》れ馴れしいことを言ってしまったのであれば……」

「……そうは言っていない」

「では、私はやはり陛下の友であると……」

「何度もくり返さなくていい！　否定はしていないだろう」

オスヴァルドはぶっきらぼうに答え、スレインから顔をそむける。

「いいか、私が貴殿を認め、貴国に協力してやるのは、貴殿が逃げずに帝国と戦ったからだ。なおかつ打ち勝ってみせたからだ。多少は見込みがあると、貴殿ならば帝国から国境を守り抜けそうだと考えたから、我が国の利益も鑑みて兵を貸してやるのだ。もし見込み違いだと分かったら、すぐに見限って兵を国に戻すからな」

「それも理解しています、陛下。ご期待をかけていただけることに心から感謝します。決して失望はさせません」

スレインは微笑と、落ち着いた声色で答える。その態度にオスヴァルドは鼻白む。

「……ひとまず今の五十騎をそのまま置き、駐留のための兵力百を本国より呼び寄せる。兵士の食事と馬の飼い葉だけ貴国が出せ。それが条件だ」

それだけ言い残し、オスヴァルドはスレインの返事を聞かずにその場を去った。

「優しい人だね」

「確かに仰る通りですが……本人が聞いたら怒るでしょうな」

スレインの呟きにジークハルトが苦笑する。武人であることに強い誇りを持っているオスヴァルドが「優しい人」などという評価を受けて喜ぶとは、誰も思わない。

「それでは殿下。今後ですが、駐留軍を指揮するルーストレーム卿は当面、そして戴冠式の時期までは私とエステルグレーン卿もここへ残ります。国境防衛や帝国との事務的なやり取りはお任せください……殿下はひとまず、王都へとご帰還を。ノルデンフェルト閣下が首を長くして待っておられることでしょう」

ジークハルトはそう言って、この場を締めた。

＊＊＊

王国暦七十七年の十月八日。国境防衛に残った者を除く、ハーゼンヴェリア王家の軍勢が王都ユーゼルハイムへと帰還した。

三倍を超える侵攻軍を相手に、まさかの完全勝利。その報せは既に国内各地に届けられていた。

救国の英雄の凱旋《がいせん》を一目見ようと、王都には周辺の都市や村からも臣民が集まった。

彼らの大歓声を受けながら、スレインたちは大通りを進み、王城へ。門の前で徴募兵たちを解散させて城内に入ると、そこで王太子の帰還を出迎えたのは、王家の臣下と王城の使用人たちだった。その先頭には王国宰相セルゲイがいた。

臣下と使用人が一斉に礼をする中で、セルゲイはスレインの方へと進み出る。

「スレイン・ハーゼンヴェリア王太子殿下。ご無事でのご帰還、何よりにございます。そして此度《こたび》の帝国との戦いにおける大勝利を、我ら一同、心よりお慶び申し上げます」

いつものように鋭く、老齢であることをまったく感じさせない力強い声で言ったセルゲイは――そのままきびきびとした所作で、地面に膝をついた。片膝ではなく、両膝を。

「セルゲイ？」

「殿下、どうか私に謝罪の機会をいただきたく存じます」

驚くスレインをよそに、セルゲイは切り出す。

「私は今まで、殿下に厳しい態度をとってまいりました。ときには臣下たちが見ている前で、殿下を辛辣な言葉で叱責したこともありました。それを今、ここで謝罪させていただきたい。殿下は間違いなく、この国の次期国王にふさわしいお方です。この国を守り導く偉大なお方です。一臣下として出すぎたこれまでの言動、どれほどの言葉をもってしてもお詫びのしようもございません。どのような罰も甘んじてお受けいたします」

セルゲイはそう語ると、平伏した。臣下と使用人、兵士たちが見ている目の前で、侯爵であり王国宰相である彼が地面に額をつけた。

この場にいる誰もが、驚愕を示した。その反応から、これがセルゲイ以外の全員にとって予想外の出来事だと分かった。

その衝撃的な光景を目の前にしたスレインは、理解した。これは自分とセルゲイが経なければならない、必要な過程なのだと。

スレインの成長にはセルゲイの厳しい言葉が必要だった。スレインを囲み、耳に心地の良い言葉で励ます優しい臣下たちだけでなく、常に辛辣な言動をぶつけ、容赦なく現実を突きつける臣下もまた必要だった。

そのような臣下が一人もいなければ、スレインは今ほどの成長はおそらく遂げられなかった。無能な天狗《てんぐ》になってふんぞり返っていたとまでは思わないが、きっと自身の能力を実際よりも高く見積もり、今よりも緩やかな努力をして、今よりも未熟な段階でその努力を終えていた。

そのまま歩み続ければ、きっとどこかで致命的な失敗を犯していた。今回の帝国との戦いでも勝利できていなかったかもしれない。

今のスレインがあるのは、偏《ひとえ》にセルゲイのおかげと言っていい。

それでも、セルゲイがスレインに極めて厳しく当たり、ときに臣下たちの見ている前でスレインに容赦なく恥をかかせた事実は変わらない。

だからセルゲイは、大勢が見ている前でスレインに平伏している。額を地面につけ、顔を土で汚しながら謝罪している。スレインに与えた以上の恥を自身に課すことで、スレインの貴き身分を、次期国王としての威光を回復させている。

「……王国宰相セルゲイ・ノルデンフェルト侯爵。どうか顔を上げてほしい」

セルゲイは自身の役職と身分にあるまじき恥をかき、けじめをつけて見せた。彼は経るべき過程を経た。次は自分の番だと、スレインは思った。

主君の言葉に従い、セルゲイは顔を上げる。

「君が僕の成長を願えばこそ、僕にいつも厳しく当たってくれたことは理解している。君が僕を叱り、導いてくれたからこそ、僕はここまで来ることができた。君はハーゼンヴェリア王家が誇る偉大な忠臣だ。その君を罰するはずがない……その逆だ。この国の次期国王として、君に心から感謝する。そして頼む。どうかこれからも、王国宰相として僕を支えてほしい。僕には、この国には、君が必要だ」

その場にいる者たちにも聞こえるように、スレインは語った。

スレインの言葉を受けて、セルゲイは表情を動かさず、何も言わなかった。微《かす》かに震えながらしばらく無反応を保った後、立ち上がって静かに礼をする。

「誠にありがたきお言葉です。それではこのセルゲイ、以後も殿下と王家の御為に、そしてこのハーゼンヴェリア王国のために、引き続き力を尽くしてまいります」

スレインがセルゲイの後ろに視線を向けると、法衣貴族たちがほっとしたような顔をしていた。セルゲイの謝罪をスレインが受け入れ、彼を許したからか。あるいは、ついにセルゲイがスレインの努力を認め、態度を軟化させたことで安堵したのか。

この場に張りつめていた空気が和らいだのを感じながら、スレインはセルゲイに視線を戻す。

「ありがとう。君の忠節にこれからも期待しているよ……戦いと行軍で僕は少し疲れた。しばらく休息をとってから、今後のことを話し合いたい」

「かしこまりました。それでは殿下、また後ほど」

兵の解散や隊列の後片づけが始まるのを背に、スレインはセルゲイと別れ、モニカを伴って城館に入る。

セルゲイはおそらく、今は少し一人になりたいはず。先ほどのスレインの言葉は、彼を気遣ってのものだった。

幕間　モニカ・アドラスヘルムの回顧

モニカ・アドラスヘルムは、ハーゼンヴェリア王国の建国時から存在する貴族家である、アドラスヘルム男爵家の長女として生まれた。

年給で暮らす法衣貴族の、それも男爵家となれば、決して贅沢《ぜいたく》三昧の暮らしができるわけではない。とはいえ、少なくとも貧しい思いをすることもない。モニカは貴族令嬢として不自由なく育ち、教育を受けた。

幼い頃、モニカは神童と呼ばれていた。文字の読み書きと算術、そのどちらも飲み込みが非常に早く、二歳上の兄に追いつくほどの勢いで学習を進めた。

その評価は十歳を超える頃には落ち着いたものの、それでもモニカは王国の宮廷社会の中で「とても頭の良い子供」として知られ続けた。法衣貴族の子女は王城の図書室を自由に利用できるので、多くの書物を読み、多くのことを学んだ。

その飲み込みの良さは、他の分野でも活かされた。父が付けてくれた家庭教師の騎士から、あくまでも兄のおまけとして、護身術程度のつもりで武芸を習い始めると、要領良く腕を上げた。

この国では女性にも軍人としての道は開かれている。モニカは半ば腕試しのつもりで、騎士資格の取得を目指して十四歳のときに王国軍に入った。当時の王国軍は規模拡大の最中にあり、教養があって家柄の確かな士官候補は歓迎された。

そうして、通常は入隊して五年以上かかると言われている騎士資格の取得を、モニカは三年半ほどで成した。武人として殊更に強かったわけではないが、持ち前の才覚を活かし、剣の腕も馬術も軍学も手早く身につけていった結果だった。

父と母から褒められ、兄から祝福され、騎士資格の授与式ではフレードリク・ハーゼンヴェリア国王からも直々に称賛の言葉を賜った。


こうした輝かしい成長の道のりとは裏腹に、モニカの内心には冷めた部分が常にあった。

モニカにはこれから国のために、王家のために貢献する道筋がいくつか示されている。

軍に残り、士官として働くのもいい。

または、知識教養を活かして文官になるのもいい。

あるいは、他の貴族家に嫁ぎ、王国貴族社会を裏から支えるという道もある。

どれも堅実で、平穏で、悪くない生き方だ。しかし、どの道においても上りつめる天井は見えている。起こりうる変化も知れている。

モニカは男爵家の、継嗣ではない一子女だ。軍に残っても将軍や副将軍、近衛兵団長にはなれないし、文官になっても長官職には就けない。他の貴族家に嫁ぐとしても、相手はおそらく同格である男爵家だ。格の低い貴族家で、家庭に収まってしまえば、今まで磨いた能力をもって社会で活躍する機会はほぼない。

爵位があれば上りつめる天井はもっと高くなるが、貴族家の家督は最初に生まれた子が継ぐのが基本。自分ほどではないが必要十分に優秀で、仲も良い兄から、まさか家督相続の権利を奪うわけにはいかない。

だからモニカはこのまま、三つの既定路線のどれかをなぞる人生を送る。

別に不満があるというほどではない。生涯食うに困ることはないだろうし、人生の選択肢など持たない者が大半のこの世界では、まだ恵まれた境遇だ。

ただ、立場の制約さえなければ、自分の能力ならもっと意義のある仕事ができたかもしれない。そう思うと、この人生と世界は退屈だと感じる。閉塞感を覚える。周囲の称賛に微笑みを返しながら、心の中のどこかは常に冷めている。

そんな人生観と世界観を、モニカは持っていた。

その考えは、突然に覆された。

モニカたちの主君であるフレードリク・ハーゼンヴェリア国王が崩御した。それだけでなく、王位継承権を持つ者の尽《ことごと》くが急逝した。あまりにも悲劇的な事故だった。

王とは、王族とは、王国が独立した一国家である正当性の根幹をなす存在だ。この国と王家に仕える者にとって絶対的で究極的な存在だ。それが突然失われてしまった。

王城内は大きな混乱に包まれた。法衣貴族とその家族、官僚や兵士たち、王城の使用人たち。誰もが悲しみ、動揺し、恐怖した。

特に、まだ若い者たちの受けた衝撃は大きかった。絶望と言った方が正しかった。自身どころか親世代が生まれる前から当たり前に続いてきた平穏が、いきなり根本から覆されるなど、誰も想像していなかったのだから。

モニカもそんな一人として、また絶望を抱いていた。これからこの国にどのような困難が待ち受けているのか、想像もつかなかった。国そのものが揺らぐ中で、貴族に生まれた自分の今後も、どうなるか分からない。いくつかの選択肢の先に待っているはずだった平穏な人生は、今や確かなものではなくなった。

人生とは、世界とは、安定などしていなかった。これほど呆気《あっけ》なく暗転するものなのかと打ちのめされた。

この人生と世界を冷めた目で見てはいたが、こんな変化を望んでいたわけではない。自分が退屈と呼んだ平穏が、今までの自分の諦念が、いかに贅沢なものだったかを思い知った。しかし、自分がそう思い知ったところで王国の現状は何も変わらない。

平民出身の庶子が次期国王として王城に迎えられるという話を聞いても、モニカの心は明るくならなかった。他の貴族や、官僚や兵士たち、王城の使用人たちの心も同じだっただろう。

当然だ。王家の血を半分引いているとはいえ、平民上がりの青年一人をこの国の次期国王として新たに据えて、それで万事解決と楽観視できるわけがない。

先が見えない人生と世界を前に、しかしモニカにできることはない。ずば抜けて優秀とはいえ、ただの貴族子女一人に状況を変えられるわけがない。

もっと意義深い仕事を。そんなことを考えていたかつての自分が恥ずかしくなる。依《よ》るべき主家がなければ、仕えるべき主君がいなければ、自分はこれほどまでに無力だ。

そんな後ろ向きで暗い思考に心を蝕《むしば》まれていたモニカは、国王の崩御の数日後、父ワルターの執務室に呼ばれた。

「次期国王となられるお方の副官の任を、お前に任せてはどうかという話が出ている」

そう切り出したワルターは、あまり気乗りしない表情で説明を続ける。

国王と王太子には、副官と呼ばれる従者が付けられる。執務の補佐から日常の御用聞きまでを幅広く務める重要な職務だ。通常は法衣貴族の継嗣の中から特に優秀な者が充てられ、家督を継ぐまでの修業の一環として、数年から十年ほど務め上げる。

しかし今回、新たに王太子として迎える平民上がりの青年の副官を、モニカに任せてはどうかという話が、法衣貴族たちの間で持ち上がっているという。

平民上がりの次期国王。当然ながら、その人柄や能力への期待値は低い。即位に前向きな気持ちを持ってもらえれば上々。即位後も長年にわたって、もしかしたら退位の日まで、必要な能力を持たない王であり続ける可能性も高い。

そんな次期国王の副官という仕事は、言葉を選ばずに言うとお守り役のようなものだ。次期国王を長い間世話し続けるお守り役。当然ながら高い能力が求められる。

その点、モニカは丁度いい。継嗣たちと違って継ぐべき家もなく、今後の身の振り方をまだ決めておらず、今のところ他家に嫁ぐ予定もなく、極めて優秀。現状では最良の人材と言える。法衣貴族たちも安心して、何年でも次期国王の世話を任せておける。

なので、貴族の中では最も格の低い男爵家の、一子女に過ぎないモニカに特例的に白羽の矢が立った。

「……もちろん、お前がどうしても嫌なら無理にとは言わない。断ってもいい。その際の私の立場なども気にしなくていい。これは命令ではなく、あくまでただの打診だ」

優秀な愛娘を、平民上がりの青年のお守り役として使い潰そうとする打診に思うところがあるのか、ワルターは苦い表情でそう言った。

「いえ、引き受けます。次期国王陛下の副官、これはとても名誉ある務めです」

モニカはそう答えた。

父や家に迷惑をかけたくないという気持ちもあるが、最も大きいのはやはり諦念だった。

今の自分には他にできることも、今さらやりたいこともない。であれば、自分が次期国王のお守り役としてこの身と心をすり減らすべきだ。

自分の立場では本来望めなかった職務への、特別扱いの大抜擢《ばってき》。それがまさかこのようなかたちで実現するとは。

以前の人生と世界に退屈を覚えていた自分は、以前より悪くなった人生と世界の現状維持のためにこの身を捧《ささ》げるのだ。なんとも皮肉な話だ。

そんな、以前にも増して冷めた諦念だけが、今は心の内にあった。

＊＊＊

モニカの諦念は、次期国王――新王太子スレインと初めて顔を合わせても変わらなかった。

スレインはどこか気弱そうで、自信なさげな青年だった。国王らしい威厳を持っていたフレードリクや、成人前ながら威厳の片鱗《へんりん》を見せていた前王太子ミカエルとは違った。

それも仕方がない。彼は王族として教育を受けて育ったわけではないのだ。一平民として生きるはずだった彼に、フレードリクたちと同じ資質を求めるのは酷なことだろう。

おまけに彼は、奇しくもフレードリクの崩御と同じ日に母親を亡くしたのだという。彼もまた、突然に人生が何もかも悪い方へと変わってしまった不幸な一人なのだ。彼には何の罪もない。

この気の毒で気弱そうな青年が次期国王として君臨するその傍《そば》で、自分は彼がなんとか日々の仕事をこなし、王家が形を保てるよう補佐するのだ。彼と力を合わせて、大きく傾いたこの国が完全に倒れてしまわないよう努めるのだ。

どれほどの期間をそうやって生きるのかは分からない。十年か。二十年か。あるいはスレインが退位するその日まで副官という名のお守り役を務めるのかもしれない。

しかし、今さらだ。分かっていて引き受けた仕事だ。踏み入れた運命だ。

そう思っていたモニカは、だからスレインが法衣貴族たちのひれ伏す謁見《えっけん》の間から逃げ出したときも、無心で彼の後を追った。副官としての義務感から彼の弱音に耳を傾け、彼に慰めの言葉をかけた。まるで子供の世話をするような感覚でハーブ茶を淹《い》れてやった。

しかし、ジークハルト・フォーゲル伯爵の話を聞いた後、スレインはモニカにとって予想外の決意を見せた。

「分かりました。僕は王になります。できるだけ良い王を、できることなら父のような立派な王を目指します……時間がかかるかもしれません。どこまでやれるか分かりません。だけど、やってみます」

そう言ったスレインの表情には、諦念の感情が浮かんでいた。モニカと同じ、自分の運命を諦め交じりに受け入れる感情が。

しかし、そこにモニカの内心のような暗さはなかった。彼は自身の諦念にただ流されて生きるのではなく、諦念を抱きながらも前を向き、自分の意思で歩むと言った。

「……」

そうか。彼はただ王位につくのではなく、良き王を目指すのか。

スレインの横顔を見ながら、モニカは思った。

彼は酷な人生と世界を諦念交じりに受け入れながら、それでもその人生と世界をより良いものにしようと挑戦する生き方を、平穏の崩れたこの世界と真正面から向き合い、挑みかかる生き方を、今ここで選んだ。

彼がその生き方を貫き、本当に良き王となってくれるのであれば、彼にそれだけの力があるのならば、この国は立ち直る。一国家としての存続さえ危ぶまれたほどの悲劇を乗り越え、これまでの歴史とこの先の自立を守れる。さらなる発展の可能性さえある。

そして、モニカは単なるお守り役ではない真の意味での副官として、この国に、王家に、そして主君たる彼に貢献できる。この仕事は本当の意味で、男爵家の一子女という本来の自分の立場では得られなかった意義深い務めとなる。

それは根拠のない、単なる夢かもしれなかった。しかし、モニカにはこの夢が救いに思えた。モニカと同じ、いやモニカ以上に困難な状況で大きな諦念を抱えながら、それでもその諦念に圧《お》し潰されなかったスレインは、とてつもなく大きな可能性を秘めた存在に見えた。

スレインはこの世界の暗い現状を好転させ、モニカの人生にとても大きな意義を生み出してくれるかもしれない、唯一の存在となったのだ。

現状維持の平穏か、悪い方向に転がるかのどちらかしかなかったこの人生と世界が、より良い方向へと転換していく様を、彼ならば見せてくれるかもしれない。人生は、世界は、良い方向へと変わっていくという希望を、彼が持たせてくれるかもしれない。

それならば、彼を支えよう。自分にとって救世主かもしれない彼を、全力で。彼の意志と共に歩んでみよう。モニカはそう決意した。

その日以来、モニカは常に全力でスレインを支え続けた。心から彼の味方であり続けた。

あらゆる言葉でスレインを励ました。スレインに必要な知識を、スレインにより迅速に理解してもらえるよう、毎晩寝る間を惜しんで翌日の授業の準備をした。

スレインが平民から王太子に選ばれた政治的な事情を、彼が自ら察してくれるように、さりげなく情報の断片を語り聞かせたりもした。お飾りの王にはなりたくないと、より一層の努力に励む彼を、モニカもまたより一層支えた。

日々、着実に、スレインは成長していった。ときに悩みながら、悔しがりながら、それでも歩みを止めなかった。ただ成長するだけではない。王領の食料自給率改善については、モニカも驚くような妙案を提示するなど、賢王としての才覚を早くも見せた。

モニカにとっての救世主として、スレインは日に日に輝きを増していった。ひたむきに前進する彼はまぶしかった。そんな彼を誰よりも近くで支えられることが、心から嬉《うれ》しかった。

褒められたことではないと分かっていても、いつしかモニカは一臣下としての分を越えた感情を彼に抱くようになっていた。彼と共に歩む日々の空気がそうさせた。前に進み続ける彼を一人の男と見て、自分は一人の女として彼の背を追っていた。

武芸の訓練中、二人で重なり合って芝生に倒れ込むという予想外の出来事が起きたときなど、モニカは胸をときめかせながら、思わず笑みを浮かべてしまった。

しかしこのとき、彼は何らの反応を示さなかった。なのでモニカは思った。彼はモニカのことを、ただ一臣下としてのみ見ているのだと。

スレインと出会う前のモニカは他者に恋慕の情など抱いたことはなかったが、片想いの恋がときに人間関係を破壊することは知識として知っていた。だからこそ、怖くなった。自分が抱く恋慕の情を彼に気づかれるのが。自分は一人の副官として彼に頼られ、信頼されている。そんな今の立ち位置が僅《わず》かでも揺らぎ、変わるのが恐ろしかった。

だから、せめて副官としてずっと彼の傍にいられるよう、モニカは努めて自分の情を隠した。自分もまた、彼のことを主君としてのみ見ているふりをしながら、それでも時々、副官だからこそ許される距離の近さを役得として楽しんだ。例えば、彼が王国軍との走り込みを終えた後、彼に優しく寄り添いながら汗を拭いてあげたり。

密かに想いを寄せる相手を支えながら、より良い未来が待っていることを期待しながら、彼と共に前に進む日々。モニカにとって、今までの人生で最も充実した幸福な日々だった。

この穏やかで幸福な日々がずっと続いてほしい。スレインの歩みを見つめながら、彼を支え寄り添いながら、叶《かな》うのならばいつか彼と男女の関係になりたい。第二以下の王妃でも、愛人でも、どんな立場でも構わないから。

そんな、初心《うぶ》な少女のような夢想を抱きながらモニカは毎日を生きていた。モニカにとってこの日々は、少し遅れてやって来た青春だった。

スレインは目覚ましい成長を見せながら、戴冠の日を迎えようとしていて——そして、彼とこの国の前に恐るべき困難が立ちはだかった。

＊＊＊

ガレド大帝国の侵攻。その報を受けて、モニカも皆と同じように衝撃を受けた。

無限に思われた平穏が崩れ去る様を一度見たはずだったのに、この大陸西部で国家間の本格的な戦争など起こることはないと無意識に信じたままでいて、だからこそ帝国による宣戦布告は青天の霹靂《へきれき》だった。

　王国宰相セルゲイ・ノルデンフェルト侯爵の話をスレインと共に聞きながら、モニカは自分の幸福な日々が終わったのだと思った。

　絶望的な戦いか、同じく絶望的な亡命。残酷な選択肢を前にしたスレインの動揺ぶりは、見ていて心が苦しくなるほどだった。

　怯《おび》えきった彼を、できることなら今すぐに抱き締めてあげたいと思いながら、モニカの立場ではふらつく彼の肩を支えることしかできなかった。

　血の気の引いた顔で謁見の間を飛び出し、不安定な足取りで城館を出る彼の後を追いながら、彼の背中を見ながら、モニカは考えた。せめて最期まで彼の傍にいようと。

　スレインはモニカに輝かしい夢を見せてくれた。人生は、世界はより良いものになり得るのだという希望を見せてくれた。

　たとえ一時だけのものでも、スレインは紛れもなくモニカの救世主だった。それは決して変わらない。世界がこの国に滅びの運命を突きつけるのだとしても。スレインと自分の幸福な日々がここで終わるのだとしても。

　彼が戦うのなら、自分も彼と戦おう。共に侵略者の刃に身体《からだ》を刺し貫かれて最期を迎えよう。

　彼が亡命するのなら、自分も共に旅立とう。待っているのが最悪の結末、行き場もなく朽ち果てる最期だとしても、その最期の一歩まで共にあろう。

王城の門の前、臣民たちに縋《すが》られるスレインの後ろに立ちながら、モニカはそんな悲愴《ひそう》な決意を抱えていた。

「……大丈夫だよ」

しかし、そんなモニカの目の前で、スレインは言った。先ほどまでの動揺を欠片《かけら》も見せない、驚くほど落ち着いた声だった。

「大丈夫。僕は君たちの王太子だ。これから君たちの王になる人間だ。この僕が君たちを必ず守る。守ってみせる。何も心配はいらない。ただ、僕を信じてほしい。僕に協力してほしい。僕と共に戦ってくれる者は、僕についてきてほしい。僕が……この国を勝利に導く」

穏やかに、優しく、しかし力強く。スレインは臣民たちに語っていた。

彼の言葉は、後ろに立つモニカにもまた響いた。彼の言葉を傍で聞いていると、まだ何の根拠もないのに、彼が自分たちを、この国を、勝利に導いてくれると確信できた。

モニカは先ほどの自分の決意を恥じた。自分は彼の副官だ。彼に惚《ほ》れ、彼を支えると決めた身だ。それが何を勝手に、後ろ向きで悲愴な決意を固めていたのか。

スレインはモニカが考えているよりもずっと偉大だった。モニカが思っているよりもずっと強かった。内に秘めていた偉大さを、強さを、彼は今ここで発露させた。自分に見せてくれた。

臣民たちに語り終えたスレインが、モニカに振り向く。

「戻ろう。戦いの用意をしないと」

照れくさそうな苦笑を浮かべながら、スレインは言った。

嗚呼《ああ》。

誰にも聞こえないほど小さく、モニカは声を漏らした。

彼はやはり救世主だ。


その後のスレインの活躍は凄《すさ》まじかった。彼は常に自信に満ちた態度で、王国の旗頭として振る舞い、臣下と兵士、民を安心させた。自ら決断を下すべきところでは下し、臣下に任せるべき部分は任せ、瞬く間に戦いの準備を進めていった。

敵将のとるであろう戦術を踏まえ、圧倒的に不利な状況を覆す奇策をも素早く考え出し、その実行に向けて迅速に動いた。

それまで王城内において「聡明《そうめい》で温厚だが力強さには欠ける王太子」という評価だった彼は、帝国の侵攻という危機を前に覚醒した。大声を出して勇ましさを示すのではなく、落ち着いた口調で冷静に立ち回るというかたちで、強く賢き君主として才を開花させた。

モニカは副官として彼の傍で補佐に努めながら、彼の放つ存在感に圧倒された。彼と、臣下と、兵と民。その全体が一致団結して勝利に邁進《まいしん》していく様を、その流れの中心で目の当たりにしながら、高揚を覚えていた。

彼の横顔を見ているだけで、息を呑《の》んだ。彼の背中を追って歩くだけで、胸が高鳴った。

野営の夜に彼と同じ天幕の中で眠るとき、軍務中だというのに、まるで少女のように緊張し、胸はかつてないほどときめき、それを押し隠すのには苦労した。

彼もモニカが同じ天幕内にいることで、さすがに少し緊張を見せていて、その視線はいつもより薄着のモニカの身体に向いていて、自分が彼から女として見られていることが嬉しくなった。

先に眠りについた彼の寝顔を、こっそりと間近で見ながら、その顔に口づけしたい欲求をこらえるのには、胸のときめきを押し隠す以上に苦労した。

彼の率いるハーゼンヴェリア王国の軍勢は、その後も士気高く進軍を続け、帝国の軍勢との決戦に臨んだ。彼の奇策は見事に成功し、三倍を超える敵を相手に王国は完全勝利を収めた。

まさに王国の歴史に残る大勝。これで危機は去った。彼と王城に帰れる。また幸福な日々を送れる。そう安堵《あんど》した。


しかし、彼にとって最後の試練が、意外なかたちで現れた。

戦死した兵との対面。庇護《ひご》すべき存在が、言葉さえ交わしたことのある者が、自身の指揮下で死ぬという冷酷な現実との対峙《たいじ》。

それは指揮をとる者にとって避けては通れない試練だと、モニカは王国軍時代に将軍ジークハルトから聞いたことがある。幸いモニカは士官としてその試練に直面することはなかったが、臨む戦いでは必ず大将となることを強いられるスレインは違う。

王とはあらゆる権力を得るとともに、あらゆる義務を、あらゆる責任を負う存在だ。戦いの中で死にゆく者たちのその犠牲が、全て彼の肩にのしかかるのだ。

青ざめ、震え、冷酷な現実を必死に受け入れようとする彼を見て、モニカは胸が締め付けられる思いがした。

王になるというのは、こういうことなのだ。

彼がどれほどの重圧を背負って生きていくのかを、モニカもまた今まで真に理解はしておらず、無邪気に彼を救世主と仰ぎ、彼にあらゆる期待を抱いた。自分の人生を、この世界を、より良い方向へと変えてほしいなどと願った。

そのために彼がどれほど苦悩し、傷ついていくかを考えもせずに。

モニカはまた羞恥を抱いた。無力感に包まれた。

彼はこんなにも苦しんでいる。モニカよりも細く小さな身体を震わせている。血が滲《にじ》むほど手を強く握りしめて、必死に耐えている。

その姿があまりにも可哀想で、いじらしくて、モニカは我慢ができなかった。

「……殿下。スレイン殿下」

気がついたら、モニカは彼に触れ、彼を抱き締めていた。彼に自分の想いを語っていた。涙で視界が滲みそうになりながら、それでも彼の目を見て想いを伝えたくて、懸命に泣くのをこらえた。

彼は自分の救世主になってくれた。その彼を支えたい。この心と身体の全てをもって彼を支えたい。彼の背負っていく重圧を、ほんの少しでも和らげたい。彼が疲れたとき、安心して縋れる存在に、自分がなりたい。そのためなら何でもする。

これが自分の望みだ。自分の望む生き方だ。そこにあるのは、単に自分の磨いた能力を活かせるという満足感ではない。単に意義深い人生を送れるという喜びではない。自分はこのために生まれてきたのだと思えるほどの、言葉にならない愛だ。

「……モニカ」

目を潤ませながら、弱々しく幼い声で縋りついてくる彼を見て、自分の想いが受け入れられたのだとモニカは知った。

「あぁ、殿下……」

まずは今、この愛をもって、彼の心の傷を少しでも和らげたい。モニカは彼を抱き締めながら、彼と唇を重ねた。


想いを伝え、受け入れられたその日から、モニカとスレインの関係は変わった。モニカは副官として公的にスレインを支えるだけでなく、人目のないところでは一人の女として、私的に彼を支えることを許された。

慣れない行軍や野営、緊張を強いられる戦い、そして目まぐるしい戦後処理の中で疲れた彼を、毎晩抱き締め、口づけをして、癒《いや》すことができるようになった。

そして、ひとまずの戦後処理を終え、王都ユーゼルハイムに帰還したその日の夜。モニカはスレインと初めて肌を重ねた。モニカが求め、彼はそれを受け入れ、愛を伝えてくれた。

それからの日々は素晴らしかった。幸福という言葉では足りない。夢のようだった。朝起きた瞬間から夜眠る瞬間まで、いや、眠っているときでさえ、常に彼に寄り添っていられた。自分の一挙手一投足に意義があり、人生の一分一秒に価値があると思えた。

成長を遂げ、危機を乗り越え、試練に打ち勝ち、スレインは次期国王として必要な力の全てを得た。彼のこれからの歩みに必要な全てが、今は彼の中にある。

そして今日、彼は王冠を戴《いただ》く。

終章

ルチルクォーツの戴冠

CROWNED RUTILEQUARTZ

当初、十月の上旬を予定していたスレインの戴冠式は、戦争の影響もあって十月下旬へと変更された。

周辺諸国にその旨が伝えられた際、苦情などは一件も来なかった。各国もまた、大陸西部の平穏が崩れた非常事態の中、自国の備えをするのに忙しいのだろうと臣下たちが語った。

スレインはフロレンツにも戴冠式の招待状を送った。皮肉であり、正式な停戦や終戦の可能性があるのならそこへ向けた歩み寄りでもあった。フロレンツの返答はなかった。

戴冠式までの日々は穏やかだった。やはり帝国が直ちに再侵攻を行う予兆は窺《うかが》えず、ロイシュナー街道の入り口には強固な防衛線が敷かれた。この街道以外は、エルデシオ山脈という天然の要害が人の行き来を絶対的に阻んでいる。今回のような奇襲は起こり得ない。

デュボワ伯爵家からの身代金受領と捕虜返還は滞りなく進んでおり、クロンヘイム伯爵領の復興計画も、既に動き始めた。

そして、ジャガイモの収穫も無事に叶《かな》った。

これで終わりではない。今後は連作障害や、他の作物との輪作の兼ね合いなどを調べながら、少しずつ王都周辺の農地で栽培を進めることになる。しかし、ひとまずこの収穫によって、スレインは戴冠前に内政の面でも明確な成果を挙げたこととなった。

スレイン自身の内面も安定していた。危機を経て、次期国王として才能を完全に開花させ、自身の心を支えてくれる存在――以前とは関係の変わったモニカもいる。今のスレインに、恐れるものはなかった。

そんな完璧な状態で、スレインは戴冠式の当日を迎えた。


荘厳。そう呼ぶべき空間が、王都中央教会の聖堂に形作られていた。石造りの聖堂は、窓を飾るステンドグラス越しに降り注ぐ陽光に満たされ、幻想的に輝いている。

そこに集った人数は国葬のときよりも多い。

大陸西部に並ぶ二十二の小国全てから、代表者が集まった。そのうち国王が直々に来訪したのは十か国だった。

国葬の際は国王が来訪したが、帝国の侵攻を受けたハーゼンヴェリア王国はもはや安全でないと判断されたのか、今回は名代を送ってきただけの国もある。

逆に、周辺諸国の予想に反して帝国の侵攻軍に勝利を収め、国を守り抜いてみせた平民上がりの新国王とはどのような人物なのか興味を持ったのか、国葬の際は名代を送って済ませたのに今回は国王が直々に来訪した国もある。

各国の代表者が並ぶ列の、スレインに最も近い位置は、オスヴァルド・イグナトフ国王の立ち位置とされた。先の戦いで唯一、援軍として参戦してくれた彼への敬意だった。

そして、ハーゼンヴェリア王国の全ての貴族領から、当主が出席している。

彼らが並ぶ列の、リヒャルト・クロンヘイム伯爵の隣には一人分の空白がある。その命をもって猶予を稼ぎ、王国を救ったエーベルハルト・クロンヘイムに捧《ささ》げられた場所だ。スレインの戴冠後、エーベルハルトには名誉侯爵の称号が贈られる予定となっている。

また、この場には平民も多くいる。

ベンヤミンをはじめとした大商人や、王家と繋《つな》がりの深い高名な職人たち、先の戦いで活躍した水魔法使いの代表者たち。そうした重要人物だけではない。国内各地から選ばれた、平凡な臣民も数十人がいる。

彼らは新たな王の誕生を目撃する庶民層の代表者として、完全に無作為に選ばれた。式典の場で長時間静かにしていられるか程度の確認と選別はなされたが。

その中で一人だけ、スレインが直接指名して加えさせた出席者がエルヴィンだ。これまでスレインの友であり、これからも友である彼には、自分の戴冠を見届けてほしかった。

さらに、法衣貴族や王宮魔導士など、王家の直臣《じきしん》たちも当然いる。他の出席者たちはスレインから見て後方に並んでいるが、彼らはスレインの側方に並んでいる。

国境防衛の指揮官を不在にはできないので、唯一イェスタフ・ルーストレーム子爵だけはこの場にいない。戴冠式の日時は伝えられているので、彼もおそらく今頃は王都の方を向いて、他の法衣貴族たちと同じように姿勢を正している。

本来、法衣貴族で聖堂のこの位置に並べるのは各貴族家を代表する当主とその伴侶のみだが、一子女に過ぎないモニカも、スレインの副官としてここの末席に立つことを許されていた。

様々な立場の出席者が見守る前で、スレインは神の祝福を授けられる。

「――神は我らの父、そしてそして我らの母である。その御目はいついかなる時もこの地を見守り、その御心はいついかなる時も人々を愛する。唯一絶対の神は今日、ここで礼を捧げる者をこの地の守護者として選び――」

聖職者の言葉は不思議だと、信徒の礼をとりながらスレインは思う。

聖句を唱える声は、確かにアルトゥール司教のもの。しかし、無私の心で唱えられる声が、石造りの聖堂の中で複雑に反響すると、それは古《いにしえ》から受け継がれてきた信仰の声なのだと、神の教えを脈々と受け継いできた歴史そのものの声なのだと思えてくる。

だからこそ、教会が政治的な力を失って久しい今でも、人々は神の名のもとに儀式を行うことを望むのだろう。社会の営みの中に、権威と格式を得るために。

「――よって、この者こそがハーゼンヴェリア王国の新たな王である。ここに存在する王冠こそがその証。今ここで、この者の頭上に王冠を授ける」

聖句を唱え終わったアルトゥール司教が、スレインの頭に王冠をそっと載せる。

銀と黒金による冠の、その中心には見事なルチルクォーツが埋め込まれている。国鳥であるカラスの漆黒と、国石であるルチルクォーツが融合した、ハーゼンヴェリア王国を象徴する王冠だ。

「……スレイン・ハーゼンヴェリア国王陛下。神はあなたと共に」

神に仕える者としての務めを終えたアルトゥール司教は、王に仕える一人として丁寧な口調で述べると、膝をついて礼をした。

信徒として祝福と王冠を戴《いただ》いたスレインは、王として立ち上がる。そしてゆっくりと、静かに振り返る。戴冠式の出席者たちの方を向く。

艶のある黒髪の、今はその一部が金色に染められている。まるでルチルクォーツのように。この国を象徴する存在になるという、スレインの決意の表れだった。

「国王陛下！　我らが王よ！」

王国軍将軍ジークハルト・フォーゲル伯爵が力強く声を張り、膝をつく。それに臣下と臣民が一斉に倣う。

「面《おもて》を上げよ」

スレインは厳かに言った。少年のように高く、しかし苦難の戦いを乗り越えたことでどこか老成した声に従って、臣下と臣民が顔を上げ、立ち上がった。

この場にいる全員が、スレインの言葉を待った。

「……私には父がいた」

出席者たちをゆっくりと見回し、スレインは口を開く。

「だが、私は父の顔をよく知らない。間近で会ったことさえない。彼が父であると私が知ったのは、彼が世を去った後だった。それでも彼は、私の父だった。私には彼の血が……ハーゼンヴェリア王家の血が、確かに流れている」

水を打ったように静まり返った聖堂の中に、スレインの声だけが響く。

「彼は私の父であると同時に、この国の王だった。偉大な王だった。そして、私の母は平民だった。私も平民として育った。私は母のように平民として育ち……今日、父のように王となった」

スレインは出席者たちに視線を巡らせながら、言葉を紡ぐ。

「私は父と間近で会ったことさえない。それでも、父は私の見えないところから、私を見守っていてくれた。私を愛してくれていた。私は王族として育ったわけではない。それでも、母は私に多くのことを教えてくれた。母の教えがあるからこそ、今の私がある……私は王の息子として、そして同時に民の息子として、今日、ここで王冠を戴いた」

静まり返った中で、微《かす》かに、横から息づかいが聞こえた。

スレインが視線だけをそちらに向けると、モニカが恍惚《こうこつ》とした表情でこちらを見ていた。スレインはごく僅《わず》かに、モニカにだけ分かるように、笑みを浮かべた。

そして再び視線を前に戻す。

「私は王となる。母のように民と共にありながら、父の足跡を追って前へ進む王となる。私はこの国の歴史を受け継ぐ王だ。そして、この国に生きる民の王だ。そんな王としてこの国を、民を守っていく。生涯そうあり続ける……今日ここで戴いたこの王冠が、その証だ」

語り終えたスレインは、ごく僅かに顔を上げる。中空を見つめ、その顔を皆に示す。

そのとき。

スレインの立つその位置と、窓から差し込む太陽の位置と、顔と共に上向いた王冠の、その中心に据えられたルチルクォーツの角度が完璧に調和した。太陽の光を捉えたルチルクォーツが幻想的に輝きを増し、聖堂の中を照らした。

まるで神が、その御許《みもと》にいるフレードリクとアルマが、スレインの戴冠を祝福したようだった。

ひとつ、拍手が鳴る。

モニカの手だった。そのまま二度、三度と拍手が響いた。

それに続いたのはジークハルトだった。その後もエレーナが、ヴィクトルが、ブランカが、ワルターが、そしてセルゲイが続いた。

そして、拍手の音が聖堂を満たす。無数の拍手が、新たな王による時代の産声となって響く。


この日、スレイン・ハーゼンヴェリアは王となった。

外伝

重ねた肌、交わした愛

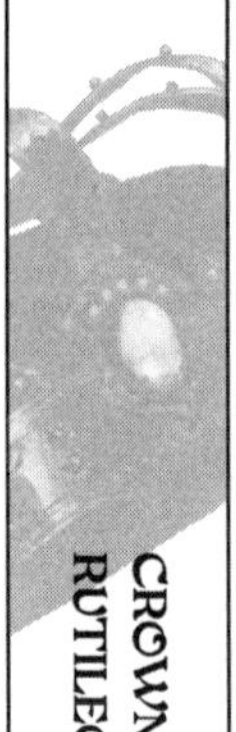

CROWNED RUTILEQUARTZ

王国暦七十七年、九月三十日。ガレド大帝国に勝利したこの日から、スレイン・ハーゼンヴェリアとモニカ・アドラスヘルムの関係は大きく変化した。

それまで、彼らは主君と臣下だった。二人が内心にどのような感情を秘めていたかは別として、彼らを繋《つな》いでいたのはあくまで公的な関係のみだった。

忠誠を誓う副官と、信頼を向ける主君。絆《きずな》で結ばれ、しかし明確な一線を引いていた二人の、その線をモニカが踏み越えた。スレインの心を支えるために。それをスレインも受け入れた。主君として周囲に引いていた一線の内側に、モニカを受け入れた。彼女に縋《すが》るために。

そのとき、スレインはモニカと口づけを交わした。

そして、この日の夜から、スレインは彼女と共に眠るようになった。クロンヘイム伯爵領にいる間は、伯爵家から提供されている屋敷の客室で。帰路に発ってからは、スレインの天幕で。単に同じ空間で眠るのではなく、一つのベッドの中で、彼女の胸に抱かれて眠った。

毎晩そうすることで、心に抱えた重圧は、少しずつ和らいでいった。覚悟の重さそのものが何ら変わったわけではないし、その重さを王として忘れることは決してないが、常に意識し続けることはなくなった。

全てはモニカのおかげだった。安心して縋れる存在となった彼女が傍《そば》にいてくれるからこそ、自分は次期国王として、これからもあらゆる困難に立ち向かっていける。心からそう思えた。

「殿下。息苦しくはありませんか？」

明日には王都ユーゼルハイムにたどり着くであろう、最後の野営の夜。簡易ベッドの上でスレインの顔を胸に抱きながら、モニカが尋ねる。

「……うん、大丈夫。すごく安心する」

行軍の疲れを覚え、眠気を感じながら、スレインは答える。少し顔を上に向けると、モニカと間近で目が合う。彼女はこれ以上ないほど愛しそうな表情で、スレインを見つめていた。

「よかったです……」

優しい声でそう言って、モニカは顔を寄せてくる。スレインはそれに応え、彼女と口づけする。唇で、舌で、彼女と繋がる。しばらく繋がった後、名残惜しさを覚えながら唇を離す。

「おやすみ、モニカ」

「おやすみなさいませ、殿下」

言葉を交わし、スレインは甘える猫のようにモニカの胸に顔を埋めると、すぐに眠りについた。

そして翌日。スレイン率いる王家の軍勢は予定通り王都に凱旋《がいせん》を果たし、その後も慌ただしく時間は過ぎ、ようやく落ち着いたのは夕食時だった。

長い軍事行動の疲れと、無事に帰還した安堵《あんど》を覚えながら、スレインは夕食を終えた。モニカの分まで料理人に用意してもらい、モニカと食卓を囲み、無事に帰ってきたことをささやかに祝った。

そして、モニカが淹《い》れてくれた食後のハーブ茶を飲んでいるとき。

「……殿下がお許しくださるのであれば」

呟《つぶや》くように、彼女が言った。

スレインが彼女を向くと、彼女も真っすぐにスレインを見つめていた。

「今夜、殿下のお傍にいたく存じます。寝室で、殿下のお隣に。朝まで」

「……」

スレインは少しの緊張を覚え、息を呑《の》む。

戦争に勝利した日から、スレインはモニカと毎晩一緒に眠っていたが、眠っていただけだ。口づけを交わし、抱き締め合ったが、男女として最後の一線はまだ越えていなかった。

戦闘が終了したとはいえ、一応まだ戦地にいる状況で、総大将たる君主が副官と愛を交わしていては臣下や兵士たちに申し訳ない。初めてそういう行為をした後は女性の身体《からだ》に負担がかかると聞いたことがあったので、清い身であるモニカに軍務中にそのような負担はかけられない。その他にも理由はいくつもあった。

最大の理由は、モニカの純潔を受け取るのならば、それにふさわしい場所でなければならないと考えたことだった。借りている客室や野営中の天幕ではなく、王城に帰還した後、自分の寝室でなければならないと。

モニカもそれを察してくれたので、二人は今日まで、肌を直接重ねてはいない。

そして、ついに帰還を果たした今夜、モニカはこう言ってきた。彼女の言葉がどのような意味を持ち、彼女が何を望んでいるか、それが分からないほどスレインは鈍い男ではない。

「分かった。僕も、今夜君と一緒にいたい」

スレインが答えると、モニカの表情がほころんだ。

「ただ、君が今日も帰宅せずに、僕の寝室に泊まることを、周りにはどう説明しようか？」

少し困った表情で、スレインは首をかしげる。

トーリエで滞在していた客室では、モニカは併設された従者用の部屋で寝起きしていることにして、人目がなくなってから一緒のベッドに入っていた。野営中は、そもそもモニカは護衛の名目でスレインと同じ天幕に寝起きしていた。

しかし、帰還してひとまず平時に戻った今日からは、昨日までのようにはいかない。モニカは今まで、月に何度かは自宅であるアドラスヘルム男爵家の屋敷に帰っており、長い軍務を終えた今日も帰宅する予定だった。そうしなければ彼女の家族――ワルターたちは当然疑問に思う。

そして、モニカが王城に与えられた自室ではなく、王太子の寝室で眠るとなれば、少なくともメイドや警備の近衛兵たちには知られるだろう。スレインと彼女の関係がどうなっているか、彼らは間違いなく察する。

「父には、昼間に帰還の挨拶をした際に伝えました。殿下が今後ますますご多忙になり、戦争を経て心身共にとてもお疲れのご様子であるため、やはり今夜も帰宅せず、付きっきりで殿下をお支えするつもりだと。父も了承してくれましたし、母にも説明しておいてくれるそうです」

「……その言い方だと、ワルターは察してしまったんじゃない？」

貴族街は王城の目の前にあるので、モニカはスレインの夕食後に帰宅して、翌日の朝食前には出勤することができる。

それなのに、モニカはその手間すら惜しんでスレインを「付きっきりでお支え」する。そこに単なる副官として寄り添う以上の意図が込められていると、聡《さと》いワルターが察しないとは考え難い。

スレインがそう思って尋ねると、モニカはクスッと笑った。

「おそらく、父は察したと思います。ですがご安心ください。私が殿下よりご寵愛《ちょうあい》をいただいたとしても、父は怒りはしません。むしろ喜ぶでしょう。貴族ですから」

「……じゃあ、メイドたちや、寝室警備の近衛兵は？」

そのとき、ちょうど給仕担当のメイドが、お茶のカップを下げるため部屋に入ってきた。スレインは思わず黙り込んだが、モニカはメイドの存在を気にすることもなく話を続ける。

「その点も問題ありません。彼女たちは王家に忠実な使用人です。私にとっても、よく言葉を交わす同僚で、味方です。私が殿下とベッドを共にしても、それを安易に吹聴することはありません」

モニカの言葉を聞いても、室内にいるメイドは一切の反応を示さなかった。それが、モニカの言葉が正しいことを証明していた。

「近衛兵たちも同様です。彼らは王家の盾。殿下が口外するなと命じたことは、天地が逆転しようと口外しません」

「……」

尤《もっと》もな話だった。いざとなれば一瞬も躊躇《ちゅうちょ》せずに王族の盾になるであろう忠義の戦士たちが、面白半分でスレインの夜の過ごし方を他者に語るわけがない。

「なので殿下、ご安心ください。何らの憂慮なく、今夜はどうか私を殿下のベッドに」

モニカは恍惚《こうこつ》とした表情を浮かべながら、艶めかしい動きで自身の手をスレインの手に重ねた。


その後。スレインはいつもより少し長く入浴し、寝室に移る。

大人二人が余裕を持って横になれる広いベッドに一人座り、緊張と高揚で胸が高鳴るのを感じながら待っていると――軽く二度、扉が叩《たた》かれた。

「王太子殿下。入室してよろしいでしょうか?」

「……いいよ、入って」

スレインが答えると、静かに扉が開かれ、ローブを羽織ったモニカが入ってくる。

扉を閉めたモニカは、ローブを脱ぎ、白いナイトドレス姿になる。ドレスは清楚《せいそ》で上品なデザインだが、生地が薄いため、身体のラインが首元から足元まではっきりと分かる。

彼女は少し恥ずかしそうにはにかみ、頬を赤く染めている。

そしてスレインは、そんな彼女に見とれていた。

「モニカ、僕の隣に来て」

気がついたら、そう言っていた。自分でも無意識のうちに彼女を傍に呼んでいた。

「はい、殿下」

呼ばれたモニカは嬉《うれ》しそうな笑みを浮かべ、鈴を転がすような声で答え、軽やかに歩み寄る。

ベッドの上、スレインの隣に腰かけ、スレインに上半身を向ける。

二人はどちらからともなく、手を握り合う。

「まず、伝えておきたいことがある。最初に伝えないといけないことが」

スレインは真剣な表情で切り出した。

「僕は今夜、君と肌を重ねる。だけどそれは、ただ君に縋って、甘えるためじゃない……僕は一人の男として、君を愛してる。だからこそ君と一つになりたい。そう思ってる」

スレインは次期国王であり、その配偶者はスレインの一存では決められない。

もちろんスレインとしては、モニカと添い遂げたいと既に考えているが、今ここで何かを約束するようなことは言えない。モニカとの家格の差、王族と法衣貴族と領主貴族の厄介なしがらみ、そうした万難を排して周囲にモニカとの結婚を認めさせるまでは、無責任なことは言えない。

だからせめて、自分が一人の男としてどう思っているのかは明言するべきだ。縋り、支えてもらう曖昧な関係のままではなく、明確に愛を伝えた上で肌を重ねるべきだ。

そう考えたからこそ、スレインは今ここで初めて、モニカにはっきりと言った。

あの日、モニカはきっと、相当な勇気を出して自分を抱き締めてくれた。だから、この言葉は自分から伝えるべきだ。そう考えたからこそ。

「……っ」

スレインの告白に、モニカは目を見開いた。その目に涙を溜《た》め、感極まって口元を手で押さえながら、熱い吐息を零《こぼ》した。

彼女が口元から手を離したとき、その表情は泣き笑いのような、感動と歓喜に満ちたものになっていた。

「私も、殿下を愛しています。心から愛しています。私の愛は……私の身も心も、全ては殿下のものです」

彼女もまた、はっきりと答えてくれた。彼女のその言葉は、スレインにとって何ものにも代えがたい喜びだった。スレインは全能感さえ覚えながら笑みを浮かべた。

「殿下」

モニカは両手を広げ、スレインを抱き締める。スレインも彼女の背に手を回し、彼女をしっかりと抱く。顔を見合わせ、鼻先を触れ合わせながら微笑み合い、唇を重ねる。

小柄なスレインは、背の高いモニカに寄りかかられてあっけなくベッドに倒れる。その上にモニカが覆い被《かぶ》さる。腕を、足を絡ませながら、唇を重ねる。

「あ、モニカ……」

スレインはふと思い出し、重ねた唇の隙間から零すように言った。

「……二人きりのときは、名前で呼んでほしい」

スレインの願いを聞いたモニカは、これ以上ないほど愛しそうな目でにっこりと笑う。しなやかな動きで服を脱ぎ去り、美しい肢体をスレインの前に曝《さら》し、スレインを見つめる。

「私の全てを受け取ってください。スレイン様」

あとがき

はじめまして。エノキスルメと申します。

さて皆様、親子の間にあるのは絆でしょうか。それとも呪いでしょうか。それらはどちらか一方しか存在できないものでしょうか。人によって割合を変えながら併存するものでしょうか。

平穏はずっと続くものでしょうか。それとも崩れるときはあっさり崩れるものでしょうか。崩れるとしたらその日はいつなのでしょうか。

こんなにも身近で小さな問いから、こんなにも大きくて非日常的な問いまで、あらゆる問いに私たちは共通の答えを持っていません。場所によって、時によって、そして人によって答えは変わります。誰もが共有できる絶対の真理なんて、きっとどこにもありません。

だからこそ、私たちは他者とぶつかり合うこともあれば、他者の内面を想像して共感することもあります。曖昧さこそが人間と世界の限界であり、可能性であり、私たちはそこに諦念を抱くこともあれば、希望を見ることもあります。


……などという壮大なことを、別に最初から考えながら書き始めたわけではなかったはずなのですが、気づいたときにはこの物語の中にそうしたテーマを込めていました。

真理なんて存在しなくて、世界も人もひどく曖昧で、だからこそ私たちは必死に考えて、自分のための答えを決めます。諦念を受け入れて現実と折り合いをつけるために。現実の中に希望を見出すために。

スレイン・ハーゼンヴェリアもそうでした。彼は苦悩しながらも、運命の受け止め方を自ら決めて前に進みました。

この『ルチルクォーツの戴冠』が、あなたにとって共感できる物語の一つになることができたのであれば、著者として至上の喜びです。


ここからは謝辞を。

スレインたちに姿と表情を、作中世界に情景を与えてくださったttl先生。本作の物語としての純度を、作品としての完成度を、極限まで高めるために尽力してくださった担当編集様。デザイナー様、校正者様をはじめ本作に関わってくださった全ての方々。

そして、ウェブ版から本作を応援してくださる皆様。この書籍版で本作に出会ってくださった皆様。全ての読者様。

心より感謝申し上げます。


それでは皆様。

呪いと紙一重の絆を抱き、諦念の中に希望を抱き、激動の時代を王として歩み始めたスレインの生き様を、どうかこの先も見守っていただけますと幸いです。

DRE NOVELS

ルチルクォーツの戴冠

- 王の誕生 -

2023年8月10日　初版第一刷発行

著者　エノキスルメ

発行者　宮崎誠司

発行所　株式会社ドリコム
〒141-6019　東京都品川区大崎2-1-1
TEL　050-3101-9968

発売元　株式会社星雲社（共同出版社・流通責任出版社）
〒112-0005　東京都文京区水道1-3-30
TEL　03-3868-3275

担当編集　阿部桜子

装丁　AFTERGLOW

印刷所　図書印刷株式会社

ISBN978-4-434-32267-9

ファンレター、作品のご感想をお待ちしております。
右の二次元コードから専用フォームにアクセスし、作品と宛先を入力の上、
コメントをお寄せ下さい。
※アクセスの際に発生する通信費等はご負担ください。